LES SŒURS DE MONTMORTS

Du même auteur
chez Calmann-Lévy

Les Chiens de Détroit, 2017
Le Douzième Chapitre, 2018
Les Refuges, 2019, prix Cognac 2019 du meilleur roman francophone
De soleil et de sang, 2020

JÉRÔME LOUBRY

LES SŒURS DE MONTMORTS

roman

© Calmann-Lévy, 2021

COUVERTURE
Conception graphique: Axel Mahé
Photographie: © Vaidas Bucys/Alamy Banque d'Images

ISBN 978-2-7021-8006-8

Pour Loan.
Et les sorcières de tout temps.

Il arrive parfois que certains auteurs proposent une liste de chansons ou musiques à écouter avant la lecture. Je trouve l'idée originale et intéressante puisque dans mon cas, avant de me mettre à écrire, j'écoute toujours des titres qui collent à l'atmosphère de mon histoire et qui m'aident à me concentrer. Mais, si vous le permettez, poussons l'idée un peu plus loin. Imaginons que les titres que je vous propose correspondent non pas à l'idée générale du roman, mais à des lieux et des personnages précis. Un peu comme les livrets de pièces de théâtre où l'on indique des liens de parenté ou des détails sur les personnages avant le premier acte. Libre à vous de les écouter (de manière légale, bien entendu) ou non. Mais essayez peut-être avec la première d'entre elles, et sachez que cette « expérience » pourrait se révéler utile dans votre lecture…

La montagne des morts et les deux tertres : « Camera's Rolling », Agnes Obel.
Le village de Montmorts : « In These Hills », Early Days Miner.
Albert de Thionville : « Hollywood », Nick Cave and The Bad Seeds.

Éléonore : « Von (Live) », Sigur Rós.

L'inconnue aux cheveux roux : « Autumn Wake », Early Days Miner.

Sélène : « Samskeyti (Live) », Sigur Rós.

Julien : « The Departure », Max Richter, interprétation de Lang Lang, Deutsche Grammophon.

*La vie est une expérience,
mais l'expérience est inhumaine.*

David Mallet

Nul châtiment n'est pire que le remords.

Sénèque

EN CHEMIN (1)

— Où allons-nous ? demanda Camille en se tournant vers la conductrice.

Depuis qu'elles avaient quitté le parking souterrain, celle-ci n'avait prononcé presque aucune parole. Elle s'était contentée de conduire, le visage marqué par une extrême fatigue qui lui pâlissait la peau comme la plus sournoise des maladies.

— Dans le mail que je vous ai envoyé, répondit Élise sans dévier son attention de la route, je vous ai écrit que j'allais vous fournir l'histoire la plus effroyable que vous ayez entendue. Mais comme tout fait réel, il faut que j'appuie mes dires sur des preuves, sinon vous seriez incapable de me croire. Vous me traiteriez de folle et de menteuse.

— Vous n'aviez pas précisé que nous devrions sortir de la ville, remarqua Camille, en scrutant les alentours à travers la vitre de la voiture.

— C'est vrai, j'aurais dû, reconnut Élise, en tournant la tête pour lui adresser un faible sourire. Mais une fois sur place, vous comprendrez. N'ayez crainte, il ne s'agit nullement d'un guet-apens ou de je ne sais quoi. Vous n'avez pas à avoir peur.

La peur se lit-elle sur mon visage ? songea Camille en détournant son attention par-delà la vitre et le paysage qui défilait. *Au travers de ma voix mal assurée ? Non, je n'ai pas peur, je suis simplement curieuse et… mal à l'aise de me retrouver assise à côté d'une inconnue.*

Par un réflexe enfantin, elle abaissa le miroir de courtoisie du véhicule pour vérifier la bonne prestance de son visage. Elle n'y remarqua aucun signe de fragilité. Ses yeux en amande d'un marron profond demeuraient fixes, sûrs d'eux. Son teint n'avait pas blêmi et ses lèvres ne tremblaient pas. Son trouble n'était donc qu'intérieur.

La voiture quitta les artères du centre-ville et atteignit rapidement la banlieue. Les rues éclairées par les dizaines de devantures lumineuses s'étaient muées en quartiers sombres et déserts, puis les lampadaires blafards disparurent à leur tour pour laisser aux champs et à la lune pleine le soin de veiller sur elles. Camille pensa à ce mail reçu une semaine auparavant sur sa boîte professionnelle :

> Je peux vous offrir le premier scoop de votre courte carrière. En lisant cette phrase, vous penserez certainement à une mauvaise plaisanterie, mais ce n'est pas le cas. Je suis sérieuse. D'ailleurs, pour vous montrer ma bonne foi, je vais vous donner une indication, une sorte d'amuse-bouche qui vous mettra en appétit. Vous avez sans aucun doute entendu parler des supposés évènements qui se sont produits dans le village de Montmorts, il y a deux ans. Bon nombre de médias ont tenté de comprendre le déroulé des faits. Hallucination collective ? Complot de l'État ? Sorcellerie ? Bien sûr, tous se sont heurtés au silence et aux avocats du propriétaire du village. Je peux vous révéler ce qui s'est réellement passé. Et j'ai choisi de vous offrir ce cadeau sans aucune contrepartie. Vous

pouvez décider de me faire confiance ou de m'ignorer. Mais une fois en route, il vous sera impossible de quitter le chemin de la vérité. Je vous attendrai lundi prochain, à vingt heures, dans le parking souterrain public de la rue Saint-Exupéry. Cherchez une Volkswagen Polo noire, au deuxième sous-sol.

La journaliste avait hésité. Mais plus elle relisait le message, plus son envie de savoir grandissait. Le lendemain, elle décida qu'elle n'avait rien à perdre. Au pire, elle gâcherait une heure de son temps, et au mieux elle pouvait lancer sa carrière.

— Vous voyez, reprit Élise d'une voix atone, imaginez que je vous dise que cette nuit, alors que je dormais, un grincement lugubre provenant du grenier m'a réveillée. Vous me croiriez, n'est-ce pas ?

— Oui, bien sûr.

— Mais si je vous avouais que ce grincement est dû à la présence d'un fantôme dans ce même grenier, vous auriez beaucoup plus de mal à me prendre au sérieux ?

— Dans ce cas, oui, avoua Camille.

— Eh bien, nous sommes exactement dans ce cas de figure. Ma seule chance de vous convaincre est de vous montrer ce fantôme et non pas de me contenter de vous décrire le bruit d'un parquet centenaire qu'un esprit s'évertue à faire craquer dès que mes yeux se ferment.

— Je ne crois pas aux fantômes, déclara la journaliste, sans toutefois savoir si cela était vrai.

Elle ne s'était simplement jamais posé la question.

— Vraiment ? Peut-être parce que vous n'en avez jamais vu... Mais avant d'arriver à la conclusion de mon histoire, je vais profiter de ces deux heures de route pour vous la présenter dans son intégralité. S'il vous plaît, cherchez sous votre siège et prenez ce qui s'y trouve.

Camille s'exécuta. Elle se pencha et découvrit une chemise cartonnée orange qu'elle posa sur ses genoux et de laquelle elle sortit des pages dactylographiées, reliées par des agrafes en métal épais. La journaliste souleva la page de garde et découvrit les premiers mots : *Acte 1. Dessine-moi un mouton !*

— Il y a un peu plus de deux cents pages, précisa Élise, en observant du coin de l'œil sa passagère qui feuilletait déjà le contenu. Je vais vous laisser les lire pendant que je conduis. Évitez de me demander des précisions, toutes vos réponses apparaîtront à notre arrivée. Une fois sur place, je vous montrerai les preuves. Et je vous poserai alors cette question : croyez-vous toujours que les fantômes n'existent pas ?

ACTE 1 :

DESSINE-MOI UN MOUTON !

FAIT NUMÉRO UN

L'aspirine, sous sa forme actuelle, existe depuis plus de cent ans. Cependant, grâce à l'un des traités médicaux les plus anciens, le papyrus Ebers, on date son utilisation, sous forme de décoction, à plus de trois mille cinq cents ans. Tout d'abord en Égypte, puis en Grèce antique par Hippocrate, l'aspirine, ou acide acétylsalicylique, fut utilisée et conseillée à travers les siècles. L'aspirine agit sur le cerveau en bloquant les hormones qui d'habitude envoient des messages électriques aux récepteurs de la douleur.

Elle provient de l'écorce de saule blanc, un arbre réputé en sorcellerie puisque c'est avec son bois qu'étaient confectionnées les tresses reliant le manche à la brosse des balais de sorcières.

1.

Montmorts, le 12 décembre 2019

Vincent observa le ciel, laissant les flocons s'échouer contre son visage. Les nuages, d'un blanc laiteux, saupoudraient la campagne avec prudence et retenue. Le jeune garçon savait que plus tard, à la nuit tombée, le vent et la neige engendreraient des bourrasques d'hiver tumultueuses qui recouvriraient les toits de Montmorts, ainsi que les champs avoisinants, d'un duvet solide et rigide. Il ne leur restait que quelques heures, deux ou trois au maximum, pour mettre les bêtes à l'abri. À travers le brouillard qui s'élevait du sol, confondant terre et ciel, il chercha Jean-Louis du regard. Sa silhouette spectrale apparut non loin de l'enclos. Vincent comprit que son comparse s'ébrouait déjà à diriger les moutons vers l'étable et courba les épaules pour le rejoindre. Cela faisait maintenant deux ans qu'ils travaillaient ensemble. Le métier de berger n'était pas le plus simple, surtout pour un jeune homme de vingt ans. Mais devenir apprenti agricole lui permettait de se payer ce que ses parents ne pouvaient lui offrir. Une voiture, de l'alcool – du bon alcool, pas celui servi chez Mollie –, et surtout l'attention des jeunes filles de son âge qui cherchaient toujours un véhicule pour les conduire aux boîtes de nuit des villes voisines. *Un jour, se promettait Vincent tous les matins en enfilant son bleu de travail, j'aurai assez d'argent pour que Sybille s'intéresse à moi. Je m'achèterai des livres, les mêmes qu'elle possède, et nous discuterons de ses auteurs préférés, Camus, Sartre, Saint-Exupéry, en dégustant un bon dîner…*

Il en discutait parfois avec Jean-Louis, son collègue. Le vieil homme, même s'il n'avait jamais pu connaître son âge exact (*quarante ans ? cinquante ?*), celui-ci repoussant toute tentative d'un « ce n'est pas ton affaire », l'encourageait à poursuivre ses rêves. Et malgré sa rudesse apparente, il lui intimait de ne jamais lâcher ce à quoi il croyait. Son « tuteur » ajoutait souvent, avec un sourire encourageant : « P't-êt' ben que cette fille elle comprendra qui tu es vraiment et que je me retrouverai seul à parquer les moutons. » Chaque fois que le berger prononçait cette phrase, Vincent ressentait un picotement au cœur. Jean-Louis avait beau être un personnage bourru, à l'attention trop dirigée vers la bouteille – contenant du mauvais alcool, celui de Mollie –, il savait au fond de lui que ce n'était pas un vilain bougre. Beaucoup dans le village le trouvaient distant, rustre, malpoli. « Parfois, certaines personnes ne savent simplement pas comment parler aux gens, et cela en froisse quelques-uns, surtout ceux qui ne comprennent pas vraiment ce qu'est le métier de berger », se répétait Vincent lorsqu'une de ces critiques s'échouait à ses oreilles.

Il mit sa main droite en visière, et repéra de nouveau l'ombre massive de Jean-Louis. Sa main dansait dans l'air glacial en tenant sa baguette de saule, donnant des ordres aux moutons comme un chef d'orchestre le ferait avec ses musiciens. L'écho de ses injonctions brèves et précises vola jusqu'à lui et Vincent leva son bâton pour motiver à son tour les quelques récalcitrants.

— Il manque trois agneaux! lança Jean-Louis d'une voix tonique afin d'assourdir le bruit du vent qui soufflait de plus en plus.

Il fallait les retrouver avant la nuit, sans quoi les loups ou le froid s'occuperaient d'eux. Vincent jeta un regard circulaire. Le champ dans lequel paissaient les moutons n'était pas très vaste. Mais de nombreux arbres et buissons, ainsi qu'une herbe épaisse et drue, pouvaient tout à fait servir d'abris et rendre les bêtes invisibles.

— Je vais par là! indiqua Vincent en désignant le côté sud et le mur de pierre que formait la base de la montagne de Montmorts.

Il fit quelques pas dans la terre humide en direction de la paroi minérale et s'arrêta un court instant pour lever les yeux jusqu'à la crête. Il ignorait qui avait décidé de définir ce relief en tant que montagne. Pour lui, il s'agissait plutôt d'un immense rocher, et même s'il ne parvenait pas à fixer le pic, notamment parce que les nuages bas qui s'amoncelaient contre son flanc lui bloquaient la vue, il savait qu'il ne mesurait que cent trente-sept mètres de haut, bien en dessous des normes d'une montagne.

Vincent avança prudemment en épiant le moindre mouvement. Arrivé à quelques pas de la paroi rocheuse, il s'arrêta, prenant conscience de l'endroit où il se trouvait. Sur sa droite, le squelette métallique des grilles de l'ancien cimetière dessinait une frontière à ne pas franchir, un lieu dont personne ne s'approchait plus depuis des siècles. Instinctivement, il leva une nouvelle fois la tête en direction des nuages pour apercevoir l'extrémité de la montagne. C'est de là-haut, selon ce que sa mère lui avait raconté, gamin (comme elle l'avait entendu par son propre père, comme tous les habitants de Montmorts l'avaient entendu de leurs aïeux), que l'on jetait autrefois les condamnés. Le jeune apprenti tenta de chasser ces pensées de son esprit, mais il ne le put complètement. Sans en avoir pleinement conscience, il s'avança un peu plus vers la roche nue qui luisait d'humidité. Vincent tendit la main avec la ferme intention de poser sa paume contre la roche, d'en caresser la peau rugueuse et de défier ainsi les superstitions qui prétendaient que cette montagne, tout comme le village, était maudite. *Encore quelques centimètres*, s'encouragea-t-il en longeant la grille de l'ancien cimetière, *les sorcières n'existent pas et n'ont jamais existé, ce ne sont que des histoires pour effrayer les enfants, ces enfants qui plus tard trouveront le chemin qui longe la crête de cette minuscule montagne et s'y rendront, comme moi, pour surplomber le village et vider des bouteilles en se moquant de ces superstitions puériles…*

Alors que, du bout des doigts, il s'apprêtait à ressentir le contact de la pierre, une voix puissante le sortit de sa torpeur :

— Vincent, je les ai trouvés ! Viens m'aider à parquer le troupeau !

Le garçon mit quelques secondes à réaliser ce qu'il était sur le point de faire. Il fixa ses pieds et se hâta de quitter cette zone où des squelettes centenaires dormaient sous quelques centimètres de terre, car comme il le savait (comme tout le monde à Montmorts le savait), plusieurs n'avaient pas été inhumés, mais simplement laissés sur place, les os brisés par la chute.

— Merde, qu'est-ce que je fous là… ? pesta-t-il en s'éloignant de la montagne. C'est comme si je m'étais approché malgré moi, comme si j'avais été aimanté…

Il courut jusqu'à Jean-Louis, masquant son trouble, cachant son soulagement de ne plus être seul dans l'ombre du massif rocheux.

— Qu'est-ce qu'il y a, tu as vu un fantôme ou quoi ?

— Non, c'est juste une migraine, sans doute le froid...

— Faut te couvrir, je te le dis à chaque fois ! lui conseilla le berger en donnant un coup de trique au dernier mouton récalcitrant.

— Dis-moi..., lui demanda Vincent, ne pouvant s'enlever de la tête la sensation dérangeante qui le troublait encore. Il tournait le dos à la montagne comme un nageur fuirait une vague démesurée. Tu as déjà entendu les légendes du coin, sur Montmorts, cette ridicule montagne et les forêts autour ?

— Oh oui, tous les soirs en buvant un coup chez Mollie ! s'amusa Jean-Louis. Mais tu sais, gamin, contrairement à toi, je ne suis pas du coin... alors toutes ces balivernes... Allez, je vais fermer l'étable, attends-moi là...

Le vieil homme, qui en fait n'était âgé que de cinquante-deux ans, se trouvait penché au-dessus de son baluchon quand une bourrasque colérique hurla à travers les bois environnants, fouetta leurs silhouettes et vint s'échouer contre la pierre.

— Merde, elle va nous filer la mort, celle-là ! s'exclama Vincent. La première tournée sera pour moi, j'ai besoin de me déglacer le sang ! Jean-Louis ?

Son collègue ne bougeait plus. À le voir ainsi, immobile, les mains figées dans son sac, le garçon crut qu'il se payait sa tête. Ça lui arrivait de temps en temps, quand il était de bonne humeur... ou ivre. Il faisait semblant de ne plus pouvoir bouger, certainement pour se venger du fait que son jeune compagnon le taquinait régulièrement sur son âge « avancé »...

— Allez, on se les caille, ne te fiche pas de moi...

Lentement, tel un mime ridicule, Jean-Louis se tourna vers Vincent, sans prononcer le moindre mot. L'apprenti fut tenté de lui taper l'épaule avec son poing pour qu'il cesse sa blague, mais toute intention disparut quand il remarqua son regard : ses prunelles étaient réduites à de simples cercles minuscules, tandis que des larmes coulaient sur ses joues. Mais ce qui glaça Vincent fut que le berger ne le fixait pas, lui, mais la montagne derrière lui, hypnotisé par la façade de granite et de calcaire.

— Jean-Louis... qu'est-ce qui t'arrive ?... Tu... tu pleures ?

Jamais il n'avait vu ce colosse trembler, se plaindre du froid ou du vent, reculer devant quoi que ce soit. Le berger était pour lui un roc, bien plus costaud et solide que cette montagne. Un homme aux muscles vigoureux et infatigables... Que se passait-il pour qu'un tel géant se mette soudainement à pleurer, comme il s'en rendit compte alors que Jean-Louis sortait son couteau de chasse de son barda ?

— Maintenant tu restes là, gamin, tu as compris ?

— Ou... oui, mais...

— Ça a commencé, ajouta le berger dans un murmure à peine perceptible. Je sais qui je suis et ce que j'ai fait... Il est déjà trop tard, c'est ce que disent les saules...

— Qu'est-ce que tu... ?

— Ne les vois-tu pas ?! hurla Jean-Louis, le regard devenu fou. Il fixait un point invisible vers le sol, à quelques mètres seulement de Vincent.

— Quoi... qui... ? Je ne vois personne ! balbutia le garçon en tournant la tête dans tous les sens.

— Mes enfants, murmura le berger, regarde...

Puis, après un bref sourire empli de tristesse, il se détourna de l'apprenti et se dirigea vers l'étable, marquant de ses empreintes la terre recouverte d'une fine couche de neige. Vincent le suivit du regard, tétanisé par ces paroles, statufié par la vue du couteau et de sa lame épaisse.

Jean-Louis disparut dans l'abri et aussitôt les bêlements inquiets des moutons se muèrent en plaintes de souffrance et de mort. Le gamin demeura debout dans le froid un long moment, incapable d'esquisser le moindre geste, incapable de comprendre la scène qui se déroulait devant lui. Ce ne fut que quelques minutes plus tard, lorsque le berger sortit de l'étable, le corps entièrement couvert de sang tiède et vaporeux, que Vincent se mit à courir comme un damné en direction du bar de Mollie, fuyant à grandes enjambées la montagne silencieuse et les derniers soupirs des animaux.

Les chroniques de Montmorts, par Sybille

Laissez-moi vous présenter mon village.

Montmorts est comme un manoir ancestral dont les occupants seraient pris au piège à l'intérieur de murs épais. Loin de s'en attrister, chacun vaquerait à ses occupations et observerait avec reconnaissance le pic qui surplombe l'horizon telle une stèle géante destinée à rappeler aux vivants l'importance des morts.

Car Montmorts n'est autre que le diminutif de la montagne des morts. Autrefois, ce village portait certainement un autre nom, que les souvenirs et les livres d'histoire n'ont pas retenu. Faisant suite aux procès en sorcellerie de Sancerre, d'Aix-en-Provence, puis de Loudun un demi-siècle plus tard, Montmorts fut un temps sujet à l'hystérie collective. En 1696, les habitants entendirent les murmures d'une rumeur selon laquelle une mère de famille, Louise, et ses quatre filles, étaient capables de soigner n'importe quelle douleur humaine. Il suffisait de se prêter à une sorte de purification en s'allongeant nu sur le sol. Une fois terminées les différentes incantations incompréhensibles de la mère et ses quatre filles, le malade devait boire une concoction épaisse élaborée à base d'écorce de saule blanc. Si, au début, aucun membre du village ne sembla prêter attention aux témoignages des patients de Louise, la rumeur selon laquelle cette femme usait de sorcellerie enfla lorsque le maire prit connaissance de faits identiques en diverses régions de France. En 1698, un nom à consonance étrangère, Salem, vint étayer l'idée que ce phénomène ne se résumait plus à quelques régions françaises, mais se propageait dans d'autres pays. Le mal était là, et il prospérait. Le maire décida donc d'endiguer la maladie en condamnant à mort la famille entière. Une parodie de procès fut mise en place. On reprocha aux cinq suspectes, outre le fait de proférer des incantations soufflées par le Malin, de se livrer à des débauches sexuelles lors des nuits de sabbat, de corrompre les esprits et de rendre amnésiques les hommes du village. En effet, que ce fût pour une fièvre, des maux de tête ou des douleurs de tout autre genre, les victimes juraient n'avoir que très peu de souvenirs quant à leur entretien avec Louise.

La sentence fut prononcée et les coupables traînées jusqu'au pic qui dominait le village depuis le jour où Dieu avait décidé de peupler la Terre. Les corps de la mère et des quatre sœurs chutèrent et s'écrasèrent contre le sol gelé, en émettant des craquements lugubres dont les échos remontèrent le long de la roche pour résonner aux oreilles de ceux qui venaient d'observer l'exécution avec un enthousiasme communicatif. Durant les mois suivants, beaucoup penseront que c'est à ce moment précis que les sorcières avaient lancé leur malédiction. Qu'à travers les craquements de leurs squelettes, elles avaient engourdi l'esprit des hommes au point que ceux-ci se mettent à suspecter la grande majorité des femmes d'être également des sujets du diable. D'autres sorcières, du moins supposées telles par un voisin, un amant ou parfois même un mari, furent jetées du haut du pic qui devint alors la montagne des morts, puis, avec le temps, Montmorts.

L'hystérie perdura jusqu'au début du dix-huitième siècle, jusqu'à ce que le vivier de sorcières fût tari par la folie des hommes et que Montmorts fût abandonné par les derniers habitants.

Voilà pour le côté historique de ce village, passons à sa géographie.

Montmorts est une enclave, un cul-de-sac, un amoncellement de maisons prises au piège entre deux massifs forestiers, le grand tertre et le petit tertre, avec pour mur infranchissable dans sa partie sud, cette montagne des morts. Une seule route vous amène ici, la départementale 1820 qui sinue tel un serpent capricieux entre les massifs montagneux dans lesquels elle a été creusée pour arriver par le nord.

Certains d'entre nous se souviennent des mythes et légendes à l'origine de la création de Montmorts. D'autres s'en contrefichent et n'en parlent jamais, ni n'écoutent les paroles de ceux qui ont entendu leurs parents décrire ce qu'eux-mêmes avaient entendu de leurs propres parents. De là est née la fameuse expression des Montmortois, qui définit qu'un sujet n'est pas assez important pour qu'on y prête attention : *ce n'est que flocon de neige.*

Alors oui, les sacrifices, les prétendues sorcières, le cimetière vieux de plusieurs centaines d'années établi juste en bas de la montagne, parce que à l'époque il était plus pratique d'enterrer les morts à l'endroit exact où ils venaient de chuter, tout cela pour beaucoup *n'est que flocon de neige.* Inutile, provenant d'un passé révolu, le pic ne représente à présent qu'un gros rocher surnommé pompeusement montagne, qui bloque la brume rejetée par le grand et le petit tertre, suinte d'humidité et cache le coucher de soleil.

Ce village, c'est le mien. J'y suis née.

Je l'aime comme une partie intégrante de mon propre corps et jamais je ne me résoudrai à le quitter. Alors tant pis si pour certains d'entre vous ces phrases demeurent futiles. J'ai décidé d'écrire sur ce blog les chroniques de ce vieux manoir qu'est Montmorts, de lui rendre hommage afin que son histoire ne s'éteigne jamais.

Tout le reste n'est que flocon de neige.

P.-S. : Ah si, un petit évènement dans notre village ! Dans trois jours le nouveau chef de la police municipale arrive pour remplacer notre regretté ancien fonctionnaire. Je compte sur chacun de vous pour lui réserver le plus agréable des accueils !

2.

Montmorts, le 10 novembre 2021

À sept heures quinze, Julien se trouvait déjà attablé dans le salon de l'auberge. Mollie lui apporta son café en traînant les pieds, ses chaussons frottant le sol tels les sabots d'un âne récalcitrant, et ne répondit aux salutations du fonctionnaire que par un bref raclement de gorge. Elle disparut ensuite après avoir remis une bûche dans le feu de la cheminée, pourtant bien ravitaillé, comme pour préciser par ce geste qu'elle ne reviendrait pas avant un long moment. Le policier se trouvait seul dans la pièce, et ne douta pas un instant qu'il demeurait l'unique pensionnaire de l'endroit. Il jeta un coup d'œil en direction du bar où trônait un amoncellement de verres que la propriétaire n'avait sans aucun doute pas eu le courage de nettoyer la veille. Choisir cette auberge le temps que les déménageurs transportent l'intégralité de ses affaires n'avait pas été un choix compliqué : il n'existait à Montmorts qu'un seul hôtel, « Chez Mollie ». *Au moins le café est buvable*, sourit Julien en portant la tasse à ses lèvres. Sur le pan de mur face à lui se trouvaient suspendues des photos encadrées. La veille, quand il s'était présenté à la réception, qui n'était autre que le comptoir surchargé, le mari de Mollie, Roger, l'avait accueilli avec un sourire empli de surprise.

— Vous êtes le nouveau chef de la police ?

— Exactement, je commence demain, précisa Julien sans véritablement savoir pourquoi. *La fatigue, sans doute*, pensa-t-il en songeant aux cinq heures de route qui l'avaient conduit jusqu'ici.

— Et vous voulez rester ici une nuit ?

— Tout à fait, sauf si vous êtes complets, sourit Julien.

Roger ignora le sarcasme, mais par réflexe professionnel examina la salle qui, mis à part une femme penchée au-dessus de sa tasse de thé, courbée comme si elle murmurait à son breuvage le plus précieux des secrets, et un vieux chat couché près de la cheminée, était déserte.

— Les gens viennent surtout le soir, après le travail…, justifia-t-il en essuyant un verre, j'espère que le bruit ne vous dérange pas trop, certains clients boivent jusqu'à pas d'heure…

— Ce n'est que pour une nuit, je saurai être clément, lui promit Julien.

En attendant que Roger trouve sa femme pour qu'elle lui montre la chambre, Julien s'était dirigé vers les photos. La plupart des clichés présentaient des moments festifs, des hommes et des femmes en train de lever leurs verres en direction de l'objectif, des visages souriants, rougis par l'alcool et les célébrations. Un cadre accroché à l'écart montrait une photo qui contrastait violemment avec la joie affichée sur les précédentes. Il s'agissait d'un vieux cimetière, dont les croix usées par le temps ne se tenaient plus dressées vers le paradis céleste, mais au contraire semblaient s'affaisser vers l'enfer et penchaient en direction du sol comme si elles n'avaient pas été suffisamment enfoncées dans la terre. Des herbes hautes jonchaient le pourtour et couraient le long d'une grille rouillée.

— Charmant, non ?

Une voix féminine, à l'intonation rauque et usée, résonna derrière le policier.

— Charmant, je ne sais pas, mais… bucolique en tout cas.

— Je suis Mollie, la propriétaire. Je vais vous montrer votre chambre.

La vieille femme, tout en rondeurs, se déplaça en traînant les pieds vers un renfoncement où apparaissaient les premières marches d'un escalier. Julien la suivit, tentant d'ignorer son odeur de sueur âcre. Chaque pas qu'elle posa sur les marches en bois fit craquer l'escalier de douleur.

— Je vais vous donner la chambre qu'avait occupée votre prédécesseur à son arrivée, déclara-t-elle d'une voix ferme, une fois le premier étage atteint. Pas que je veux vous porter le mauvais œil, mais c'est la seule qui soit prête.

— Je ne suis pas superstitieux, plaisanta Julien, cependant légèrement mal à l'aise de dormir dans le même lit qu'un homme qui, à ce que lui avait appris son supérieur, était mort à peine huit mois après sa prise de poste.

— Vous êtes à Montmorts, jeune homme, vous feriez mieux d'être superstitieux…

Mollie tourna la clef dans la serrure de la première porte d'un couloir qui semblait n'avoir pas de fin, se perdant dans l'obscurité du parquet sombre, abandonné par un lustre qui n'éclairait plus les murs décrépits et pendait du plafond telle une corde de gibet.

— Ce n'est pas le Hilton, ajouta la propriétaire en lui tendant la clef, mais pour ce soir, je présume que monsieur ne fera pas le difficile... Le petit déjeuner est servi à partir de sept heures, et si vous voulez dîner, demandez le plat du jour à mon mari. Moi je ne m'occupe que des chambres et du café du matin.

Julien observa d'un œil résigné la pièce qui se présentait à lui. Il attendit que les pas traînants de Mollie disparaissent dans l'escalier avant de fermer la porte. « En effet, ce n'est pas le Hilton... », souffla-t-il en singeant la vieille femme, dont les relents fétides occupaient encore l'atmosphère. Après avoir ouvert la fenêtre pour aérer, il descendit récupérer sa valise dans le coffre de sa voiture. En passant devant le comptoir, il remarqua que la femme assise quelques minutes plus tôt avait disparu, laissant sa tasse et le chat immobile. *Un jour à tenir*, se motiva-t-il en remontant le col de son manteau pour affronter le vent glacial, *un jour à tenir dans cet endroit...*

— R'voulez du café ?

La voix de Mollie le fit sursauter. Il ne l'avait pas entendue arriver, ce qui lui parut impossible tant cette femme usait le sol à chaque déplacement. Il pencha par réflexe la tête en direction des pieds de la propriétaire. Ses pantoufles crasseuses se trouvaient toujours à leur place. *Qu'est-ce qui a pu retenir mon attention au point d'ignorer le bruit et l'odeur de Mollie ?* se demanda-t-il un bref instant sans parvenir à trouver une réponse.

— Non... Non merci, ça ira.

— Il n'est pas bon ?

— Euh... si, très bon, mais je dois filer au commissariat, le premier jour c'est important.

— Vous avez raison, et profitez-en pour passer un message à votre collègue, le gros Francky : dites-lui qu'ici ce n'est pas une banque, et qu'il vienne régler son ardoise rapidement.

— Très bien, je lui transmettrai.

— Et n'hésitez pas à venir boire une bière après le travail, c'est ici que les gens superstitieux se retrouvent.

— Désolé, Mollie, ce court séjour dans votre palace ne m'a pas rendu croyant, répliqua-t-il en se levant, mais merci pour l'hospitalité.

Alors que Julien s'apprêtait à quitter l'auberge pour, comme il l'espérait, ne plus y remettre les pieds, il entendit la vieille femme lui prodiguer un dernier conseil : *Parfois il faut savoir entendre les voix, notre salut se trouve peut-être à l'intérieur des mots...*

Le policier se retourna et observa celle qui, depuis qu'elle lui avait proposé du café, n'avait pas bougé, se tenant droite comme une pierre tombale en le fixant du regard. Son visage graisseux demeurait immobile, mais son front se plissa de surprise en voyant le policier se retourner ainsi :

— Vous avez oublié quelque chose ? demanda-t-elle avec, pour la première fois, une once de politesse dans son intonation.

— Non... que voulez-vous dire par « entendre les voix » ?

— Pardon ?

— Vous venez de me parler, non ? Quand j'avais le dos tourné ?

— Désolée, mais je n'ai pas dit un mot... Pensez au gros Francky, dites-lui de payer sa dette sinon la prochaine fois il devra faire des kilomètres pour étancher sa soif! lança-t-elle avant de se diriger vers le bar.

Julien sortit et inspira une goulée d'air frais. Cette femme perdait sans aucun doute la tête. Il était certain qu'elle lui avait parlé. *Vivement ce soir que je déballe mes cartons et que j'oublie cet endroit…*, se dit-il en s'installant au volant de son Volvo break.

Avant de se rendre au central, Julien roula en maraude dans les rues du village. Il s'était déjà promené dans les artères de Montmorts, la veille dans l'après-midi, mais à cette heure-ci il découvrit un lieu au charme certain. Les lampadaires luttaient encore pour quelques instants contre l'obscurité vacillante de la nuit, et baignaient les maisons dans une lumière jaunâtre agréable. L'impression qu'il avait ressentie la veille résonna une nouvelle fois dans son esprit: Montmorts était un village perdu, mais très loin du délabrement auquel on aurait pu s'attendre dans un endroit aussi isolé. L'asphalte des routes demeurait en très bon état, les façades propres et harmonieuses des bâtisses, pour la plupart plutôt fastueuses, à plusieurs étages et avec plusieurs sorties de cheminée, démontraient une certaine volonté des habitants de soigner l'aspect général du village. Julien passa devant des parterres de fleurs fournis, des places immaculées, des commerces aux vitrines attrayantes et dépourvues de rideaux métalliques, des parkings aux voitures stationnées selon le marquage au sol, et se perdit dans la contemplation de rues à la propreté scintillante, semblant tout droit transposées d'un luxueux village suisse. La brume qui s'étirait nonchalamment et dans le moindre recoin, à quelques centimètres du sol, finissait de parfaire le portrait d'un lieu à part, presque onirique. Seulement, Julien ne dormait pas. Il était bien présent, ici, à Montmorts, à contempler les monts vallonnés qui jouxtaient le village, à voir ces nuages blancs en descendre, se faufiler entre les arbres puis glisser le long de la cuvette naturelle dans laquelle ils s'engouffraient en humidifiant le pavé. Il continua de rouler, fit le tour de la place centrale, une place carrée avec un large kiosque en fer forgé en son centre, puis dévia sa route en direction du cimetière présent sur la photo de l'auberge. Il n'avait pas besoin de panneaux de direction ou de GPS pour se diriger, il lui suffisait de rejoindre la montagne qui se trouvait au sud et de s'y garer. Sur le cliché, le relief rocheux se trouvait juste derrière les croix plantées de guingois, veillant sur les morts comme la plus solide des sépultures.

Après dix minutes de route, la silhouette froide de la montagne perça la brume et la nuit mourante pour se dresser, orgueilleuse et luisante sous la lune, à une centaine de mètres du véhicule. Semblable à une lame de couteau géante, son flanc s'élançait vers le ciel en s'arrondissant à la cime, formant une plateforme naturelle où Julien put deviner la ceinture métallique d'un parapet. *Quelle vue on doit avoir de là-haut!* s'enthousiasma-t-il en se penchant vers son pare-brise. *Il suffira de trouver le chemin pour y accéder... Je pourrais demander à cette chère Mollie de m'y amener!* sourit Julien en imaginant la vieille femme monter les nombreuses marches qui devaient jalonner le chemin en soufflant son haleine nauséabonde. Il coupa le contact et sortit du véhicule. Le froid de novembre lui parut plus humide que dans le village. *Sans doute ce colosse de roches piège-t-il le froid,* se dit-il en faisant volte-face en direction des habitations qui, au loin, s'allumaient une à une. Tout autour, la brume continuait de sourdre des massifs boisés, lentement.

Julien se retourna et fit quelques pas en direction du cimetière. Des grilles basses et rouillées cerclaient l'ensemble des dépouilles qui, à voir le nombre de croix ivres qui perçaient le sol, ne devaient pas dépasser la dizaine. Les herbes hautes aux feuilles perlées de rosée caressèrent ses chaussures. Le policier ignorait pourquoi il tenait tant à se rendre sur ce site, mais il lui semblait qu'il ne pourrait faire partie de ce village sans y avoir effectué un pèlerinage. Bien sûr, avant d'arriver, il avait fait des recherches sur Internet. Il avait découvert quelques photos du village, rien de plus. Mais hier soir, alors qu'il venait de remonter du bar où il avait avalé un ragoût aux arômes surprenants que Roger se vantait d'avoir lui-même cuisiné, il s'était promené de nouveau sur la Toile et avait découvert « Les chroniques de Montmorts », un blog tout juste créé par une habitante. Julien en avait appris un peu plus sur le site. Bien entendu, le policier savait que ces hystéries fréquentes durant ces siècles d'obscurantisme et de croyances infondées ne symbolisaient que la folie des hommes. Mais il se dit que, d'une certaine manière, s'il voulait comprendre Montmorts, il lui faudrait également se plonger dans son histoire. *Et me voilà, gelé jusqu'aux os, en train d'observer les décombres du mysticisme...*, ironisa-t-il en posant une main sur le métal givré de la grille. « Certainement la relique la plus ancienne de ce village, suivie de près par l'auberge de Mollie! Allez, au boulot, en espérant que le commissariat soit plus moderne que ces croix en bois! » murmura Julien en revenant vers son véhicule. Il fit tourner le moteur, attendit quelques minutes que l'habitacle se remplisse de la chaleur soufflée par la climatisation puis se dirigea vers le commissariat.

Tandis que…

… Tandis qu'à l'auberge, Mollie secouait avec méchanceté son mari assoupi, hurlant sur lui comme une harpie, lui intimant de se lever pour nettoyer le bordel de la veille, faisant grincer le matelas et plier les ressorts épuisés…

… Que le « gros Francky » se tenait devant le miroir placé dans le vestiaire du commissariat et ajustait sa tenue réglementaire, se disant qu'il inviterait son nouveau chef à boire un verre après sa première journée de travail, se souvenant ainsi avec effroi qu'il n'avait pas réglé sa note du mois…

… Que Loïc, le chauffeur de bus qui conduisait tous les matins la grappe d'adolescents de Montmorts en direction du collège situé dans la ville voisine, tournait la clef de contact et sortait du parking en saluant de la main les employés communaux…

… Que quelques rues plus loin, Vincent, seul dans l'obscurité de son appartement, pleurait en fixant le plafond, les yeux ouverts pour fuir ces cauchemars qui le torturaient depuis deux ans, ceux où Jean-Louis, le visage maculé du sang des moutons, s'approchait de lui en levant la lame du couteau et en répétant : « Il est déjà trop tard »…

… Que Lucas, un ancien camarade de classe de Sybille, enflammait nerveusement l'extrémité de son joint en découvrant les chroniques de Montmorts…

… Tandis que…

… Tandis que Montmorts s'éveillait, que les premiers rayons de soleil caressaient avec affection la paroi de sa montagne et que les habitants scrutaient le ciel depuis leurs foyers en espérant l'arrivée de la neige pour l'hiver.

3.

Lorsque Julien arriva dix minutes plus tard au commissariat, il fut surpris de découvrir que celui-ci était déjà éclairé. Il pénétra dans le hall, qu'il avait déjà foulé la veille quand il était venu se présenter, et se dirigea vers le comptoir d'accueil.

— Bonjour, chef! lança d'une voix tonique la femme assise derrière le desk.

— Bonjour… Lucie, c'est bien cela?

— Exactement!

— Vous êtes matinale! Moi qui pensais être le premier, la prochaine fois je dormirai sur place pour être certain d'allumer les lumières avant vous!

— Je suis là tous les matins à sept heures quarante-cinq, expliqua Lucie, qu'il vente, qu'il neige ou que le soleil d'été m'incite à prolonger le sommeil dans la fraîcheur de ma chambre! Franck et Sarah sont là également, mais eux, c'est vraiment pour faire bonne impression, d'habitude ils arrivent plus tard! précisa-t-elle en lançant un clin d'œil à Julien.

— Eh bien je vous remercie, je vais les rejoindre…

— Vous voulez que je vous accompagne? Vous n'avez pas visité les lieux hier, je peux…

— Non, refusa le policier, c'est très aimable à vous, mais je vais me débrouiller, gardez un œil sur le standard.

— Il ne sonne presque jamais…

— Merci Lucie ! lança-t-il depuis le couloir dans lequel il s'était engouffré sans même attendre la fin de la phrase.

Le couloir était le parfait reflet des rues de Montmorts : propre, spacieux, moderne, il débouchait sur la pièce principale, la salle des bureaux. Julien n'en crut pas ses yeux. L'endroit ressemblait plus à une cellule de crise ministérielle qu'à un commissariat de province. Des ordinateurs dernier cri, un écran géant découpé en plusieurs espaces où s'affichaient les vues des différentes caméras de Montmorts, une imprimante reliée à chaque poste de travail, des sièges sur roulettes à l'apparence plus que confortable, une salle de repos où, à travers la vitre, il pouvait voir sa nouvelle équipe disposer des viennoiseries et du café sur la table centrale. *Bon sang, si je m'attendais à ça…*, jura intérieurement Julien. Il examina une dernière fois les lieux, abasourdi par tant de luxe et de modernité, puis se dirigea vers Sarah et Franck.

— Oh, chef, bienvenue à Montmorts ! s'exclama Franck en l'apercevant. Une tasse de café ?

— Volontiers, accepta Julien en serrant la main de cet homme, en léger surpoids, et cependant très loin de l'image que Mollie avait insinuée dans son esprit en parlant du « gros Francky ».

— Sarah, chef, enchantée !

— Également !

Sarah, trente-trois ans selon le dossier que Julien avait reçu la veille de son départ, était de taille moyenne. La poigne ferme qu'elle lui offrit, une poignée de main tonique, presque virile, à l'opposé de celle plus flasque de son collègue, surprit Julien. *Une femme ambitieuse, le regard fixe, coiffure rassemblée en queue-de-cheval réglementaire, la silhouette sportive, certainement un élément sur lequel on peut compter en cas d'intervention musclée,* songea-t-il en l'observant. *Quant à Francky, merde, Franck, avec son regard fuyant et sa silhouette attendrissante, on dirait plutôt un adolescent rondouillard qui se demanderait ce qu'il fout dans cette pièce...*

— Et alors, je ne suis pas invitée!

Lucie pénétra dans la salle de repos armée d'un grand sourire. Des quatre personnes présentes, c'était elle la doyenne. Élancée, presque maigre dans ce pantalon en toile et ce chemisier rose pâle, cette quinquagénaire était la seule civile à travailler ici. Un emploi fourni par la mairie qu'elle occupait depuis trois ans à présent.

— Tenez, intervint Julien en lui tendant une tasse qu'il venait de remplir. Ne vous éloignez pas trop du central, ce serait dommage de rater ma première intervention.

— Ne vous préoccupez pas pour cela, déclara Franck en mâchant un morceau de croissant, elle est équipée!

Julien pensa tout d'abord à un sonotone suffisamment puissant pour entendre la sonnerie à travers la pièce et le long couloir. Mais lorsque Lucie tourna la tête et leva son index en direction de son oreille, il comprit que ce n'était pas le cas.

— Micro-oreillette intra-auriculaire reliée en Bluetooth, expliqua-t-elle fièrement, avec cet outil je peux me rendre aux toilettes sans aucune mauvaise conscience!

— Je suis... Je dois admettre que je n'ai jamais vu du matériel comme ici dans aucun des commissariats que j'ai fréquentés... Tous ces ordinateurs, ce... cette pièce... il y a tant de criminalité à Montmorts pour justifier ces investissements?

— Non, chef, intervint Sarah, à vrai dire, il ne se passe pas grand-chose ici, ça manque un peu d'action. C'est simplement un cadeau du maire…

— Le maire ?

— Oui, enfin le maire *et* propriétaire du village… Vous savez que Montmorts est un village privé, tout de même. C'est lui qui a appuyé votre mutation. C'est un homme très généreux.

— Non, à vrai dire, je l'ignorais…

— En tout cas, c'est aussi un homme qui fait tout ce qui est en son pouvoir pour que les habitants soient en sécurité et vivent dans un cadre parfait. Il dépense sans compter ! Non seulement pour nous, mais pour toute la population. École primaire, bibliothèque, square, hôpital, création d'un chemin pédestre pour se rendre au sommet de la montagne, Wi-Fi gratuit… Un véritable mécène !

Julien resta interloqué. En effet, ce maire devait être un sacré mécène pour fournir ainsi le commissariat alors que rien ne le justifiait. Mais le policier resta sur ses gardes. L'endroit était trop parfait. Le rêve de tout agent : un coin tranquille, des moyens pour travailler, un salaire augmenté de vingt-cinq pour cent, une maison de fonction…

— J'aimerais beaucoup le rencontrer, déclara Julien.

— Il habite dans le manoir, au grand tertre, celui que l'on voit lorsque la brume ne le recouvre pas. Mais ne vous inquiétez pas, il vient souvent nous saluer, enfin quand il est ici, car son emploi du temps est plutôt chargé !

— Comment s'appelle-t-il déjà ?

— M. de Thionville, Albert de Thionville, un homme charmant.

— Bon, s'impatienta Sarah en débarrassant les tasses accumulées sur la table, par quoi on commence, chef ?

— Excellente question ! Je pense que vous allez me montrer les dossiers en cours, ce serait déjà un bon début !

— C'est parti ! lança Franck en se dirigeant vers la salle des archives, donnez-moi cinq minutes et on s'installe sur le bureau central, les fauteuils sont au top !

Lucie s'en retourna à l'accueil tandis que Sarah s'occupa de rassembler trois fauteuils autour du « bureau de guerre ». Julien resta seul dans la salle de repos, les bras ballants, les yeux caressant ce lieu de travail qu'il n'aurait jamais cru rencontrer un jour.

Cinq minutes plus tard, tous les trois confortablement assis autour d'un bureau en bois brillant, ils observaient en silence les quatre dossiers posés devant eux.

— C'est tout ?

— Oui, chef, c'est tout.

— Vous voulez dire que dans ce commissariat, il n'y a que quatre dossiers ouverts ?

— C'est exact, affirma Sarah.

— C'est une blague ?

— Comme on vous l'a dit, c'est très calme ici. Tout le monde se connaît, il y a peu d'incidents.

— Bon… alors, voyons le contenu de ces dossiers.

Julien ouvrit la première chemise, qu'il referma après quelques secondes. Il prit connaissance du contenu des trois autres sans jamais s'attarder plus d'une minute.

— D'accord, souffla-t-il, le premier est le plus ancien. Il s'agit d'un berger qui aurait égorgé son troupeau et serait ensuite mort d'un arrêt cardiaque. Le médecin de l'hôpital a confirmé le décès, mais aussi que la victime, Jean-Louis, suivait un traitement pour le cœur.

— Je l'ai connu, précisa Franck, un homme réservé, bourru comme le sont ceux qui côtoient plus les bêtes que les humains. Parfois on buvait un verre ensemble. Pas un grand bavard, d'autant plus que peu de monde osait lui parler, par rapport à sa carrure et l'alcool qu'il avait plutôt mauvais…

— Le second est une plainte d'un agent communal contre l'auberge «Chez Mollie», qui reproche aux propriétaires de rester ouverts tard et de vendre de l'alcool à des mineurs qui iraient ensuite, surtout les soirs d'été, au sommet de la montagne pour jeter les cadavres des bouteilles. Le plaignant précise qu'il perd beaucoup de temps ensuite à ramasser les bris de verre et que ce devrait être à Mollie de le faire.

— On a pensé à installer une caméra là-haut, mais le maire s'y est opposé. Il dit que cet endroit doit rester sauvage.

— D'accord. Le troisième, sans aucun doute le plus grave, ironisa le chef, est un lecteur de la bibliothèque qui se plaint que les livres de son auteur favori ne soient pas disponibles. Malgré les explications de la bibliothécaire et le fait que cet auteur, David Mallet, ne semble pas exister, le plaignant exige une intervention policière.

— Un *ghost writer*? suggéra Franck, assez fier de son jeu de mots.

— Enfin, continua Julien sans relever les propos de son collègue, le dernier, qui n'est pas dénué d'intérêt non plus, concerne un certain Loïc Dumont, conducteur de bus, qui prétend entendre la nuit du tapage sous ses fenêtres, et incrimine les adolescents qu'il côtoie tous les jours sans toutefois pouvoir le prouver.

— Là, les caméras qui donnent dans la rue n'ont rien révélé, précisa Sarah. Aucune présence sous ses fenêtres la nuit. Peut-être un effet du vent qui glisse depuis la forêt?

— C'est une blague? demanda de nouveau Julien en se redressant sur son siège et en fixant les deux policiers.

— Non, répondit Franck, il dit vraiment entendre des jeunes.

— Je ne parle pas de ce dossier, mais en général... Ce sont les seuls cas en cours? Il n'y a pas, je ne sais pas, de bagarres, de vols, de trafics divers...?

— Non, chef, nous sommes à Montmorts, comme on vous l'a dit, c'est très...

— ... calme ici, merci, Sarah, j'avais compris, sourit son supérieur. Mais dans la ville d'où je viens, nous étions une vingtaine à travailler et jamais nous n'arrivions à classer la totalité de nos dossiers. C'était un travail sans fin, alors qu'ici...

— Nous nous contentons de parcourir les rues et de discuter du beau temps sans qu'aucun nuage nous chasse, regretta Sarah.

— Quelqu'un veut un croissant? un café? proposa Franck en se levant.

— Non, merci, lui répondit Julien.

— Non plus.

Le policier disparut en direction de la salle de repos en sifflotant.

— Et mon prédécesseur, que pensait-il de tout cela?

Julien se rendit compte immédiatement que sans le vouloir, il venait d'enfoncer une porte qu'il eût été préférable de laisser fermée. Les yeux de la jeune femme s'embuèrent. Elle tenta de cacher son malaise, mais n'y parvint pas totalement et attendit que Franck devienne invisible pour parler.

— Hum... comme vous, Philippe s'est étonné de cette situation, mais après quelques jours passés ici, il a compris que Montmorts était tout simplement... à part...

— Vous… Vous lui étiez beaucoup attachée ?

Sarah se contenta de hocher la tête. Aucun mot n'était nécessaire. Le chef de la police comprit que la jeune femme éprouvait encore des sentiments pour l'ancien responsable. Une profonde tristesse émanait de son silence.

— Je… Je suis désolé, Sarah.

— Et moi donc. Le jour où… où il est parti de Montmorts pour se rendre à une formation, et que sa voiture a dérapé sur le verglas pour finir dans le ravin, nous nous étions… disputés.

Julien la laissa s'exprimer sans la couper. La policière qui lui avait paru si forte quelques minutes auparavant lui sembla aussi fragile que du cristal.

— C'était stupide… Une histoire de piano… Vous voyez, il avait du mal à dormir, sans doute le changement d'air, lui aussi venait de la ville. Au début, je me disais que les bruits des rues surpeuplées et bruyantes lui manquaient. Que son cerveau s'était tant habitué à la cacophonie nocturne de son ancienne vie qu'il ne pouvait plus s'endormir, que le silence l'oppressait…

— C'est un phénomène qui peut se produire, en effet, affirma le policier en lui adressant un faible sourire.

— Puis, il y a eu ce piano qu'il prétendait entendre la nuit. Je n'y ai pas fait attention au début, mais au fil des jours son malaise a grandi. Il ne cessait de me répéter que quelqu'un jouait du piano pour le réveiller et que celui-ci se taisait dès qu'il ouvrait les yeux. Avec le recul, je pense qu'il a fait une dépression… Et qu'il est mort avant que je puisse lui venir en aide.

— Sarah, si vous avez besoin de parler, n'hésitez pas, je suis une bonne oreille…

— C'est gentil, mais pour l'instant, nous avons du travail… Des lanceurs de bouteilles, un écrivain imaginaire, des adolescents invisibles et un berger tueur de moutons…

— D'ailleurs, pourquoi ce dernier dossier est-il considéré comme toujours en cours ? s'étonna Julien. Après tout, le médecin a validé l'arrêt cardiaque…

— À cause du gamin qui était avec lui, l'apprenti, expliqua Sarah. Il n'a cessé de dire que ce n'était pas le cœur qui avait lâché le berger, mais sa tête, et que juste avant d'égorger les bêtes il avait prononcé des phrases étranges…

— L'adresse de ce jeune homme est dans le dossier, je présume ?

— Oui, chef.

— Bon, je vais aller lui rendre visite alors, histoire de clarifier ce cas qui surcharge nos étagères…, ironisa Julien. Vous m'accompagnez ?

D'habitude, il y serait allé seul. Quelques questions à poser à un témoin ne nécessitaient pas la présence de deux officiers. Mais il eut envie d'extirper la jeune femme de la tristesse dans laquelle ses souvenirs l'enfonçaient.

— Bien sûr, je préviens Franck. Pas la peine de prendre la voiture, ce n'est qu'à quelques rues d'ici.

4.

— Vous pouvez m'en dire un peu plus sur le propriétaire du village ?

Sarah et Julien marchaient le long de l'artère principale. À leur droite, la place carrée était foulée par quelques habitants, et des employés communaux dressaient une échelle pour pouvoir disposer des compositions florales au sommet du kiosque. Plusieurs Montmortois et Montmortoises les croisèrent en les saluant du regard. Pas un de ces villageois ne s'arrêta pour se plaindre ou pour dénoncer un méfait, mais tous continuèrent leur chemin comme des automates à la tranquillité préservée.

— Il a acheté le village, il y a une vingtaine d'années il me semble, débuta Sarah. Au début, les quelques familles qui vivaient ici ont pensé qu'elles seraient expropriées, qu'il s'agissait d'une opération immobilière afin de construire une autoroute ou pour creuser des puits de pétrole… Mais il n'y a pas de pétrole ici. M. de Thionville voulait simplement le meilleur environnement pour élever ses deux filles. Un caprice de milliardaire ? Sans doute, mais un noble caprice. Dès son arrivée, il a fait construire un hôpital, a réhabilité l'ancienne prison et a dépensé beaucoup d'argent pour parfaire le village.

— Une prison ?

— Oui, de petite taille, quelques cellules afin d'aider le centre pénitentiaire surchargé de la région.

— Où se trouve-t-elle, cette prison ? demanda Julien qui ne se souvenait pas d'avoir remarqué un établissement de la sorte durant ses pérégrinations.

— Elle a disparu. Apparemment, un soir d'orage, un éclair a frappé le générateur électrique et fait exploser la citerne de gaz qui se trouvait non loin. La prison se voulait moderne, pas dans le sens littéral, comme le commissariat, mais plutôt au sens figuré, comme une grande maison où les prisonniers, triés sur le volet, pouvaient se déplacer sans horaires ni contraintes. C'est pour cela qu'elle avait été aménagée dans une ancienne bâtisse faite de poutres en bois et de murs en pierre recouverts de chaux. Sur les neuf occupants, pas un n'a survécu.

— Bon sang, ils ont tous brûlé vifs ?

— Oui, tous. Mais ce n'est pas le plus affreux.

— Vraiment ?

— M. de Thionville a eu deux filles. L'une d'entre elles était gravement malade, c'est pour cela qu'il tenait tant à ce qu'il y ait un hôpital à Montmorts.

— Quel genre de maladie ?

— Je l'ignore. Ce que je sais, c'est qu'un soir, lorsque M. de Thionville s'est rendu dans la chambre d'Éléonore pour lui souhaiter une bonne nuit, il n'a trouvé qu'une pièce vide. Le personnel de maison a alors fouillé le manoir sans trouver trace de l'enfant. Le corps de la jeune fille a été découvert quelques heures plus tard au pied de la montagne. Vu son état, il ne faisait aucun doute que la fille de M. de Thionville avait été poussée dans le vide depuis le sommet. Elle n'avait que douze ans…

— Mon Dieu, le pauvre homme…
— Oui, lui qui avait déjà perdu sa femme en couches…
— Merde… Aurait-elle pu se rendre d'elle-même au sommet de cette montagne et tomber ?
— Non, impossible, elle ne se déplaçait plus qu'en fauteuil roulant… Vous comprenez maintenant pourquoi toutes ces caméras… Le maire s'est promis qu'aucun autre habitant n'aurait à craindre pour la sécurité de ses enfants. Une bien triste histoire… Tenez, c'est ici.

Ils s'arrêtèrent au pied d'un immeuble haut de trois étages. Julien sonna à l'interphone et attendit une réponse. Les paroles de Sarah dansaient dans son esprit. Lui qui avait ressenti l'envie de rencontrer le propriétaire du village, il n'en éprouvait à présent plus le désir. Les questions qu'il se posait à propos des moyens et des systèmes de sécurité haut de gamme alloués à la police d'un minuscule village venaient de trouver leur réponse. La mort d'une enfant et la promesse d'un homme brisé avaient entraîné toute cette surenchère de caméras et d'ordinateurs.

— Ça ne répond pas, souligna Sarah.
— Il travaille ?
— Pas à ma connaissance.
— Sonnons autre part, proposa Julien en pressant plusieurs touches à la suite.

Après quelques secondes, un crépitement se fit entendre à travers le haut-parleur.

— Oui ?
— Bonjour, nous sommes de la police, annonça-t-il, nous souhaiterions avoir accès à l'immeuble, pouvez-vous nous ouvrir s'il vous plaît ?

Immédiatement, le pêne de la serrure émit un claquement sec.

— Ça alors, s'étonna le policier, c'est la première fois que ça marche...

— Montmorts! répliqua Sarah en haussant les épaules.

Les policiers montèrent l'escalier jusqu'au deuxième étage et se présentèrent face au numéro de porte indiqué dans le dossier. Juste avant de frapper, Julien demanda à Sarah si Vincent devait être considéré comme une personne potentiellement instable, et dans ce sens pouvant résister à leur venue.

— Ce type est un ange. Jamais un mot plus haut que l'autre. On le croise chez Mollie, mais il ne boit jamais plus de deux bières.

— Parfait, souffla le policier en s'apprêtant à cogner contre la porte.

Seulement, son geste fut interrompu par sa collègue.

— Regardez, c'est ouvert, remarqua-t-elle en désignant du regard le faible interstice entre la porte et le chambranle.

Julien agrandit légèrement le passage jusqu'à pouvoir passer la tête à l'intérieur de l'appartement.

— Vincent, ici l'officier de police Julien Perrault, vous êtes là? Nous pouvons entrer?

Aucune réponse.

— Vincent, c'est Sarah! insista la jeune femme sans obtenir autre chose que le silence.

— Je veux bien que nous soyons à Montmorts, souligna Julien en détachant l'attache de sécurité de son arme de service, mais cela n'est jamais bon signe...

Sarah fixa la ceinture de son chef en se demandant s'il allait vraiment sortir son arme. Elle n'avait jamais eu l'occasion de brandir son SIG Sauer. Mais son supérieur se contenta de garder la main sur l'étui et pénétra dans l'appartement avec prudence.

— Nous sommes entrés, prévint celui-ci en s'engouffrant dans le couloir, nous aimerions vous poser quelques questions.

Ils passèrent une première pièce, la cuisine, où trônaient sur une table en formica un bol et un paquet de céréales. Sur la droite, Sarah ouvrit une porte et découvrit la chambre. Le lit était défait, des habits jonchaient le sol tels des oripeaux multicolores. La policière s'approcha du lit et posa une main sur le matelas. Froid. Elle se dirigea vers la salle de bains, vide elle aussi.

— Continuons, murmura Julien, en désignant l'extrémité du couloir où une porte vitrée les séparait d'une autre pièce. *Je n'aime pas ça*, songea Julien en posant la main sur la poignée. *Tout est trop calme ici, ce village est beaucoup trop calme...*

Le salon se dévoila, désert. Un canapé élimé coupait l'espace en deux, installé face à une télé géante et une console de jeux vidéo. Sur le sol reposaient des bouteilles de soda ainsi que des emballages de chips et de plats préparés. Une odeur de renfermé infestait la pièce, un mélange d'effluves corporels et de plats épicés. Mais ce n'est pas ces reliquats de présence qui alertèrent les sens de Julien. Une autre odeur se faufilait dans l'atmosphère, plus métallique, plus définitive.

— Là-bas, proposa Sarah en pointant du doigt un dernier passage. Il ne reste plus que cette pièce.

Ressentant l'étrangeté de la situation, elle imita son chef et déverrouilla la fermeture de son étui.

Il est déjà trop tard...

Pourquoi pensait-elle subitement à cette phrase ? Elle se souvenait de sa provenance. Elle se trouvait dans le dossier de la mort du berger. C'est Vincent qui lui avait répété les derniers mots prononcés par son ami. Elle avait jugé utile de la transcrire même si sur le moment elle lui avait semblé incohérente et certainement provoquée par le choc. Elle chassa ses pensées en se concentrant sur les gestes de Julien qui se tenait devant elle. Celui-ci poussa doucement la porte, la silhouette courbée comme un chien de chasse aux aguets, et pénétra dans ce qui correspondait à un bureau. Soudain, son corps se figea puis se redressa. Sarah en conclut qu'une fois de plus la pièce était déserte et avança plus rapidement pour le rejoindre. Seulement, Julien se retourna, le visage blême :

— Appelez une ambulance, tout de suite...
— Que se passe-t-il ?
— L'ambulance, Sarah, l'ambulance.

Assis face à son ordinateur, Vincent gisait, vidé de son sang, la gorge tranchée par le long couteau de chasse déposé devant lui, sur le bureau. Sur l'écran du PC, une page Internet que Julien reconnut pour l'avoir déjà consultée affichait son texte comme une épitaphe : « Les chroniques de Montmorts ».

Les chroniques de Montmorts, par Sybille

Je ne peux évoquer notre village sans parler de son protecteur, M. de Thionville. Notre maire est riche, ce n'est un secret pour personne. Même si la nature exacte de sa fortune demeure floue, nous savons que son nom est devenu célèbre dans l'industrie pharmaceutique puisqu'il possède l'un des plus grands groupes mondiaux. M. de Thionville est un homme à la présence rare, souvent parti à l'étranger, mais qui ne loupe pas une occasion de fouler les rues de Montmorts lorsqu'il revient au village. D'ailleurs, il y a des rendez-vous qu'il ne manque jamais. Que ce soit pour l'inauguration de la nouvelle école, pour vérifier le bon avancement de la réfection de l'horloge de l'église ou pour inaugurer les éclairages de décembre, il nous a toujours honorés de sa présence. Tout comme nous pouvons goûter à sa compagnie durant les festivités populaires estivales. Il n'y a qu'une journée dans l'année où M. de Thionville, bien que présent, reste invisible. Et cette date, nous la connaissons tous : le 2 décembre. Ce triste jour est synonyme de deuil pour notre bienfaiteur puisque c'est un 2 décembre que fut retrouvé au pied de la montagne le corps de sa fille bien-aimée, Éléonore. Ainsi, tandis que toutes les maisons ferment leurs volets en signe de compassion, le maire s'enferme dans son manoir du grand tertre et pleure son enfant disparue trop tôt. Mais les tourments, la souffrance et la nostalgie ne l'empêchent cependant pas d'aimer ce village et de continuer à nous apporter paix et confort sans rien demander en retour que l'harmonie entre nous.

Nous devons respecter ce drame passé comme M. de Thionville a toujours respecté l'histoire de notre village. Alors que certains d'entre nous avaient émis l'idée de déplacer, voire de détruire, le cimetière des sorcières, il s'y est opposé en chassant d'un revers de la main les légendes et croyances révolues. Lors d'un vibrant discours, le maire avait expliqué que ces femmes martyres n'avaient été que les victimes de l'ignorance, que le traitement qu'elles administraient par décoction n'était rien d'autre que la base de l'aspirine telle que nous la connaissons à présent. Rien de magique, là-dedans, juste quelques morceaux d'écorce de saule blanc macérés en compagnie d'herbes aromatiques. Car oui, en plus d'être un homme puissant, M. de Thionville est également un homme de bon sens, dont l'esprit éclairé n'a d'égal que sa générosité.

Je vois là la véritable magie de Montmorts.

Tout le reste n'est que flocon de neige.

5.

— Sarah, vous allez bien ?

Il était dix-sept heures.

Depuis la découverte du corps de Vincent, les deux policiers n'avaient pas eu une minute de répit. Suite à l'appel d'urgence, l'ambulance était arrivée très rapidement. Malheureusement, les secouristes soulignèrent que la mort datait de quelques heures déjà et chargèrent le corps pour revenir à l'hôpital, sirène en sourdine. Julien resta un long moment à inspecter le bureau. Le couteau fut placé sous scellé, mais le policier n'avait aucun doute sur le fait que les empreintes figées dans le sang séché du manche appartenaient au jeune berger. Pas de lettre, pas de message pour expliquer son geste. Juste le silence incompréhensible de la mort d'un jeune homme de vingt ans. Les deux policiers se rendirent ensuite à l'hôpital, un établissement de petite taille certes, mais bien mieux équipé que beaucoup de ses voisins des grandes villes.

— Vous savez s'il a de la famille à prévenir ? demanda Julien.

Sarah réfléchit un instant. Elle ne l'avait jamais vu avec quelqu'un d'autre que Jean-Louis. Avec tristesse, elle songea que le berger était son seul port d'attache.

— Je ne crois pas. J'irai interroger les voisins, peut-être qu'ils pourront nous donner des noms.

— Vous vous en êtes bien sortie, je veux dire, sur place...

— Merci, c'est la première fois que je vois un cadavre. Lorsque les sauveteurs ont désincarcéré le corps de Philippe, je n'étais pas sur place. Et par la suite, je n'ai pas eu le courage de me rendre à la morgue. Je savais que si je voyais son visage meurtri, je ne pourrais plus jamais l'imaginer autrement, que son sourire que j'aimais tant s'effacerait pour ne laisser dans ma mémoire que la pâleur de sa peau et les blessures apparentes.

— C'était une sage décision, la rassura Julien. Si vous avez besoin de temps et de...

— Non, le coupa Sarah, je sais encaisser. Je vais aller questionner le voisinage et tâcher d'en apprendre un peu plus sur ses habitudes. Ne vous inquiétez pas pour moi.

Julien retourna au commissariat. À peine venait-il de passer la porte que Lucie se leva de derrière son desk pour venir à sa rencontre. La standardiste semblait perturbée, elle frottait lentement ses mains entre elles, comme si un vent glacial qu'elle seule pouvait ressentir s'était mis à souffler dans le bâtiment.

— Chef?

— Oui, Lucie?

— Je... c'est une tragédie, le pauvre gamin...

— Vous le connaissiez?

— Tout le village le connaissait... Un brave garçon, vraiment.

— Savez-vous s'il a de la famille à Montmorts?

— Je n'en ai aucune idée, désolée.

— Bon, merci Lucie.
— Attendez ! Il y a... Vous êtes attendu.
— Vraiment ? Par qui ?
— M. de Thionville.

Julien s'engouffra dans le couloir et passa la porte de la pièce centrale. Dans la salle de repos, il aperçut un homme debout, de dos, en train de discuter avec Franck. À voir le visage rougi et figé de son collègue, Julien comprit que celui-ci ne se sentait pas à l'aise. Il avait déjà perçu une sorte de fascination, mais aussi une certaine crainte, lorsque Franck et Sarah avaient prononcé le nom du propriétaire du village. Sans doute le pouvoir et l'argent imposaient-ils ce genre de réaction quasi épidermique chez les personnes lambda, mais ce comportement suggérait également la possibilité de non-dits, de faits que ses deux collègues n'avaient pas jugé bon d'exprimer. Quand Franck prit conscience de la présence de son supérieur, son visage revint à la vie. Il glissa quelques mots au maire qui se retourna pour venir saluer le nouveau responsable de la police locale.

— Chef ! Quel plaisir de vous rencontrer !

Le vieil homme s'approcha et lui tendit la main droite. Julien remarqua que la gauche servait à appuyer son corps sur une canne en bois. En quelques secondes à peine, le policier comprit pourquoi ce M. de Thionville pouvait laisser à quiconque le croisait un sentiment de malaise. Deux yeux bleu métallique le fixaient avec la détermination d'un félin observant sa proie. Sa haute stature, ses cheveux gris cendré coupés à mi-longueur et son costume en soie brune lui donnaient l'allure d'un dandy sorti tout droit de l'Angleterre du dix-neuvième siècle. Lorsque Julien saisit sa main, le maire la serra avec justesse, mais détermination, la gardant dans sa paume le temps de faire des présentations inutiles :

— C'est un plaisir de vous rencontrer! Je suis Albert de Thionville, le propriétaire de ce charmant village. J'espère que les lieux sont à votre goût! sourit-il avec malice.

— Enchanté, monsieur le Maire... Oui, je dois admettre que c'est... impressionnant.

— La sécurité de mes concitoyens est très importante à mes yeux, tout le reste n'est que flocon de neige!

Julien mit un court instant à se rappeler où il avait déjà entendu cette expression. Il se souvint de l'avoir lue dans «Les chroniques de Montmorts», le blog que lisait Vincent avant de se donner la mort...

— Monsieur le Maire, pour ma première journée parmi vous, j'ai bien peur d'être porteur d'une mauvaise nouvelle.

— Allons donc, que se passe-t-il? s'enquit le milliardaire.

— Nous avons retrouvé Vincent, le jeune berger, chez lui... mort.

Julien eut peine à déchiffrer le visage du vieil homme. Les rides qui parcouraient ses traits, bien que fines et à leur manière, élégantes, ne s'animèrent nullement à l'annonce du décès, si bien qu'il fut impossible pour le policier de savoir s'il était surpris, indifférent ou même étranger à ses paroles. Seul un léger pétillement d'intérêt se glissa dans son regard et lui certifia qu'il avait bien entendu ses mots.

— Mort, dites-vous? Que s'est-il passé?

— Pour l'instant, il semble que ce soit un suicide.

— Pour l'instant?

— Je ne veux négliger aucune piste...

— Ah, voilà bien pourquoi je vous ai choisi! Un policier qui ne néglige rien! En voilà un bel atout!

— Vous-même, connaissiez-vous ce garçon?

— Ah ! nom de nom ! Vous voyez Franck, lança le vieil homme à l'agent qui se tenait toujours à ses côtés, légèrement en retrait, voilà quelqu'un qui va droit au but, sans se soucier de l'homme qu'il a en face de lui ! J'aime ça ! Bien sûr que je le connaissais, je connais chacun des habitants même si je ne suis pas souvent en leur compagnie. C'était un gentil garçon, travailleur, discret, c'est une perte terrible pour Montmorts… Enfin, ce n'est pas pour cela que je suis venu vous rencontrer, ni par simple politesse, j'ai un service à vous demander.

— Un service ?

— Oui. Mais il est hors de question que l'on en discute sans un bon verre de whisky ! Venez chez moi, demain soir, vingt heures, c'est un ordre ! ajouta-t-il avant que ses rides ne se mettent à se distordre et qu'un rire puissant résonne dans la pièce.

— Très bien, monsieur de Thionville, je… je viendrai…

— Parfait ! Oh, ajouta-t-il après avoir fait quelques pas en direction du couloir, j'ai pris la liberté de demander aux déménageurs que j'ai croisés devant votre domicile de vider le camion et de disposer les cartons dans le salon. J'ai bien fait ?

— Euh… oui, mais il ne fallait pas vous donner la peine de…

— Ah, sottises, vous êtes un des nôtres à présent ! Allez, messieurs, surveillez bien notre Montmorts !

Ce ne fut que lorsque la haute silhouette claudicante du maire disparut derrière la porte que Franck souffla lourdement, comme s'il avait été jusque-là en apnée.

— C'est quelque chose, hein ?

Julien ne réagit pas immédiatement. Il était incapable de bouger ou de parler. Il se sentait comme un boxeur groggy, repoussé dans les cordes sans comprendre ce qui vient de lui arriver. Maintenant, il savait pourquoi ses collègues paraissaient si empruntés lorsqu'ils évoquaient le maire. Durant toute la conversation, il s'était senti comme un gamin parlant à un adulte. M. de Thionville, par sa prestance imposante, par son regard vif et inquisiteur, par ses phrases lancées avec force et détermination, l'avait dominé à chaque instant. *Sans doute les hommes puissants possèdent-ils un secret qui les rend maîtres de toute discussion, qui les aide à hypnotiser leurs vis-à-vis et annihile ainsi toute tentative contradictoire…*, songea Julien en se rendant compte qu'il avait la gorge sèche.

— Oui, admit-il, je n'aimerais pas être son ennemi…

— Philippe aussi, à son arrivée, a eu droit à son entretien et à son whisky, lui apprit Franck.

— Il en est revenu entier ? rétorqua le chef en regrettant immédiatement sa question maladroite.

L'image de son prédécesseur coincé dans la carcasse de son véhicule, le squelette certainement brisé à plusieurs endroits, se glissa à travers son imagination.

— Oui, un peu chamboulé, mais vivant.

Julien sourit en entendant cette réponse. Son collègue le taquinait, il l'avait bien cherché.

— Lucie m'a prévenu quand Sarah a appelé pour demander des secours. C'est triste, je l'aimais bien ce Vincent.

— Franck ?

— Oui ?

— Je vais rentrer pour voir l'état de mes cartons, mais après, je crois que j'aurai besoin d'un verre…

Le visage de « gros Francky » s'illumina.

— Je connais l'endroit parfait, et à vrai dire il n'y en a qu'un à Montmorts...

— Alors, disons vingt heures chez Mollie. OK?

— Oh que oui!

— Eh, Franck? Je vous conseille de retirer de l'argent, Mollie n'a pas l'air d'apprécier les dettes...

Julien sortit du commissariat et resta quelques minutes à respirer l'air frais. Il observa le village qui semblait ne pas savoir que l'un des siens venait de le quitter définitivement, et scruta ensuite la nuit qui s'étirait discrètement au-dessus de l'aurore...

... Tandis que...

... Tandis que Loïc, qui avait terminé sa tournée, garait le bus scolaire en priant pour que les gamins qui le tourmentaient sous ses volets ne le hantent pas cette nuit...

... Que Mollie fixait froidement son mari en train de faire du gringue aux premières clientes de la journée...

... Que Sybille pleurait ce garçon qui avait été son voisin durant toute l'école primaire et qu'elle regrettait d'avoir éconduit lorsqu'il lui avait dit rêver d'un dîner avec elle...

... Que M. de Thionville demandait à son chauffeur de faire un détour par le cimetière des sorcières...

... Que Lucas arpentait nerveusement le plancher de son salon en songeant à Sybille, persuadé qu'elle ne s'arrêterait pas avant de dévoiler son secret, et qu'il serait préférable de régler le problème...

... Et tandis que Sarah, seule dans son appartement, son arme de service posée à côté d'elle sur le canapé, tentait de chasser de son esprit cette voix spectrale qui ne cessait de lui demander...

« Sarah, vous allez bien ? »

6.

Julien pénétra pour la première fois dans sa nouvelle demeure. Située à cinq minutes à pied du centre du village et de la place carrée, cette maison ancienne, qu'il n'avait pour l'instant vue que sur les photos envoyées par l'agence immobilière, le surprit par sa taille. De style bourgeois, sa façade aux pierres de taille apparentes s'étirait sur deux étages. Une lucarne en demi-cercle, juste sous le toit mansardé, indiquait la présence d'un grenier. Après s'être garé dans la rue, Julien resta quelques instants face à la demeure, depuis le trottoir opposé, avant de franchir la grille et de pénétrer dans la cour. *Ce M. de Thionville ignorait-il que j'étais célibataire ? Une famille entière pourrait vivre ici, avec chats et chiens inclus !* Il fit le tour de la propriété. Derrière la bâtisse se trouvait une grande pelouse soigneusement entretenue. De là, il pouvait contempler la montagne des morts qui, au loin, disparaissait dans la pénombre et revêtait son manteau de nuit.

Bon, allons voir l'état des cartons maintenant !

Julien retourna vers l'entrée principale. Ses pas crissèrent sur les gravillons du sentier, puis il monta l'escalier en pierre avant d'introduire la clef dans la serrure de l'épaisse porte en bois.

Une odeur de parquet fraîchement ciré lui souhaita la bienvenue. Il accrocha son manteau à une patère du hall d'entrée et visita l'ensemble des pièces. Au rez-de-chaussée, il découvrit ainsi une large cuisine équipée qui lui fit regretter le fait de ne se nourrir que de plats préparés. «Sabrina, rien que pour cette pièce, tu aurais adoré cette maison!» souffla-t-il au fantôme de sa dernière relation. Le parquet craqua de plaisir alors qu'il poussait la porte d'une salle de bains à l'ancienne, équipée d'une baignoire sabot, d'une buanderie, elle aussi fournie du nécessaire. Il foula les marches d'un escalier en tommettes et atteignit le premier étage. Diverses portes aux mystères retenus se présentèrent à lui. Une par une, il les ouvrit avec l'excitation d'un enfant qui déballe ses cadeaux de Noël. Deux chambres avec lit et commode, un bureau meublé avec étagères et un fauteuil club en cuir marron, des toilettes, une seconde salle de bains… Le policier n'en revenait pas de tant de confort. Lui qui se contentait auparavant d'un appartement coincé en banlieue, posséder à présent autant de place lui sembla démesuré. Il descendit l'escalier et pénétra dans la pièce centrale, le salon. Là encore, il fut impressionné par l'espace disponible. Au milieu de la pièce trônait la dizaine de cartons qui avait fait le déplacement jusqu'ici. Le reste, les meubles, les objets inutiles que Sabrina aimait acheter sur Internet, tout avait été revendu en quelques heures. Une simple affiche collée dans les halls des immeubles voisins avait suffi à attirer les curieux et à se débarrasser du superflu.

Julien s'assit sur le canapé Chesterfield et observa ses cartons qui, à ce moment, perdus dans l'immensité de cette nouvelle vie, lui semblèrent grotesques et inutiles. Il poussa un long soupir de satisfaction puis consulta sa montre avant de se rendre compte que cela faisait une bonne heure qu'il errait dans cette maison. *Même le temps s'écoule différemment à Montmorts*, sourit-il en se relevant puis en attrapant une de ses deux valises. *Allons choisir une chambre et prendre une douche, et ensuite, un verre m'aidera à me remettre de cette étrange journée…*

Quarante minutes plus tard, il poussait la porte de l'auberge. La vague de chaleur et le brouhaha qui l'accueillit lui donnèrent l'impression de s'être trompé d'endroit. Des dizaines de personnes avaient envahi le lieu et les tables, d'autres se pressaient au comptoir pour commander, alors que certains demeuraient simplement debout à discuter, une bière à la main. À travers la cacophonie des conversations, quelqu'un cria son nom et attira son attention. Il détacha son regard de Roger qui, derrière le bar, le visage écarlate, tentait d'assouvir les désirs des assoiffés et aperçut Franck ainsi que Sarah en train d'agiter les bras dans sa direction. Le policier se fraya difficilement un chemin jusqu'à eux, et réussit à les rejoindre.

— Bon sang, c'est tous les soirs comme ça ?
— Oui, répondit Franck en haussant la voix pour se faire entendre, un seul bar pour un village, voilà le secret !
— Alors, cette nouvelle maison ? demanda Sarah.
— Comment dire… En effet, le maire est très généreux…
— Il paraît qu'il est passé au commissariat ?
— Oui, un moment assez étrange, avoua Julien sans savoir quoi dire de plus.

Il n'avait d'ailleurs pas cessé d'y repenser depuis qu'il avait quitté le central sans toutefois réussir à traduire son sentiment.

— Vous buvez quoi ? Je vais vous chercher un verre comme ça je paierai également ma dette, sourit son collègue en se levant de son siège.

— Une bière me conviendra parfaitement.

Franck disparut dans la foule en tapant sur de nombreuses épaules et en prononçant quelques mots à chacun de ses arrêts.

— Tout le monde le connaît ici, intervint Sarah, c'est un habitué...

— Un peu trop habitué ? s'enquit Julien en se rappelant le sobriquet dont Mollie l'avait affublé quand elle lui avait parlé de son ardoise.

— À Montmorts, il n'est pas facile de trouver des occupations une fois la nuit tombée... Alors parfois, certains combattent l'ennui comme ils peuvent...

— Sarah, vous allez bien ?

En s'installant à la table, Julien avait remarqué les yeux rougis de la jeune femme. La collègue tonique et pleine de vie qu'il avait devinée à son arrivée ne se trouvait plus en face de lui. Quelque part, et Julien devina que c'était dans le bureau ensanglanté de l'appartement de Vincent, sa force vive l'avait abandonnée, se fragmentant et tombant au sol tels des ornements trop lourds à arborer. Quand Julien prononça sa question, le front de Sarah se plissa de surprise. Ses yeux s'élargirent un court instant et dévoilèrent un peu plus leurs veinules irritées.

— J'ai dit, répéta le policier d'une voix plus forte, certain que Sarah ne l'avait pas entendu à travers le brouhaha et que cela était la cause de son mutisme, vous allez bien ?

— Oui, affirma-t-elle d'une voix fragile. Le médecin légiste de l'hôpital a confirmé le suicide. Le sens de la coupure, la profondeur de l'entaille... tout correspond. C'est juste que je ne parviens pas à m'enlever l'image de sa tête repoussée en arrière... et tout ce sang... Je ne comprends pas pourquoi Vincent aurait fait cela.

— Nous enquêterons plus en détail demain. J'irai fouiller son appartement. De votre côté, renseignez-vous auprès de sa banque pour savoir s'il traversait des difficultés financières. Il serait bon également de faire venir cette Sybille, la femme qui édite le blog « Les chroniques de Montmorts ». J'ai dans l'idée qu'ils se connaissaient.

— Qu'est-ce qui vous fait penser cela ?

— Oh rien de précis... Juste une sensation.

Julien garda pour lui le fait que lorsque Sarah était sortie quelques minutes hors de l'appartement pour reprendre ses esprits, il en avait profité pour jeter un œil à l'historique de navigation du moteur Internet de Vincent. « Les chroniques de Montmorts » revenaient à une fréquence plus que curieuse pour un site qui ne contenait que deux articles. De plus, une autre entrée apparaissait à plusieurs reprises : la page Facebook de la rédactrice. Julien se disait que ce geste désespéré pouvait être d'origine sentimentale. Le policier ne souhaita pas partager cette idée pour l'instant, il devait attendre d'en savoir un peu plus. Et puis, après une journée comme celle-ci, il avait envie de se détendre et de tenter de dévier l'humeur sombre de Sarah.

— Très bien, je la convoquerai demain matin, approuva sa collègue.

Le reste de la soirée se déroula dans une ambiance agréable. Le juke-box figé dans le prolongement du bar se mit à cracher des standards des années quatre-vingt, et petit à petit, quelques grappes de clients se mirent à danser discrètement.

— Vous savez, suggéra Julien après que Franck les eut rejoints, quand nous ne sommes plus en service, vous pouvez me tutoyer.

— Arghhh! s'exprima Franck comme si on venait de lui retirer une écharde du doigt, enfin! Vous... tu sais, boire une bière avec une personne que l'on vouvoie, c'est de la malséance!

— Oh, vraiment! s'étonna Julien en entendant ce mot sorti du siècle dernier.

— Oui! c'est impoli, parce qu'on ne boit des bières qu'avec des amis, alors le vouvoiement, il reste bien au fond des bouteilles de fine cognac ou n'importe quel autre alcool élitiste que, de toute manière, «Mollie-molle-au-lit» n'a aucune chance de nous proposer dans cette auberge! Alors, à la tienne, à nous trois et au tutoiement!

— «Mollie-molle-au-lit»?

— Oui, c'est son surnom! Offert par son mari lui-même aux clients du bar quand sa femme dort si profondément qu'elle est incapable d'entendre le juke-box!

Finalement, entraînée par la présence réconfortante de ses collègues, Sarah se débarrassa des images qui tourmentaient son esprit. Elle se moqua même à gorge déployée des tentatives maladroites de Franck pour attirer l'attention d'une table située un peu plus loin.

— Sarah, je te dis qu'elle m'a fait un clin d'œil! Celle du milieu!

— Tu rêves, une poussière dans l'œil rien de plus!

— Invite-moi à danser!

— Quoi? Ça ne va pas? protesta la jeune femme en manquant de recracher sa gorgée de bière.

— Allez, on danse ensemble, insista Franck, je me rapproche des trois filles et soudain je te chasse en hurlant que tu es une piètre danseuse, que tu m'as bleui les orteils à force de les piétiner et là… là mon charme opère : main tendue pour inviter, mima-t-il en se levant de sa chaise pour se pencher vers sa collègue, je la regarde profondément dans les yeux et lui demande si elle veut réparer cette erreur du destin…

— Vraiment ? s'étonna Sarah en se retenant de pouffer.

— Hum… trois jeunes femmes, si j'étais toi, je me méfierais… Surtout avec le passé historique de Montmorts…, intervint Julien.

— Ah je vois, s'amusa Franck en s'asseyant. Shakespeare, Macbeth… Les trois sorcières qui lui prédisent l'avenir…

— « Quand nous réunirons-nous toutes les trois, en coup de tonnerre, en éclair ou en pluie ? Quand le hourvari aura cessé, quand la bataille sera perdue et gagnée », récita Sarah. Nous voilà tous les trois réunis par la sorcellerie d'une référence littéraire ! Merde alors, ce village est vraiment hanté !

Bon sang, moi qui dans mon ancien commissariat étais le seul à avoir lu Macbeth, *je dois admettre que je ne m'y attendais pas…*, songea Julien en observant avec stupéfaction ses collègues. À cet instant précis, au milieu de cette salle remplie de discussions, de musiques, du plaisir d'être ensemble presque palpable qui émanait de chaque personne, il dut reconnaître que ce village cachait bien des surprises. Il ressentit au fond de lui une chaleur agréable, qu'il compara, même si cet exemple lui sembla exagéré, au bien-être d'un homme qui pénètre dans une pièce où sont rassemblées toutes les personnes qui lui sont chères. Cette quiétude, cette satisfaction de se sentir exactement à sa place, voilà ce à quoi cette chaleur correspondait. Julien balaya du regard l'ensemble de la salle. Un vieux réflexe de policier des grandes villes. Mais si avant d'arriver à Montmorts il s'agissait d'un geste d'observation sécuritaire, ici il laissa les images défiler sans craindre de repérer un individu au comportement étrange ou toute autre menace potentielle. Son attention longea le mur des photos, dépassa la cheminée pour terminer sa course vers le comptoir. Ce n'est qu'arrivé à l'extrémité du zinc qu'il reconnut une silhouette dressée de profil. La rousseur de sa chevelure ondulait jusqu'en dessous de ses épaules. Une mèche gracieuse cachait son visage, mais Julien sut qu'il s'agissait là de la femme qu'il avait croisée lors de son arrivée à l'auberge. Il l'observa quelques minutes en se demandant pourquoi sa présence l'intriguait autant. L'inconnue était debout, les coudes appuyés sur le bois du bar, presque immobile si ce n'étaient les élégants allers-retours qu'elle effectuait avec son bras afin de déposer son verre contre ses lèvres. Sans qu'il en comprenne la raison, cette chaleur si confortable qui le berçait depuis quelques minutes laissa sa place à une impression de froid qui le fit frissonner. Pourtant rien n'avait changé autour de lui. Le feu crépitait toujours dans l'âtre et aucune porte ni fenêtre n'avait été ouverte. C'était comme si un souffle invisible et humide s'était frayé un chemin depuis la forêt pour s'immiscer à travers le tissu de ses vêtements et lui lécher la peau.

Julien mit un moment avant de se débarrasser de cette «intrusion». Il accepta une deuxième bière, pensant que cela allait le réchauffer, et reporta son attention sur ses collègues qui ne semblaient avoir perçu aucun changement, que ce fût dans son comportement ou dans la température de la pièce.

Dix minutes plus tard, tous les trois quittaient l'auberge. Bien sûr, avant de saluer Roger, dont le visage suait la fatigue et l'alcool par tous les pores, Julien chercha la jeune femme rousse. Mais à l'endroit exact où elle se trouvait quelques instants plus tôt, ne demeurait qu'un verre vide.

Et sans savoir pourquoi, le policier fut convaincu qu'il ne pouvait en être autrement.

Les chroniques de Montmorts, par Sybille

Montmorts est frappé par le deuil.

Comme beaucoup d'entre vous, j'ai appris le décès d'un garçon que j'aimais beaucoup, qui fut un voisin de classe durant des années, un confident, un ami irremplaçable. Son geste demeure incompréhensible, lui qui aimait tant notre village, ses habitants, lui qui pouvait rester des heures à garder les moutons au pied de la montagne sans jamais se lasser.

Je pense à lui.

Une lame dans le cœur.

C'est en son honneur que j'écris ce matin. Je vais donc parler d'un lieu qu'il affectionnait par-dessus tout, peut-être même plus que son pâturage : la bibliothèque.

La bibliothèque de Montmorts, située dans l'avenue principale, à quelques maisons de la place carrée, a été bâtie par M. de Thionville dès son arrivée. Peut-être est-ce même là le tout premier de ses nombreux projets, la pierre angulaire de notre communauté. Il aura fallu quelques mois pour que l'ancienne école communale soit transformée en un lieu de lecture. Mais le résultat fut à la hauteur de l'attente. Dès les premiers jours, les Montmortois affluèrent pour découvrir des mondes qu'ils ignoraient jusqu'à présent : William Shakespeare, Antoine de Saint-Exupéry, Bram Stoker, Voltaire...

Anne-Louise Necker, la bibliothécaire, devint l'une des personnes les plus influentes du village. Capable de deviner à votre gestuelle, votre phrasé, votre vocabulaire, quel livre serait parfait pour vous. Selon elle, il ne suffit pas de posséder mille et un livres pour satisfaire ses lecteurs. Au contraire, une offre restreinte, mais réfléchie, où chaque volume contiendrait dans son écrin de papier la vérité que son lecteur recherchait sans même le soupçonner en tournant la première page, voilà selon elle la définition de la parfaite bibliothèque. Une centaine de livres bien choisis pouvaient à son avis éclairer bien plus que tous les rouleaux de l'antique bibliothèque d'Alexandrie.

Vincent et moi sommes vite devenus des habitués. Souvent, en revenant du collège, à peine descendus du bus scolaire, nous nous rendions dans les rayons, choisissions un livre au hasard, et nous installions sur les coussièges, face à la baie vitrée qui embrassait de son œil de verre la montagne endormie de l'autre côté du village.

Voilà à quoi je pense aujourd'hui.

À ces moments, assis ensemble devant cette vitre.

À ces livres posés à nos côtés, alors que nous observions les nuages au-dessus du pic en leur ordonnant de dessiner sur le ciel impassible des formes multiples...

... Dessine-moi un monstre !...

... Dessine-moi une sorcière !...

... Dessine-moi un...

7.

Sybille venait juste de taper les derniers mots de sa chronique quand elle entendit quelqu'un frapper à sa porte. Son esprit se trouvait encore dans l'irrémédiabilité de ses phrases, à errer dans des limbes de tristesse et de regrets. Pourquoi avait-elle été si froide et distante après que Vincent lui avait avoué son amour ? N'aurait-elle pas dû agir autrement, lui expliquer que cette amitié qu'elle ressentait pour lui ne pourrait jamais se muer en un sentiment plus puissant, qu'il était inutile de tout gâcher ? Au lieu de cela, elle s'était contentée de l'éviter et de ne pas répondre à ses appels. Sybille l'avait laissé seul avec sa douleur, souffrant elle aussi de ne plus pouvoir partager des moments innocents avec son ami d'enfance.

Et puis... Et puis la sirène d'une ambulance avait déchiré le calme de Montmorts.

Instinctivement, elle consulta son téléphone pour vérifier si elle n'avait pas manqué un appel. Lorsqu'elle écrivait, elle prenait soin de tout mettre en œuvre pour ne pas être dérangée : le téléphone sur silencieux, écran tourné contre la table, un message scotché sur l'extérieur de la porte, « Absente pour le moment, je reviens dans trois heures »... Son portable lui indiqua quatre appels en absence. Le numéro affiché, chaque fois identique, ne lui disait rien, mais son correspondant avait laissé un message sur le répondeur. Intriguée, elle appuya sur l'icône de l'enregistrement : « Bonjour, Sybille, c'est Sarah, du commissariat. Il faudrait que tu passes me voir cet après-midi, nous avons quelques questions à te poser au sujet de… enfin, tu sais bien… Rappelle-moi sur ce numéro, sinon je ne passe pas loin de chez toi tout à l'heure, je pourrais m'arrêter, histoire de voir si tu vas bien… »

Le message datait d'une heure. Sybille connaissait la policière depuis des années. Même si elles n'étaient jamais devenues des amies proches, il leur arrivait de boire un verre ensemble chez Mollie quand elles s'y croisaient. De l'avis de tous, Sarah était une personne agréable, une native, qui, après un cursus de formation passé dans une grande ville, s'était empressée de rejoindre son village pour revenir à ses sources et ne plus en bouger. Une rumeur lui prêtait une relation avec l'ancien responsable de la police, celui dont la voiture et le corps avaient été retrouvés un soir d'hiver, au fond d'un ravin.

Deux coups plus appuyés contre le chambranle la ramenèrent à la réalité.

Sans doute Sarah, en déduisit la jeune femme, *qui d'autre que la police pourrait ignorer le bout de papier sur la porte ?…*

Sybille se leva en se massant rapidement les paupières. Ses yeux encore rougis par les larmes étaient douloureux. De plus, toutes ces minutes à fixer l'écran de l'ordinateur, à maudire les mots qu'elle écrivait sans toutefois pouvoir les effacer, n'avaient rien arrangé. *Le seul remède sera un lavage au collyre, et me pardonner de ne pas avoir compris les sentiments de Vincent plus tôt…*

Elle posa la main sur la poignée au moment exact où deux nouvelles sommations résonnèrent devant elle. À peine avait-elle entrouvert la porte qu'un bras musclé se glissa dans l'interstice et repoussa violemment le battant contre le mur.

— Je savais que tu me trahirais !

Lucas se tenait devant Sybille, le regard haineux et les poings serrés. D'un coup de talon, il claqua la porte de l'appartement et pénétra dans le couloir tandis que la jeune femme reculait, médusée par la violence qui émanait du garçon.

— Je t'avais prévenue... Il est trop tard...

— Qu'est-ce que... ? Qu'est-ce qui te prend ? balbutia difficilement Sybille dont les battements de cœur excités par la peur tétanisaient tous les muscles.

— Je l'ai entendue... Elle m'a dit qu'il était trop tard... Elle m'a murmuré qui j'étais et ce que je pouvais faire à présent...

Jamais elle ne l'avait vu dans un tel état. Elle le connaissait pourtant lui aussi depuis l'enfance. Les joints de marijuana qu'il fumait à longueur de journée ne pouvaient être l'unique cause de sa folie. Lucas semblait... possédé.

— Je n'en ai parlé à personne, je te l'avais...

Sybille n'eut pas le temps de finir sa phrase qu'un poing puissant s'abattit sur sa joue, la faisant chuter sur le sol comme une vulgaire poupée de chiffon. Une note aiguë cracha sa détresse à l'intérieur de son tympan gauche et lui fit fermer les yeux de douleur. Lucas l'agrippa par les cheveux pour la relever et lui enfonça un autre poing dans le creux de l'estomac. La jeune femme lâcha un gémissement en se pliant en deux, le souffle coupé.

— Je n'ai jamais eu confiance en toi. Dès l'instant où j'ai croisé ton regard, j'ai su que tu trahirais notre secret... Et cette nuit... Cette nuit, tout est devenu limpide. Je dois te tuer, voilà ce que m'a dit la forêt...

— Pi...tié... ne me...

Lucas la releva une nouvelle fois par les cheveux. Il ne s'était jamais senti aussi bien. Pour la première fois depuis longtemps, il avait l'impression d'être fidèle à lui-même, de réellement disposer de son corps et de son esprit. Il avait été toujours en marge de ce monde auquel il refusait d'appartenir, de ces péquenauds de Montmorts, de ce village encastré dans un cul-de-sac sordide, de ces célébrations gravées dans le calendrier tels des sortilèges dans un grimoire. Il n'en avait que faire. Lui, ce qu'il aimait, c'était jeter des bouteilles depuis la montagne des morts, se dresser là-haut comme un empereur et dominer le village et ses habitants. Parfois, quand il se trouvait assis à l'extrémité de la corniche, les pieds dans le vide à fumer de l'herbe, il se disait que balancer autre chose que des cadavres de bière ou de vodka pourrait se révéler grisant. Il avait pensé à des chats ou à des agneaux. Après tout, les anciens, eux, savaient s'amuser. Ils lâchaient des femmes, des salopes de sorcières qui en mourant avaient jeté une malédiction sur le village, celle de devenir le plus ennuyeux de France... Mais l'idée de monter le chemin abrupt les bras chargés de ces animaux annihilait sa détermination. Alors il se contentait d'emmerder les employés communaux en brisant du verre et en jouissant du sifflement aigu émis par les bouteilles lors de leurs chutes.

Seulement, quelque chose avait changé en lui.

Une prise de conscience murmurée à ses oreilles à l'heure où les braves gens dorment et où seules les âmes torturées vivotent entre deux mondes...

— Mais avant de te tuer, je vais m'amuser un peu avec toi, prévint-il en repoussant rageusement Sybille sur le canapé du salon.

Il balaya d'un coup de pied la table basse en verre qui obstruait son passage. L'exemplaire du *Petit Prince* qu'elle avait emprunté deux jours auparavant à la bibliothèque tomba sur le sol, ainsi que le cadre contenant la photo de sa mère disparue.

— Non, ne fais pas ça…, le supplia Sybille dont les poumons aux abois lui semblaient souffler du feu.

— Oh si, se délecta Lucas en détachant la boucle de sa ceinture, je peux faire ce que je veux, je sais qui je suis et ce que j'ai fait…

— Non !

Une violente gifle assomma Sybille. Les formes autour d'elle devinrent floues, ainsi que les sons et la réalité de la scène. Son esprit tangua dangereusement vers l'inconscience. Elle pouvait à peine deviner les mains solides qui s'acharnaient à défaire son pantalon. Elle tenta de parler, mais n'en eut plus la force. Son corps était devenu aussi lourd et immobile qu'un bloc de béton.

— Voyons ce que cet abruti de Vincent n'a pas été capable d'obtenir… Crois-moi, je vais prendre tout mon…

Cette fois-ci, ce fut Lucas qui n'eut pas le temps de terminer son discours. Il sentit un objet froid et métallique peser de tout son poids contre l'arrière de son crâne. Il en devina tout de suite la signification et leva instinctivement les mains en l'air comme il l'avait vu faire dans les séries télévisées. Sybille, qui n'avait plus assez de forces pour lever les paupières, parvint à entendre une dernière phrase avant de s'évanouir, une phrase criée par une voix qu'elle reconnut pour l'avoir parfois entendue à l'auberge de Mollie :

— Pose encore tes mains ou quoi que ce soit d'autre sur elle et je t'explose la cervelle, espèce d'enculé !

FAIT NUMÉRO DEUX

Le syndrome de Rasmussen est un syndrome progressif qui touche le système nerveux central chez l'enfant âgé de cinq à dix ans.

Il se manifeste par des crises motrices répétées, de l'épilepsie, des paralysies partielles, une perte de la parole et une détérioration neurologique régulière. Cette maladie s'invite sournoisement dans le circuit électrique du cerveau de la victime et y crée des feux follets que les vivants autour ne comprennent que trop tardivement.

8.

Sarah, Franck et Julien fixaient avec perplexité le garçon assis derrière les barreaux. Celui-ci demeurait prostré sur le banc en acier, le regard absent, dans le vide, tandis que ses neurones tentaient de se réveiller du sommeil artificiel dans lequel ils avaient été plongés.

Après avoir empêché de justesse le viol, Sarah avait joint le central pour demander de l'aide. Seul Franck se trouvait présent à ce moment. Il avait parcouru le couloir au trot (ce que Lucie, assise derrière son desk, ses lunettes à chaîne fidèlement figées sur son nez, qualifia en son for intérieur d'évènement le plus incroyable qu'elle ait jamais vu) et s'était rendu à l'adresse indiquée par la policière. Lorsqu'il avait pénétré dans l'appartement, Lucas se trouvait allongé sur le sol, inconscient, les poignets encerclés par des colliers plastiques.

— Comment avez-vous réussi à le maîtriser ? demanda Julien, curieux de savoir comment un petit gabarit comme la jeune femme avait pu tenir immobile un molosse comme Lucas.

— Au taser, se contenta de murmurer la policière, non sans ressentir une certaine fierté.

— Et son arcade en sang ?

— Il est tombé dans l'escalier…, éluda Sarah en baissant le regard.

— Il n'y a même pas d'escalier! hurla Lucas en se frottant les épaules comme si le vent d'hiver s'infiltrait à travers les murs épais.

— Ferme-la, toi! lui ordonna la policière en serrant les poings.

Le prisonnier la regarda d'un œil mauvais, mais craintif, à la manière d'un chien qui observe son maître en devinant la raclée à venir.

— Ben merde alors, souffla Franck, en se tournant vers sa collègue. Rappelle-moi de ne jamais te contrarier…

— Cet enfoiré a essayé de la violer… je lui aurais bien tiré une balle dans les couilles à la place!

— Comment va la fille? s'enquit Julien.

— Un peu choquée, chef, mais c'est une coriace. Les ambulanciers ont soigné ses plaies au visage, mais ont préféré l'emmener à l'hôpital pour des examens complémentaires.

— Vous êtes arrivée à temps, Sarah. Elle a eu beaucoup de chance. Elle vous a parlé?

— Non, pas spécialement. Lorsqu'elle a repris conscience, elle s'est contentée de répéter qu'elle ne comprenait pas pourquoi Lucas avait agi ainsi, que c'était un garçon plutôt violent, mais jamais à ce point.

— Elle le connaît bien?

— Ils ont le même âge, ils se sont côtoyés sur les bancs de l'école. Il n'y a qu'une seule classe par niveau à Montmorts, parfois deux classes mélangées quand le nombre d'élèves n'est pas suffisant…

— Il a connu également Vincent, donc, supposa Julien.

— Très certainement.

— On en fait quoi, maintenant ? interrogea Franck pour qui, tout comme Sarah, avoir un prisonnier dans la cellule du commissariat était une première.

— On va le laisser macérer un peu, puis on l'interrogera. Quand Sybille sera sortie de l'hôpital, j'irai recueillir sa plainte.

Ils se rendirent dans la salle centrale et s'assirent autour du grand bureau. Pas un n'eut envie de se faire un café ou de déguster un croissant. Les policiers se sentaient engourdis par ce qui venait de se passer chez Sybille.

— Des antécédents ?

— Pas le moindre, chef, regretta Sarah. À part quelques bagarres évitées de justesse chez Mollie, rien de plus. On peut dire que Lucas a l'alcool mauvais, mais passer de simples menaces enivrées à… ça…

— Vous avez vu ses yeux ? Et ses mains ? Il ne cesse de les frotter l'une contre l'autre. Il est en manque, assura Julien.

— Nous aurions dû lui faire passer les tests ? s'inquiéta Franck qui n'y avait pas pensé jusqu'alors.

— Il est trop tard, mais je réussirai à le faire avouer tout à l'heure, ce ne sera pas un problème, le rassura son supérieur.

— Pfff… en deux jours nous avons eu autant de boulot qu'en… que jamais en fait… C'est ce qui s'appelle une arrivée en fanfare, chef.

— Mouais, sourit à moitié Julien, espérons que le troisième jour sera meilleur. Pour cette nuit, il faut que quelqu'un reste au commissariat. Nous ne pouvons ni le relâcher ni le laisser seul ici. Il faut que ce soit l'un de vous. Nous pouvons partager la garde si vous le souhaitez, je pourrai vous relayer quand j'aurai terminé mon entretien avec le maire…

— Je vais le faire, affirma Franck. Sarah, tu as déjà eu une journée compliquée, tu as besoin de te reposer. Et comme je n'avais pas prévu de me rendre chez Mollie ce soir, je n'ai rien d'autre à faire de la soirée…

— Merci Francky…

— De rien ma belle. Pas la peine de venir me remplacer, chef. Et demain matin j'aurai le privilège de narguer Lucie en étant sur place avant elle… Elle ne s'en remettra jamais !

— C'est noté Franck, je vous ferai livrer un plateau-repas, pour vous et pour lui. Je suppose que le café et les croissants rassis ne suffiront pas.

— Vous avez trouvé quelque chose, chez Vincent ?

Peu de temps après avoir salué Lucie, qui, comme elle l'avait annoncé la veille, était la seule présence dans le commissariat à une heure aussi matinale, Julien était reparti pour se rendre chez la victime de la veille. Il avait fouillé l'appartement, cherchant dans les objets du quotidien une raison à son suicide. Tout était comme la veille : le silence, l'odeur de la mort, le sang en partie absorbé par la moquette et qui attendait qu'une entreprise de la ville voisine se déplace pour le nettoyer…

— Non, rien. Que ce soit dans ses armoires, dans sa pharmacie, son ordinateur, ses CD ou même ses lectures, rien de sombre ni de désespéré. Un garçon simple qui menait une vie simple.

— Un vrai Montmortois, souffla Franck en regrettant que cette phrase sonnât comme une épitaphe.

— Il y a peut-être quelque chose, hésita Sarah. Je veux dire : ce n'est sans doute qu'un hasard… mais Lucas s'est relevé avant que je ne le tase… Il ne cessait de parler, de prononcer des phrases étranges…

— Que disait-il ?

— Chef, vous vous souvenez quand nous avons épluché les dossiers en cours, hier ?

— Oui.

— Celui de Jean-Louis, le berger qui a égorgé les moutons ?

— Allez-y, l'encouragea Julien.

— Eh bien, je me souviens d'avoir interrogé Vincent juste après le drame. Le gamin répétait que Jean-Louis avait perdu la tête, qu'il divaguait, qu'il semblait s'adresser à des fantômes…

— Quel est le rapport avec Lucas ? s'enquit Franck en ne comprenant pas où sa collègue voulait en venir.

— Attendez…

Sarah se releva et saisit les dossiers qu'ils avaient sortis la veille. Après s'être rassise, elle ouvrit le classeur et fouilla parmi son contenu.

— Lorsque j'ai tapé sa déposition, j'ai d'abord mis ce que Vincent me racontait sur le compte de l'émotion. Mais j'ai transcrit ses phrases afin d'être fidèle à sa version… c'est par là…

La jeune femme resta quelques secondes silencieuse à se relire. Lorsqu'elle releva la tête pour fixer les deux hommes, son visage était devenu pâle.

— Merde… Ce sont les mêmes phrases… celles prononcées par Jean-Louis et celles que j'ai entendues sortir de la bouche de Lucas…

— Comment cela ?

Sarah fit un geste de la main pour leur intimer le silence et leur lut ce qu'elle avait transcrit quelques mois auparavant. Seulement, ces phrases, elle aurait pu tout aussi bien les réciter tant celles de Lucas demeuraient encore fraîches dans sa mémoire.

Ça a commencé, je sais qui je suis et ce que j'ai fait... Il est déjà trop tard, c'est ce que disent les saules...

9.

Deux heures plus tard, Julien se rendit au domicile de Sybille. La standardiste avait prévenu que la jeune femme avait quitté l'hôpital. Elle demanda au policier de rester en ligne, le temps que le médecin qui avait accueilli la victime lui fasse un bref compte rendu.

— Il n'y a pas de traumatisme crânien ni de commotion, lui expliqua le spécialiste, mais le gamin a tapé fort, il aurait pu la tuer... Votre collègue est arrivée à temps...

— Vous a-t-elle dit quelque chose pendant que vous l'examiniez ?

— Pas grand-chose à vrai dire. Elle était sous le choc et n'a pas répondu à toutes mes questions. Les hématomes se résorberont avec le temps, mais elle est secouée, c'est certain.

— Quelqu'un est venu la chercher ?

— Elle n'a plus personne. Sa mère est morte il y a huit ans, lors du braquage d'une banque de la ville voisine. Une balle perdue, un terrible accident. Et son père, personne ne l'a jamais connu, elle y comprise...

— Pauvre gamine, souffla Julien. Je vais aller la voir.

— C'est une excellente idée, approuva le médecin. Je connais Sybille depuis des années, c'est une fille charmante, calme et discrète. J'ignore ce qui a pris à Lucas, mais il était décidé à lui faire du mal.

Avant de partir, Julien donna ses consignes à Franck. Veiller sur Lucas, essayer de le faire parler et empêcher qu'il s'endorme. Le priver de sommeil l'épuiserait suffisamment pour qu'il ne résiste pas à un interrogatoire plus musclé le lendemain matin. Franck l'avait regardé avec inquiétude, se demandant certainement ce que signifiait pour son supérieur la notion d'« interrogatoire plus musclé ». Le policier songea aux nombreuses séries qu'il regardait jusqu'à tard le soir quand il ne rentrait pas trop ivre de chez Mollie. Il y voyait des agents spéciaux rouer de coups les suspects, se montrer conciliants pour devenir un instant plus tard aussi impitoyables que les plus vicieux des bourreaux. Et parfois, Franck admettait que rien ne changeait vraiment. Que les sorcières de Montmorts avaient elles aussi connu ces supplices. Que leurs ongles avaient été retournés, leurs corps martyrisés, leurs cheveux rasés et leurs âmes brûlées pour qu'elles admettent ce dont elles étaient accusées. Bien sûr ce que l'on reprochait à Lucas n'avait rien à voir avec les superstitions d'autrefois, mais dans tous les cas, la violence marchait main dans la main avec la folie.

Julien foula les rues du village en enfouissant ses mains dans les poches de sa veste. Au-dessus de lui, un ciel laiteux tamisait la lumière d'un blanc spectral et atténuait les couleurs de la nature. La montagne des morts demeurait immobile et solide, reine d'un royaume où un gamin avait tenté de violer une fille qu'il connaissait depuis des années, où un conducteur de bus entendait des voix qui semblaient n'appartenir à personne et où un lecteur passionné pouvait porter plainte parce que la bibliothèque refusait de référencer un livre qui n'existait pas. Dix minutes plus tard, il frappa doucement contre la porte de Sybille en prenant bien soin de s'annoncer. La jeune femme lui ouvrit et lui présenta un léger sourire. Sa tempe gauche était bleuie par un hématome qui courait jusqu'à la moitié de sa joue. Son arcade était gonflée et l'œil en dessous s'auréolait d'un hématome qui ne tarderait pas à foncer.

— Bonjour, murmura-t-elle en l'invitant à entrer.

Un tas de morceaux de verre avait été assemblé dans un coin de la pièce. La carcasse de la table basse gisait comme une épave de bateau contre l'un des murs.

— Je viens prendre de vos nouvelles, expliqua Julien.

Le dépôt de plainte pourra attendre, se dit-il en observant les gestes fragiles de la jeune femme. *Elle est encore sous le choc...*

— Vous voulez un café, un thé ?

— Non merci... Laissez-moi faire, vous pourriez vous couper...

Le policier attrapa la pelle et la balayette en plastique que Sybille venait de sortir d'un placard. Il ramassa les débris de verre, les jeta dans la poubelle rouge se trouvant proche du coin cuisine et en profita pour examiner l'appartement. Un couloir plongeait vers la droite où trois portes colorées, toutes entrouvertes, gardaient les autres pièces de l'habitation. Dans le salon, la décoration était discrète. Mis à part la reproduction d'un tableau de David Teniers II accrochée au mur, *Scène de sorcellerie* – que Julien reconnut pour l'avoir déjà croisé en illustration sur Internet lorsqu'il avait fait des recherches sur Montmorts –, et quelques photos posées sur la bibliothèque, la pièce ne souffrait d'aucun superflu. Un bureau situé dans le coin opposé à la cuisine supportait un ordinateur sur lequel la jeune femme devait taper les chroniques de Montmorts.

— Je ne comprends pas...

Sybille s'était assise sur le canapé à l'endroit même où quelques heures plus tôt elle avait failli être violée. Julien lui laissa le temps de faire le tri dans son esprit et l'écouta parler sans l'interrompre. La lumière qui tombait de l'unique fenêtre de la pièce caressait sa chevelure blonde. Malgré l'épreuve, malgré les blessures, Julien pouvait voir que Sybille ne souhaitait pas s'effondrer. Elle se tenait droite comme la montagne au-dehors, le regard perdu dans le vide. Mais aucune larme ne roulait le long de ses joues. Il s'assit en silence sur la chaise qui se trouvait près de la porte.

— Je ne pensais pas qu'il... ferait cela. Lucas a toujours été un garçon difficile, le genre qui attire les problèmes avec la maladresse d'un enfant à qui on aurait mal expliqué les choses... Je me dis qu'il n'aurait jamais été jusqu'au bout, qu'il se serait rendu compte de ses actes avant d'aller plus loin... mais d'un autre côté, il semblait si différent...

— Avez-vous... Avez-vous déjà eu des problèmes avec lui ?

Sybille hésita. Elle savait que cela pouvait être une explication, mais la punition semblait tellement excessive... Puis elle sourit avec mélancolie en songeant qu'à Montmorts des femmes avaient bien été jetées dans le vide pour une simple rumeur...

— C'était il y a quatre ans, lorsque j'étais au lycée. Je sortais des cours et me rendais au parking où Loïc garait le bus qui nous ramenait ensuite au village. Je ne sais pas pourquoi je suis passée par ce chemin au lieu de suivre l'itinéraire classique, mais j'ai bifurqué par une ruelle qui faisait le tour des bâtiments. C'est là que j'ai vu Lucas qui parlait avec un autre élève. La scène n'a duré que quelques secondes, mais j'ai bien aperçu Lucas sortir un sachet de sa poche, le tendre à l'autre garçon qui à son tour lui a donné de l'argent. Juste au moment où j'allais rebrousser chemin, il a tourné la tête dans ma direction et m'a vue. J'ai eu peur et j'ai commencé à courir, mais il était trop tard. Il m'a rattrapée et m'a tirée en arrière par la sangle de mon sac à dos. Je suis tombée sur le sol et Lucas s'est assis à califourchon sur mon torse pour m'immobiliser. « Je te préviens, si tu parles de ce que tu viens de voir à qui que ce soit, je m'occuperai de toi et t'enverrai retrouver ta mère, compris ? » Voilà ce qu'il m'a dit. J'étais tétanisée. Je lui ai promis que jamais je n'en parlerais.

— Vous pensez que c'est pour cela qu'il est revenu aujourd'hui ?

— Je ne vois pas pour quelle autre raison. Pourtant, je n'en ai parlé à personne, je me foutais de savoir s'il continuait de vendre de la drogue à la sortie des lycées, ce que je voulais était de ne plus jamais sentir son haleine et sa haine si près de mon visage.

— Dans ce cas, pourquoi vous agresser maintenant ?

— Je pense que… qu'il a eu peur quand il a pris connaissance de mes chroniques… Il s'est peut-être dit que j'allais parler de tout comme beaucoup le font sur Internet et qu'à un moment ou à un autre son méfait apparaîtrait en ligne… Je ne sais pas… Sa réaction est tellement disproportionnée…

— Vous avez quelqu'un qui peut venir vous tenir compagnie ?

— Des gens passeront, assura Sybille sans grande conviction.

Le policier se souvint des paroles du médecin. Mère décédée. Père inconnu. Il se demanda s'il ne devait pas rester un peu plus longtemps avec elle. Peut-être la débarrasser de cette table orpheline de son plateau de verre... Ou l'aider à remettre droit le canapé qui, sous les assauts de Lucas, s'était éloigné de plusieurs centimètres du mur auquel il devait être habituellement adossé... ou lui expliquer que des jeunes filles comme elle, il en avait vu des dizaines en ville, des meurtries, des blessées, des violées, des séquestrées et que à chaque fois les premières idées qui leur venaient à l'esprit quand elles se retrouvaient seules après que leurs bourreaux eurent été éloignés n'étaient jamais les bonnes...

— Demain soir... je vous invite...

— Comment ?

— Vous ne devez pas affronter cela toute seule, expliqua Julien, venez dîner avec moi, demain soir, chez Mollie... Vous en profiterez pour me présenter ce village que vous semblez connaître sur le bout des doigts.

— Vous avez lu mon blog ? s'étonna Sybille, qui pour la première fois esquissa un sourire sincère.

— Oui, dès mon arrivée ici.

— Je ne sais pas si...

— S'il vous plaît, faites-le pour moi. J'ai besoin de connaître tous les us et coutumes de cet endroit, et si vous le souhaitez, nous pourrons parler de tout autre chose.

— D'accord, accepta la jeune femme avec un plaisir qu'elle ne parvenait pas totalement à cacher.

— Parfait, dix-neuf heures trente, chez Mollie ?
— Je serai là, promit-elle.
Cette dernière phrase rassura le policier. Combien en avait-il vues se trancher les veines ou se pendre pour échapper définitivement à leurs tortionnaires ? Il ne se souvenait même plus du nombre exact...
— Je... Je peux vous poser une dernière question ?
— Allez-y...
— Julien.
— Très bien, allez-y Julien.
— Vous a-t-il parlé durant... l'agression ?
— Oui... Et c'est pour cela que je ne parviens pas à le détester totalement, avoua-t-elle. Ce n'était plus lui... Il prononçait des phrases étranges, décousues... Il parlait de murmures... du souffle de la forêt... Il semblait possédé, comme si... comme si on lui avait jeté un sort. Il était une autre personne...

Le front de Julien se plissa. Ce que venait de lui raconter Sybille concordait avec les propos rapportés par Sarah. Lucas avait bien tenu un discours anormal, ponctué de références auxquelles le policier n'avait pour l'instant pas accès. Pouvait-il s'agir d'une crise de démence comme celle vécue, au dire de Vincent, par Jean-Louis avant qu'il n'égorge les moutons ?

Julien se releva et remercia Sybille qui resta assise, le regard tourné vers la falaise. Avant de franchir la porte, il se retourna et posa sa véritable dernière question :

— Quel sera le sujet de votre prochaine chronique ?
— Je l'ignore pour l'instant... Vous, peut-être...

10.

Julien quitta Sybille et rentra chez lui. Il lui restait deux heures avant de se rendre chez M. de Thionville, suffisamment de temps pour prendre une douche, se changer et réfléchir à l'interrogatoire de Lucas. Avec ce qu'il venait d'apprendre, le mobile du garçon ne faisait plus aucun doute. Il avait voulu avertir la jeune femme, lui faire peur, la menacer, mais à un moment ou à un autre il avait perdu ses esprits, emporté par sa rage et sa crainte qu'elle dévoile leur secret. Quant à ses paroles folles... Le policier se dit que peut-être un psychiatre pourrait les expliquer, au prix de nombreuses séances et d'entretiens. Pour sa part, son travail était presque terminé. L'arrestation avait été faite, la garde à vue en cours et Franck taperait cette nuit le dossier à présenter au procureur auquel il ajouterait demain la transcription de l'interrogatoire. Savoir si derrière le masque de l'agresseur se cachait celui d'un déséquilibré n'avait guère d'importance pour eux, le principal restait qu'il soit correctement puni pour son acte.

La nuit commençait à ternir le ciel. Les lampadaires des rues de Montmorts s'allumèrent et dessinèrent des soleils blafards sur les trottoirs pavés. Les températures avaient chuté de précieux degrés. Nul doute que la neige ne tarderait pas à se déposer sur les toits. Julien passa devant la boulangerie du village, dont le puissant éclairage intérieur débordait de la vitrine pour illuminer d'un jaune doré une partie de la rue, tout en se demandant quel service le maire pouvait vouloir lui demander. *Cet homme puissant possède tout ce qu'il souhaite, quelle aide pourrais-je lui apporter ?*

Il franchit la porte de sa maison, se rendit directement à la salle de bains et resta une vingtaine de minutes sous la douche chaude. En s'habillant, il se souvint qu'il devait téléphoner à l'auberge afin qu'on livre deux repas au commissariat. Franck ne lui pardonnerait jamais de le laisser se nourrir de croissants secs et de café. Il passa le coup de fil puis descendit à la cuisine prendre une bière dans le réfrigérateur. Avant son arrivée, M. de Thionville avait bien entendu pris soin de le garnir, ainsi que les autres placards, de diverses denrées et d'alcool. La plupart seraient certainement jetées à la fin de la semaine, là encore le maire semblait avoir occulté le fait que Julien arrivait seul et non accompagné d'une famille nombreuse, mais force était de constater que le vieil homme savait accueillir. S'il n'y avait eu cette sensation étrange ressentie en sa présence, Julien aurait pu le trouver fort sympathique.

Arrête de jouer au flic suspicieux, se tança-t-il en avalant une gorgée de bière, *sans doute cette posture fière et méprisante n'est-elle qu'une illusion, ou simplement une attitude de milliardaire... ou bien est-ce vraiment le comte Dracula...*, pouffa Julien en s'asseyant sur le Chesterfield, puis en levant sa bouteille : *Qui que vous soyez, à la vôtre monsieur de Thionville !*

Une heure plus tard, Julien démarra son véhicule et suivit les consignes du GPS. Il quitta la cour, tourna à gauche en direction de la place carrée, en fit le tour jusqu'à l'avenue principale, remonta en direction de la montagne des morts dont la propriété du maire était voisine de quelques centaines de mètres puis passa devant « Chez Mollie » et remarqua que le parking se trouvait déjà à moitié rempli. Il se demanda si la femme rousse qu'il avait aperçue au bar hier était présente encore cette nuit. Il devait s'agir d'une touriste ou d'une personne en transit, car personne ne semblait l'accompagner et il n'avait surpris aucun des soiffards accoudés à ses côtés lui adresser la parole, ce qui semblait assez irréel pour une femme si élégante.

Les croix de l'ancien cimetière apparurent dans le halo de ses phares quand la voix féminine lui ordonna de tourner à droite et de se diriger vers une route perdue au milieu des saules du grand tertre. L'écran du GPS lui précisa qu'il s'agissait d'un cul-de-sac au fond duquel sa destination scintillait d'un cercle rouge. Le policier éteignit l'écran et se concentra sur sa conduite tant l'asphalte large d'à peine deux mètres sinuait à travers la végétation sombre et oppressante. L'écorce blanche des saules luisait comme des flocons de neige pris au piège dans le faisceau des phares.

Après quelques minutes à rouler presque au pas, une grille lourde et menaçante, enchâssée entre deux poteaux ceints de caméras vidéo, marqua son arrivée à destination. Animées par une légère brise, des branches dansaient au-dessus du véhicule, à la manière d'ombres chinoises sur un mur.

Julien hésita.

Devait-il klaxonner pour s'annoncer ? descendre de la voiture et trouver un interphone ? Il n'eut pas le temps de choisir une de ces options qu'un grincement métallique résonna et que les deux battants s'ouvrirent. Il passa la première et progressa prudemment sur le chemin gravillonné. Une cour aux dimensions impressionnantes, éclairée par des lampadaires, se dévoila devant lui, et un manoir digne des plus grands films d'époque se dessina progressivement dans la nuit, dominant la cime des arbres, griffant la voûte étoilée avec son haut toit obtus, écrasant la terre de son ombre gigantesque. Deux tourelles latérales encadraient la façade et Julien remarqua que seules les hautes fenêtres du rez-de-chaussée se trouvaient éclairées. Les deux autres étages étaient plongés dans l'obscurité la plus parfaite, quelques recoins se confondant avec la nuit elle-même.

Merde, pensa Julien qui ne pouvait quitter des yeux l'imposante demeure, *c'est sans aucun doute le comte Dracula...*

À peine venait-il de se garer devant le perron que la porte principale s'ouvrit et qu'un homme vêtu d'un costume trottina jusqu'à lui et ouvrit sa portière.

— Bienvenue, monsieur. Vous pouvez laisser votre voiture ici. Je m'appelle Bruno, enchanté de faire votre connaissance.

— Ah... D'accord, Bruno... euh, enchanté également, consentit le visiteur en sortant du véhicule.

Le majordome l'invita à le suivre en marchant d'un pas pressé.

— Monsieur vous attend, par ici...

Les deux hommes pénétrèrent dans le vestibule. Aussitôt, une chaleur bienveillante enveloppa Julien alors que Bruno l'aidait à retirer sa veste. Face à eux, à une dizaine de mètres, se dressait un immense escalier qui serpentait vers l'étage du dessus avec force et majesté. Cet ouvrage en bois se resserrait à mi-hauteur et la trentaine de marches se scindait pour former deux passages différents, comme si, effrayés par l'apparition soudaine de l'autre, ces deux nouveaux escaliers se fuyaient en remontant le bâtiment chacun de leur côté. Julien osa à peine imaginer le nombre d'ouvriers et la quantité de bois que la construction avait dû nécessiter.

Le factotum l'invita une nouvelle fois à le suivre. Ce qui frappa également Julien, bien avant le luxe ambiant, la qualité des boiseries et la taille de l'âtre qui crépitait (il pouvait l'entendre depuis le vestibule, comme si les bûches qu'il avalait n'étaient que de vulgaires os de poulet), ce fut la hauteur sous plafond. Il se tordit le cou à observer les moulures dorées et à deviner la distance qui les séparait du sol. En quittant l'entrée, il jugea que même si Bruno, qui pourtant devait avoisiner le mètre quatre-vingts, se hissait sur ses épaules, il lui manquerait encore quelques centimètres avant de pouvoir frôler le plâtre.

— Je vous en prie.

D'un geste du bras, il fut convié à passer une large porte en bois massif. Il se retrouva dans un immense salon où se tenait, appuyé sur sa canne et tournant le dos à la cheminée, le maître des lieux.

— Julien ! s'exclama Albert de Thionville en levant son bras libre pour lui indiquer de s'avancer. Comment allez-vous depuis hier ? Et comment vont mes résidents ?

— Je vais bien, merci, répondit Julien en se retenant de remarquer que « résidents » était un terme bien étrange pour désigner les habitants. *Ne sois pas rabat-joie, laisse-lui sa chance...*

— Venez, installons-nous et profitons du feu..., lui proposa le maire en désignant un canapé en cuir épais ressemblant fortement à celui de la nouvelle demeure de Julien. Que buvez-vous ?

— Euh... comme vous, répondit le policier en espérant que son hôte n'était pas un fervent consommateur de gentiane ou autres apéritifs surannés.

— Bruno, deux whiskys, s'il vous plaît, le Macallan M, celui dans le flacon en cristal, sans glace, précisa le vieil homme.

Julien observa discrètement la pièce tandis que son hôte passait commande auprès de son employé. Aux murs se trouvaient accrochées d'énormes peintures sombres, aux couleurs terreuses. Sur la plupart de ces décors de forêts, de montagnes aux ciels torturés ou de demeures plongées dans la pénombre, des points lumineux flamboyaient au premier plan. Et, tout autour de ces feux inquiétants, des femmes aux regards diaboliques et aux épaules dénudées dansaient sous les regards médusés, à la fois attirés et révulsés, de paysans, de vieillards aux corps flétris, d'enfants réfugiés dans les bras de leurs parents ou de prêtres se signant.

— Bien, reprit Albert de Thionville une fois que Bruno eut quitté la pièce, je suis content de vous voir. J'ai appris que Sybille avait eu un... petit problème avec un jeune garçon...

— Oui, en effet, un peu plus qu'un petit problème je dirais, corrigea Julien. Mais nous avons procédé à son interpellation, il est en ce moment dans une cellule du commissariat. Nous terminerons la procédure demain, après son témoignage.

— Ah ! parfait, je savais que vous étiez la personne idéale pour Montmorts. Et votre maison, vous plaît-elle ?

— Je dois dire que je ne m'attendais pas à autant d'espace, admit Julien, c'est plus que généreux de votre part !

Cela me change de mon dernier appartement! Et merci pour les bières!

— Voyons, ce n'est rien... Et vous savez ce qu'attend une grande maison?

— Non, pas exactement...

— Qu'on la remplisse d'enfants! s'amusa Thionville en lançant un clin d'œil comme si lui et son hôte étaient deux amis de cent ans. Je vous charrie! Ne faites pas attention aux divagations d'un vieillard!

Bruno apparut en silence et déposa les boissons sur la table basse en ébène où trônait déjà une large boîte en bois que Julien devina être une cave à cigares. D'une manière tout aussi discrète, il repartit et ferma la lourde porte avec précaution. Julien songea à Mollie et à ses pas pesants qui devaient racler en ce moment même le sol de l'auberge comme si elle voulait y creuser des tranchées.

— À la vôtre, à votre arrivée à Montmorts! lança le millionnaire.

Julien trinqua et but une gorgée de son whisky tout en observant son hôte. Albert de Thionville lui parut moins flamboyant que lors de leur première rencontre. Malgré sa bonne humeur apparente, des cernes profonds coulaient sous ses yeux et sa peau se parait d'une teinte blafarde. *Il est préoccupé*, pensa Julien. *Sans doute la vie d'un homme d'affaires n'est-elle pas de tout repos, mais il y a dans cette fatigue autre chose que de simples soucis professionnels. Serait-il malade?*

Cependant, si les cheveux épars qui couraient le long de son crâne chétif lui donnaient une allure fragile, son regard bleu acier qui ne se détournait que très rarement de Julien, ainsi que ses lèvres fines, mais promptes à prendre la parole, imposait de ne pas se fier aux apparences.

— Vous... Vous m'avez parlé d'un service...

— Ah, bien sûr, vous êtes un homme direct, j'aime cela! En effet, je vous ai dit que j'aurais besoin que vous me rendiez un service. C'est d'ailleurs la véritable raison de votre présence ici...

— Que souhaitez-vous que je...?

— Croyez-vous aux sorcières, Julien?

Le policier fut surpris par cette question. Il imaginait mal cet homme frayer avec les superstitions des siècles passés. D'ailleurs, les chroniques de Sybille l'avaient souligné. Au contraire, il voyait en lui un être froid, distant malgré le comportement jovial qu'il lui montrait, et certainement sans pitié en affaires. Comment aurait-il pu réussir autrement? Comment une marque de cosmétiques mondialement connue porterait-elle son nom si ce chef de nombreuses entreprises se fourvoyait en pensant que des sorcières traversaient le ciel sur leurs balais? *Non, il se joue de moi*, se dit Julien en posant ses lèvres contre son verre, *encore une fois, c'est une stratégie pour me tester...*

— Non, je ne crois pas aux sorcières, assura-t-il. Je sais que dans ce village, elles ont une histoire, mais je pense qu'il ne s'agit que de folklore. Mais je respecte l'histoire de Montmorts et ses... superstitions.

— Eh bien, mon cher, vous avez tort! affirma le maire. Elles ont existé et existent toujours! Bien sûr, à notre époque, elles sont devenues des figures de marketing, des personnages de livres qui se sont mués en films, en séries télé, perdant chaque fois un peu de leur contenance et de leur signification.

— Quand bien même, je dois avouer que je reste sceptique.

— Savez-vous ce qu'est une sorcière?

M. de Thionville s'était détourné de Julien et fixait à présent le verre qu'il tenait entre ses mains. Le policier pouvait contempler le profil malingre et anguleux de son hôte, les taches de vieillesse qui constellaient sa peau et la fragilité de son port qui, pourtant, lors de leur rencontre au commissariat, s'était montré fier et altier.

— Une personne qui pensait avoir des pouvoirs spéciaux…, hasarda-t-il sans quitter du regard le millionnaire.

— Avant tout, ce sont des femmes. Et je pense que vous avez assez vécu pour savoir que les femmes ont toutes un pouvoir spécial… Autrefois, elles n'avaient guère d'importance, sinon celle d'engendrer. L'Église ne les considérait pas, pas plus que leurs maris ou la société. Mais parmi elles, certaines se montraient plus magiques que leurs congénères. Par leur beauté, leur intelligence, leur sensibilité, par leur faculté à se servir de la nature pour guérir les maladies, par leurs paroles qui résonnaient bizarrement à l'intérieur des petits esprits. Alors, puisque les hommes épris ne pouvaient avouer qu'elles leur étaient supérieures, ils les rabaissèrent en un terme obscur et condamnable : sorcières. Ainsi, la magie intrinsèque d'une femme devint une malédiction et toutes ces jolies fleurs se fanèrent de gré ou de force.

— C'est une vision très poétique, je dois l'admettre.

— La plus jeune de mes filles était atteinte du syndrome de Rasmussen, vous savez de quoi il s'agit ?

Le léger malaise qu'avait ressenti Julien en pénétrant dans la pièce se mua en une vague de chaleur qui sembla lui lécher le dos. Durant un instant, un très court instant, il eut l'idée de se retourner pour vérifier d'où provenait cette sensation, mais il resta immobile, se contentant d'attribuer cette fièvre inopinée à l'alcool et aux flammes qui dansaient avec véhémence dans l'âtre.

— Vaguement.

— C'est une maladie qui dérègle les messages électriques du cerveau, lui apprit le maire. Imaginez que vous vous enfonciez une écharde dans le doigt. Un message nerveux va être transmis à la zone de douleur du cerveau afin que vous compreniez comment et pour quelle raison vous ressentez une brûlure à l'extrémité de votre doigt. Pour ma fille, le signal débordait de la zone à laquelle il appartenait et s'étendait à d'autres neurones. Ainsi, une simple piqûre pouvait entraîner chez elle une cécité temporaire, ou bien la faire bafouiller comme si des charbons ardents se trouvaient piégés à l'intérieur de sa bouche. Parfois elle convulsait, simplement à cause d'une « erreur d'aiguillage »... Mais le pire, c'est qu'au fur et à mesure du temps qui passe, cette maladie s'installe de plus en plus. Elle colonise d'autres zones du cerveau si bien que le stimulus originel, la piqûre, n'est plus nécessaire à l'apparition d'une crise. Le moindre message électrique engendré par une pensée, une vision, un mouvement musculaire suffisait à déclencher un orage dans la tête d'Éléonore. À tout moment de la journée, ma fille pouvait devenir aveugle, incapable de tenir sur ses jambes, muette ou au contraire se mettre à hurler qu'un essaim d'abeilles bourdonnaient entre ses oreilles et que leurs dards empoisonnaient ses pensées...

— C'est une maladie horrible, je suis désolé que votre fille ait vécu cela..., prononça sincèrement le chef de la police.

Il ne comprenait guère où voulait en venir cet homme. Julien se souvenait des paroles de Sarah quand elle lui avait expliqué que la plus jeune fille du maire avait été retrouvée au pied de la montagne, le corps disloqué.

Cet homme n'est pas malade, il est simplement hanté par le traumatisme..., comprit le policier.

— En d'autres temps, poursuivit le maire sans détourner son regard du liquide ambré, Éléonore aurait été considérée comme une sorcière et brûlée vive sur la place du village. Personne n'aurait pu expliquer ses maux. Comment une jeune fille qui se tient sagement assise pourrait-elle subitement se rouler sur le sol en bavant une écume diabolique si elle n'était possédée par le Malin ? Comment les paroles les plus simples prononcées quelques instants plus tôt se transformeraient-elles dans sa bouche en grognements incompréhensibles ? À présent, la science permet des miracles, et le premier est de poser un diagnostic sur une maladie et de chasser les mauvaises interprétations. Alzheimer, épilepsie, trouble du langage... Vous voyez, les sorcières existent toujours, ce ne sont que les croyances qui ont disparu grâce à une amélioration sémantique de notre vocabulaire engendrée par les découvertes scientifiques. Seulement, comme vous le savez sans doute, Éléonore a été retrouvée au pied de la montagne des morts...

Julien se sentait de plus en plus mal à l'aise. Il n'aurait pu l'expliquer, mais l'air lui paraissait lesté d'une menace latente, à peine perceptible, telle une ombre tapie dans l'obscurité de la nuit. Il avala une gorgée de whisky et décida d'abréger l'entretien, et tant pis si le vieil homme se vexait, ce que lui souhaitait plus que tout était de retrouver la fraîcheur du dehors et de pouvoir respirer profondément.

— Monsieur de Thionville, qu'attendez-vous de moi ?

Le maire quitta son verre et fixa de nouveau son invité. Un sourire nerveux se dessina péniblement à la commissure de ses lèvres.

— Ouvrez cette boîte, ordonna-t-il en désignant la boîte à cigares. Et lisez ce qui vous chante.

Le policier s'exécuta pendant que le vieil homme reprenait son laïus :

— Le fait, donc, que ma fille ait été retrouvée non loin de l'ancien cimetière, ajouté à ces lettres, indique que quelqu'un, ici, à Montmorts, croit toujours à ce que vous considérez comme du folklore. Un habitant de ce village pense que les sorcières se trouvent parmi nous et que ma petite Éléonore, ma tendre enfant de douze ans, était l'une d'elles. C'est pourquoi il l'a retirée de son lit, l'a portée jusqu'au sommet de la montagne punitive et a jeté son corps dans le vide…

Julien peinait à croire ce qu'il tenait entre les mains. Des lettres de menaces. Comment avait-il pu se tromper à ce point ? Il avait vu en M. de Thionville une personne froide, calculatrice, hautaine et dénuée de sentiments. Il ne s'était fié qu'à son regard intimidant, presque menaçant, à la désinvolte manière qu'il avait eue de comparer une tentative de viol à un « petit problème »…

— Alors, mon cher Julien, voici le service que je vous demande et que, j'espère, vous accepterez de me rendre : je veux que vous trouviez l'assassin de ma fille. Je veux savoir quel habitant de Montmorts a eu il y a dix ans l'ignoble folie de tuer mon enfant.

Le policier se tourna vers le maire. Celui-ci soutenait difficilement son regard, comme si toutes ces paroles prononcées lui avaient coûté des efforts insoupçonnables. Ses yeux bleus délivrèrent une larme qui se mit à rouler le long de sa joue droite sans qu'il émette le moindre mouvement pour se dérober ou pour la chasser d'un revers de main.

Dehors, les premiers flocons de neige, hébétés et désorientés, mouraient sur les toits de Montmorts.

J'ai tué votre fille pour sauver notre village.
Dans le reflet de sa chute, j'ai vu…
Le ciel s'ouvrir et les enfers se geler…
J'ai entendu les saules s'entrechoquer et la terre respirer…
J'ai surpris le diable à grimacer…
Et les sorcières de tout temps, regretter…

ACTE 2 :

DESSINE-MOI UN MOUTON!!

EN CHEMIN (2)

Camille prit conscience de l'arrêt du véhicule quand elle entendit la portière côté conducteur claquer dans la nuit. Elle détourna à regret son attention des pages qu'elle tenait entre les mains pour lancer un regard surpris sur le siège voisin, à présent vide. La journaliste se contorsionna pour chercher la silhouette d'Élise et l'aperçut, dehors, debout face à la caisse automatique de la station-service.

— Merde, souffla-t-elle, en retirant sa ceinture de sécurité, je n'ai même pas remarqué que l'on s'était garées...

À son tour, elle descendit du véhicule en prenant soin de mémoriser le numéro de la page qu'elle venait d'abandonner.

— Si vous voulez vous rendre aux toilettes, profitez-en, c'est l'unique arrêt avant notre destination, lui précisa Élise en fixant le cadran numérique de la pompe.

— Cela fait longtemps que nous sommes arrêtées ?

— Cinq minutes. Pourquoi vous ne... ? Oh, je vois, vous étiez tellement plongée dans votre lecture que vous ne vous êtes rendu compte de rien ? C'est cela ?

— Oui... Oui, balbutia la jeune femme, légèrement confuse. Que s'est-il passé ? lança-t-elle depuis l'avant de la voiture. Je veux dire... au village...

En entendant sa voix fluette et tendue, Camille se dit que sa phrase ne sonnait pas simplement comme une question, mais comme une supplication. Il y avait dans la musicalité de ses mots une once de détresse et... de peur. Elle s'en voulut immédiatement de s'être dérobée de la sorte, d'avoir dévoilé le trouble et l'impatience que lui imposait sa lecture.

— Vous savez ce qui s'est passé là-bas, tous les journaux en ont parlé..., répondit laconiquement Élise.

— Ils ont simplement dit qu'il y avait des morts... une dizaine... mais jamais ils n'ont précisé les identités...

— Que voulez-vous savoir de plus pour le moment ? Si Julien, Sybille, Sarah et les autres s'en sont sortis ?

— Pourquoi moi ? lança Camille, d'une voix qu'elle voulut plus assurée, mais qui trahit malgré tout une certaine fébrilité.

Élise se tourna vers elle. Son visage semblait las. La pâleur de son teint s'accordait parfaitement avec la lumière fragile que projetaient au-dessus d'elles les néons des pompes à essence. *Depuis combien de temps cette femme n'a-t-elle pas dormi ?* se demanda Camille en regrettant subitement de s'être comportée comme une gamine trop gâtée, et d'avoir voulu tout savoir sans attendre d'être arrivée.

— Parce que vous êtes une jeune journaliste, expliqua Élise après quelques secondes d'hésitation, non sans avoir au préalable lancé un regard sombre en direction de sa passagère. Vous n'êtes pas encore pourrie par le système. Vous pouvez encore écouter des histoires extraordinaires sans pouffer de rire ou lever les yeux au ciel... Et puis, vous devez vous créer une carrière, donc vous n'avez pas peur de prendre des risques. Je sais que dans votre rédaction, vous êtes invisible, trop jeune, trop jolie et trop inexpérimentée pour être prise au sérieux. Mais croyez-moi, une fois que vous aurez écrit votre papier, tous ces incapables vous jalouseront, ils se demanderont si vous n'êtes pas une sorcière, car autrement comment auriez-vous pu découvrir autant de vérités… J'ai bientôt terminé, ajouta-t-elle en vérifiant l'affichage numérique de la pompe, faites ce que vous avez à faire, rapidement, le temps presse…

Camille aurait voulu lui demander en quoi le temps lui importait, mais se contenta de se diriger vers la station-service et de se rendre aux toilettes. Une fois installée, elle ne put lutter contre ses pensées et s'évada en direction de Montmorts. À l'instar de Julien, elle aussi s'en voulut d'avoir jugé trop rapidement M. de Thionville. Elle l'avait imaginé détestable, capricieux et empli d'orgueil, mais elle s'était trompée. *J'ai pensé seulement aux apparences, sans jamais gratter plus loin que la première couche de vernis… Que va-t-il se passer ensuite?* songea-t-elle en envisageant plusieurs possibilités. *Julien va-t-il retrouver le coupable? Lucas va-t-il regretter son geste? Sybille va-t-elle retrouver le policier chez Mollie le lendemain? La femme rousse y sera-t-elle aussi? Les sorcières existent-elles vraiment?* Elle essaya de relier ses questionnements avec ce qu'elle avait lu sur la tuerie de Montmorts. Cette affaire l'avait évidemment fascinée alors qu'elle terminait ses études de journalisme, aussi bien par le fait que personne ne pouvait expliquer pourquoi un chasseur égaré était tombé par hasard sur Montmorts et y avait découvert un véritable carnage, que par le fait que plus personne par la suite n'avait semblé pressé de découvrir la vérité. Même les habitants avaient repoussé les curieux pour se terrer dans un mutisme lourd de secrets. Le village avait fait la une des journaux durant deux mois puis l'intérêt s'était essoufflé comme si ceux qui criaient au tueur en série, à des tests militaires ou à une malédiction vieille de plusieurs siècles avaient été subitement frappés d'amnésie.

Soudain, Camille ressentit un frisson la parcourir. « Merde », cracha-t-elle en se rhabillant. Elle sortit en trombe des toilettes et se mit à courir dans la station, manquant de peu de renverser un présentoir à souvenirs.

J'ai été trop longue, pesta-t-elle en longeant le restaurant pour routiers. *La voiture est partie, elle m'a laissée ici, parce que je posais trop de questions...*

Mais, alors qu'elle arrivait à la sortie de la galerie, elle aperçut Élise, en train de patienter derrière un homme pour régler l'essence et la bouteille d'eau qu'elle tenait à la main.

— Problème de caisse automatique, précisa-t-elle en voyant Camille s'approcher, attendez-moi dehors, ce ne devrait pas être long.

La journaliste obtempéra et se remit de sa frayeur en s'appuyant contre un muret. L'air était frais et le ciel se tendait de nuages annonciateurs de probables chutes de neige, mais elle n'en avait que faire. Elle allait pouvoir continuer sa lecture. Qu'il vente, qu'il pleuve ou qu'une tempête se décide à tout détruire autour, elle serait assise, les pages entre ses mains, parfaitement en sécurité en compagnie de Julien, Sarah et du gros Francky.

Pourvu qu'il n'arrive rien à ces trois-là, se surprit-elle à espérer, *et à Sybille également, cette pauvre Sybille...*

— C'est parti! lança Élise en sortant de la station, je vais devoir rouler un peu plus vite... Tenez, je vous ai pris une bouteille d'eau...

— Merci, c'est très gentil. Dites, je suis désolée si je suis trop curieuse, c'est ainsi, je suis journaliste, mais je vous promets de terminer le récit sans plus poser la moindre question.

— C'est une sage décision, affirma la conductrice en ouvrant sa portière. Et de toute manière, tout deviendra clair lorsque nous arriverons à Montmorts.

1.

Franck observait Lucas du coin de l'œil.

Le garçon était assis, dans sa cellule, penché au-dessus du plateau-repas qu'il avalait avec précaution, comme s'il craignait de mourir empoisonné dès la bouchée suivante.

Depuis qu'ils étaient seuls dans le commissariat, Lucas n'avait pas émis le moindre son, si ce n'est un faible « merci » quand le policier lui avait fait glisser le dîner sous la grille.

Franck avait hésité. Sa première idée avait été de le laisser manger seul et de retourner dans les bureaux pour déguster à son tour le plat dans lequel, il l'espérait sans toutefois se faire trop d'illusions, le mari de Mollie n'aurait trempé aucun de ses doigts aux ongles crasseux. Car Roger possédait une grande qualité et un tout aussi grand défaut. Il cuisinait très bien. Il passait des heures à confectionner les recettes du soir avec un plaisir certain. Même si cette passion tenait autant à sa volonté de satisfaire les papilles des habitants de Montmorts, qu'à son désir d'éviter le plus possible la présence de Mollie qui, elle, fuyait la cuisine tel un vampire aux portes d'une église, personne ne pouvait critiquer son talent. Seulement, il avait aussi la fâcheuse habitude de goûter ses préparations en utilisant son doigt en guise de cuillère, doigt qui semblait accumuler des strates de crasse sous son ongle depuis sa plus tendre jeunesse.

Franck s'assit, bien décidé à chasser de son esprit les images d'un cuisinier à l'hygiène douteuse léchant ses doigts tout en préparant son plateau, mais ne put se décider à entamer son repas. *Un homme, quel qu'il soit, ne devrait jamais dîner seul*, se dit-il en pensant à Lucas. Il retourna s'asseoir sur le banc métallique, face à la cellule. *En plus, on ne sait jamais, il serait capable de s'étouffer et de mourir à cause d'un morceau de viande coincé dans la gorge*, se dit-il pour justifier son geste. Bien sûr l'acte de Lucas le révoltait. Mais Franck était connu dans tout le village pour son empathie. Pour beaucoup, ç'avait été une surprise de le voir s'engager dans les forces de l'ordre. Lui, le gamin de Montmorts que personne n'avait jamais vu en colère. Lui, l'ancien collégien que les brutes des classes supérieures adoraient molester à la sortie. Juste comme ça, sans réelles raisons. Simplement parce que son visage arrondi ressemblait tellement à un punching-ball que beaucoup voulaient tester leur force et cogner sur lui sans craindre d'esclandre, car, sous les coups, résigné et vide de colère, Franck demeurait aussi silencieux qu'un véritable sac de frappe. Parfois, un adulte surprenait ce pugilat et, après avoir mis en fuite les coupables, lui conseillait de porter plainte ou du moins d'en parler au directeur du collège. Mais Franck se contentait d'essuyer le sang qui coulait de ses narines et de hausser les épaules en prétextant une simple blague entre amis.

Bien entendu, depuis qu'il avait revêtu son uniforme de policier, personne n'avait plus osé agir avec lui de la sorte. Le calme et la sérénité de Montmorts, du moins avant les récents évènements, correspondaient parfaitement à son caractère placide. Jamais il n'avait à hausser la voix ni à user de la force. Le village lui procurait ce calme professionnel que Franck imaginait parfois avoir gagné en s'étant tu durant toutes ces années de harcèlement.

— Pas dégueu…, lança finalement Lucas lorsqu'il eut fini son repas.

Franck, qui avait terminé depuis cinq bonnes minutes, se contenta d'acquiescer en l'observant. *Ce gamin est mon parfait opposé*, se dit-il en ne pouvant détacher son regard de son visage. *Les traits fins, anguleux, la colère tonique… Tout me révulse en lui, mais étrangement, j'ai comme l'impression de me trouver en face d'un miroir, à fixer celui que j'aurais pu être…*

— Pourquoi vous êtes venu dîner ici ? lui demanda Lucas après avoir repoussé son plateau sur le sol.

— Parce que aucun homme ne devrait manger seul, se contenta de répondre Franck.

— Vous avez eu pitié ? suggéra le prisonnier.

— Non, gamin, je sais ce que c'est de manger seul, je le fais tous les soirs. Ce n'est pas agréable, c'est tout…

Enfin pas tous les soirs, se retint d'ajouter Franck. *Il y a les soirs où je me rends chez Mollie et où je commande un plat, histoire de voir du monde. Parfois, un villageois s'assoit avec moi et nos solitudes discutent entre elles. Un soir, c'est une femme rousse qui s'est assise à ma table. Une femme de passage, en route pour la ville, juste à l'auberge pour la nuit. Elle riait, mais il y avait quelque chose de triste en elle, une solitude carnivore qui dévorait la joie dans son regard. Sa bouche souriait, mais ses yeux pleuraient. Elle n'a presque pas parlé du repas. Le temps de me souhaiter une bonne fin de soirée, elle était remontée dans sa chambre et je ne l'ai plus jamais revue…*

— Elle va mieux ? demanda Lucas, extirpant le gros Francky de sa rêverie.

— Qui donc ?
— Sybille.

Il avait cru à un moment que la question du gosse concernait la femme rousse dont le souvenir s'estompait peu à peu.

— Le chef a dit que oui, précisa le gardien en se moquant de lui-même.

— Vous pourrez lui dire que je suis désolé.

— C'est un peu tard pour cela, tu ne crois pas ?

— Si, murmura Lucas en baissant la tête.

— Qu'est-ce qui t'a pris ? lâcha finalement Franck. On ne fait pas ça à une femme, ni à personne...

— Je ne sais pas..., se justifia Lucas, c'est comme si... non, vous allez dire que je suis timbré...

Le policier comprit que le gamin avait besoin de parler. Après tout, s'il désirait passer aux aveux, autant en profiter. Il sourit à l'idée d'avoir réussi à le mettre en confiance, à l'amadouer, simplement en partageant un repas avec lui. *Si je peux lui éviter d'avoir à affronter Sarah et Julien demain, ce sera peut-être mieux, pas sûr que mes collègues soient aussi doux avec lui...*

— Vas-y, l'encouragea-t-il en se levant pour s'approcher de la grille. Je suis prêt à tout entendre pour comprendre ce que tu as fait.

— Vous... Vous est-il déjà arrivé d'entendre des voix ? demanda Lucas après quelques secondes d'hésitation.

— Des voix ?

— Oui, des voix qui vous disent – non, qui vous *ordonnent* de leur obéir...

— Non, admit le policier en prenant soin de ne pas répondre trop rapidement afin de laisser penser qu'il avait véritablement réfléchi à la question.

— Moi, j'en entends… depuis des semaines. Ce sont elles qui m'ont demandé de m'en prendre à Sybille.

Franck ignorait si le gamin se payait sa tête. À le voir ainsi, les genoux remontés contre sa poitrine, le regard fixe et fermé, il faisait dix ans de moins. *Un gosse,* pensa-t-il en le voyant ainsi, *un gosse qui a grandi trop vite, sans personne pour lui expliquer les codes de la vie. Il semble aussi perdu que moi quand je rentrais après m'être fait tabasser. Tout comme moi, il cherche des réponses à la violence. Pas celle des autres, mais la sienne…*

— Ces voix proviennent… d'où?

— D'un peu partout, mais j'ai remarqué qu'elles sont plus fortes quand je m'approche des tertres. Ce sont les saules blancs qui parlent… tout autour de Montmorts… j'en suis certain…

Des arbres qui parlent? Franck se souvint de ce que Sarah leur avait rapporté avant de partir. Ces paroles dénuées de sens prononcées par Vincent après la mort de Jean-Louis. Lui aussi avait évoqué des arbres.

— Et… ces arbres, ils t'ont dit autre chose? demanda Franck en serrant entre ses mains les barreaux de la cellule. *Pourquoi ai-je le sentiment que les rôles sont inversés, que je suis celui qui se retrouve enfermé dans cette cellule et que ce gamin assis là-bas n'est autre que mon double, libre et pourtant réticent à me quitter?*

— Oui, affirma Lucas en laissant une larme perler dans le coin de ses yeux. Elles m'ont dit qu'il était trop tard, que tout était fini pour nous et que beaucoup de gens allaient bientôt mourir.

2.

Julien ouvrit une autre lettre.
Puis, il les lut toutes.
Autour de lui, le silence n'était trahi que par les quelques crépitements qui émanaient des bûches enflammées. M. de Thionville demeurait invisible et muet, dans l'attente d'une première supposition. Les missives se ressemblaient, parfois très courtes, simplement une poignée de phrases obscures, mais le ton restait le même. Julien reposa la boîte sur la table basse et réfléchit en terminant son verre. Contre les murs de la pièce, les peintures et leurs personnages paraissaient aussi dans l'expectative.

— Vous pouvez m'en dire un peu plus à propos de l'enlèvement? demanda finalement le policier.

— Bien sûr, répondit le maire. Ce soir-là, nous dînions avec ma fille aînée, Sélène.

— Pourquoi uniquement vous deux?

— Eh bien, Éléonore avait eu une crise, juste avant le repas. Vous allez peut-être trouver cela inhumain, mais lorsque les crises se manifestaient, la meilleure solution était de la laisser enfermée dans sa chambre. Vous comprenez, elle n'était plus la même, elle devenait quelqu'un d'autre. Très souvent elle se mettait à hurler des sons, et quand je dis des sons, c'est parce que ce n'étaient pas des phrases ni même des mots. Elle nous criait dessus sans que personne dans cette maison parvienne à déchiffrer ce qu'elle souhaitait véritablement nous dire. Alors elle hurlait jusqu'à se brûler les cordes vocales, puis elle se calmait et s'endormait.

— Ces crises étaient-elles fréquentes ?

— Oui, de plus en plus. Ce qui signifiait que la maladie progressait. Le syndrome de Rasmussen est une maladie ignoble. Elle a transformé ma fille de douze ans en une inconnue repoussante. Je n'ai pas honte de l'avouer. Je ne la reconnaissais plus. Cette maladie non seulement la faisait souffrir de manière épisodique et la détruisait sournoisement, mais elle anéantissait également les souvenirs que je possédais de ma fille chérie. Son visage grimaçant et furieux étouffait le souvenir de ses sourires. Quand je fermais les yeux pour tenter de retrouver une image positive à laquelle me raccrocher, je ne voyais que ses yeux gonflés de haine, sa bouche qui jadis me murmurait tous les soirs des « je t'aime, papa » se tordant monstrueusement en bafouillant ce que nous étions incapables d'interpréter…

— Vous devez tout de même avoir des souvenirs d'elle avant ses crises ?

— Oui. Il m'en reste un que la maladie n'a pas encore dévoré ou terni. C'était notre rituel du soir. Après le dîner, même si j'avais du travail, même si j'étais épuisé ou en retard, je lui lisais quelques pages de son livre préféré : *Le Petit Prince*. Alors, bien au chaud dans son lit, elle passait sa tête sous mon bras pour la poser contre mon flanc et s'endormait ainsi. Je n'ai rien de plus précieux que ce souvenir-là.

— N'y avait-il donc aucun remède ? s'enquit Julien qui ne connaissait que très peu de choses au sujet de ce syndrome.

— Non, aucun, soupira de dépit M. de Thionville. Juste des médicaments qui ne servaient qu'à ralentir l'inéluctable. Croyez-moi, j'ai fait appel aux meilleurs neurologues, français, étrangers… Mais tous étaient incapables de me dire combien de temps Éléonore pourrait vivre encore. Les avis divergeaient du simple au double. À aucun moment il n'a été question de guérison. C'est de la mort que tous parlaient. Ils pensaient me réconforter en me disant que ma fille avait la chance de vivre avec ça depuis quatre ans, que la maladie emportait d'autres patients beaucoup plus rapidement. Voilà de quoi je devais me contenter…

— Je suis navré… sincèrement.

— Merci, Julien. Donc, il y a dix ans, nous dînions avec ma grande. Une fois le repas terminé, Sélène est partie se coucher et je suis allé dans la chambre d'Éléonore pour lui donner un baiser et la regarder dormir. C'est étrange, non? Jamais elle n'a eu de crise durant la nuit. Les médecins m'ont expliqué que les signaux électriques sont plus faibles durant le sommeil. Éléonore redevenait ma fille adorée seulement quand elle dormait, quand elle ne pouvait plus m'entendre lui dire que je l'aimais… Saloperie de maladie… En arrivant devant sa chambre, j'ai vu que sa porte était entrouverte, fait inhabituel, car j'ai toujours précisé au personnel de maison que cette porte devait rester verrouillée, la clef dans la serrure extérieure. Cette précaution empêchait Éléonore de sortir seule si elle se réveillait, mais permettait également, en cas de crise, de ne pas avoir à chercher la clef partout. J'ai poussé le battant pour passer la tête dans la chambre. À cet instant, je me disais que Bruno ou un membre de l'équipe avait voulu vérifier que tout allait bien et avait omis de refermer la porte, tout simplement. Mais elle n'était plus dans son lit. Les draps et la couverture avaient été jetés sur le sol. Je suis sorti et j'ai immédiatement demandé à Bruno et à la cuisinière s'ils savaient où se trouvait ma fille. Mais aucun des deux ne put me répondre. Tous les quatre, nous avons fouillé le manoir. Nous l'avons appelée dans chaque pièce, dans chaque recoin où elle aurait, pour une raison ou une autre, pu se cacher. Mais après une heure de recherches, il n'y avait aucune trace d'Éléonore. J'ai prévenu la police qui a supposé qu'il pouvait s'agir d'une fugue. J'ai donné quelques coups de téléphone et rapidement une grande partie des habitants de Montmorts est venue se joindre à la battue que nous avons décidé d'organiser, même si la nuit compliquait nos plans. C'est au petit matin, tandis qu'un groupe fouillait le petit tertre et un autre le grand tertre, qu'un sifflet a retenti, indiquant à chacun que ma fille avait été retrouvée. Elle gisait sur le sol, en bas de la montagne des morts.

— À part la cuisinière et le majordome, il y avait quelqu'un dans le manoir ?

— Non, personne.

— Où se trouve votre fille aînée à présent ?

— À l'étranger, rester ici lui était trop difficile.

— Vous comprendrez qu'il va être très compliqué, après toutes ces années, de retrouver des indices…, précisa Julien.

— Je le sais, c'est également ce que m'avait dit votre prédécesseur…

— Lui aussi vous rendait ce… service ?

— Oui. Il avait accepté immédiatement, comme vous. En fait, précisa M. de Thionville en baissant la voix, comme s'il craignait que les murs les entendent, le jour de sa disparition, Philippe devait venir me faire part des progrès de son enquête. Je me souviendrai toujours de ses paroles : « Albert, j'ai trouvé le coupable, je passerai chez vous pour tout vous expliquer »... Deux heures plus tard, sa voiture dérapait sur une plaque de verglas et tombait dans un ravin.

Julien songea à Sarah et à la douleur qu'elle avait dû ressentir en se rendant sur les lieux de l'accident. Savait-elle que son amant enquêtait sur la mort d'Éléonore ? Il en douta. Sinon pourquoi ne lui en aurait-elle pas fait part ? Le policier se dit qu'il serait tout de même bon de lui poser la question le lendemain. Si l'ancien chef de la police avait des notes ou un dossier sur l'assassinat de la jeune fille, elle serait peut-être à même de les lui fournir ou du moins de lui donner des détails sur les conclusions du défunt. À condition, bien sûr, qu'elle ait été au courant...

— Une dernière question avant de vous quitter... Pourquoi êtes-vous certain que le coupable est un Montmortois ?

— Eh bien... Vous devez savoir qu'il existait une prison...

— En effet, ma collègue m'en a parlé, admit le policier. La prison qui a brûlé.

— C'est exact, un incendie stupide, un éclair qui a frappé la citerne à gaz. Il s'agissait d'une prison provisoire, une sorte de salle de transit pour pallier l'engorgement des centres pénitentiaires de la région. Les personnes incarcérées n'étaient pas de grands criminels ou des récidivistes, juste des prisonniers qui avaient fauté une seule fois, mais qui devaient être enfermés pour leur méfait. Le feu a rapidement ravagé la structure du bâtiment. Cette prison existait bien avant mon arrivée, j'ai simplement décidé de la réhabiliter pour rendre service à des personnes haut placées qui, en échange, me rendaient d'autres services… mais cela n'est que du business, rien de vraiment intéressant. Les neuf prisonniers n'ont eu aucune chance. Les gardiens ont juste eu le temps de sortir que les flammes et la fumée s'engouffraient dans chaque cellule. Le lendemain, lorsque les pompiers eurent réussi à éteindre l'incendie, les corps calcinés ont été récupérés. Presque tous se trouvaient sur le sol, quelques-uns les mains encore agrippées aux barreaux de leur porte pour implorer qu'on leur ouvre… Ce fut un jour terrible. Voir ces statues d'ébène suppliantes, ces cadavres de charbon encore fumants… L'expert odontologiste n'a pas été capable d'identifier les corps. Comme il s'agissait de coupables dans l'attente de leur véritable geôle, leur dossier ne contenait pas encore leur fichier dentaire. Mais seuls huit d'entre eux ont été retrouvés…

— Comment cela huit ?
— Oui, il manquait un cadavre à l'appel.
— Le corps n'a pas été découvert par la suite ?
— Non. Le site a été fouillé de fond en comble, durant des jours. Un résident de la prison a réussi à s'échapper de l'enfer, et personne n'est capable de savoir lequel exactement.

Julien se laissa choir contre le dossier du canapé. La menace latente qu'il avait ressentie quelques instants plus tôt sembla gagner en intensité. Elle n'était plus une simple ombre dans la nuit. Julien imagina ses griffes acérées s'étirer partout dans la pièce, lacérant les tableaux, renversant leurs verres sur le parquet, géantes au point que le salon ne devienne qu'un simple dé entre ses mains.

— Vous pensez qu'il s'agit de cet homme ? Qu'il serait resté ici, se serait fondu dans la population et aurait tué votre fille ? demanda-t-il en jetant un regard circulaire autour de lui.

— Les lettres ont toutes été déposées dans une boîte aux lettres du village. J'ai bien entendu songé à disposer des caméras de surveillance devant, mais le comité s'y est opposé, arguant, bien entendu sans connaître les raisons qui me poussaient à une telle initiative, que les nombreux systèmes de surveillance en place suffisaient à la sécurité du village. Je me suis donc résolu à leur vote. J'ai beau être le propriétaire de Montmorts, je tiens à ne pas devenir un despote.

— Avec tous vos moyens et vos connaissances, pourquoi ne pas avoir confié cette enquête à des policiers plus chevronnés ? Vous auriez pu également rendre vos doutes publics ? Jusqu'alors, tout le monde croit qu'il s'agit d'un accident...

— Justement à cause de mes moyens et de ma position. Imaginez que je me trompe, ce dont je doute fortement, la presse n'hésiterait pas à me traiter de fou, de sénile, de vieil homme incapable d'accepter la vérité. Cela aurait des conséquences désastreuses sur mon image, et par ricochet sur mes entreprises. Je ne peux pas me permettre de mêler le personnel et le professionnel, c'est pourquoi je préfère que seule la police de Montmorts s'occupe de cette affaire.

— Vous me précisez subtilement que vous serez mon seul référent ? Aucun mot à d'autres services ?

— C'est bien cela.

C'était la première fois que Julien se trouvait en face d'un tel cas. Il ne savait qu'en penser. D'un côté,

M. de Thionville était le maire de ce village, son créateur, et accepter cette condition ne serait rien d'autre qu'un moyen de le gratifier pour cela, et, à titre plus personnel, pour Julien de le remercier pour son salaire, son poste et les avantages, pas seulement la maison, mais les primes, les moyens matériels dont son quotidien jouissait... Mais d'un autre côté, c'était s'isoler et se mettre en porte-à-faux vis-à-vis de la profession si les choses tournaient mal.

— Comment pouvez-vous être certain que le prisonnier survivant se trouve ici ? demanda-t-il pour éviter de penser à ce cas de conscience inconfortable.

— Parce que vous n'avez fait que lire les lettres, sans vous intéresser à ce que l'enveloppe contenait d'autre...

Julien ouvrit de nouveau la boîte et en tira une enveloppe. Il sortit la lettre qui s'y trouvait et examina l'intérieur.

— Je ne vois rien, prononça-t-il en se sentant comme un enfant qui essaie de résoudre une énigme en cherchant un indice qui n'existe pas.

— Ce n'est pas à l'intérieur, précisa le maire, observez plutôt le dos de l'enveloppe.

Le policier tourna le papier et trouva ce que M. de Thionville voulait qu'il remarque. La bande de colle en forme de V, cette patte gommée qui doit être humectée afin de sceller l'enveloppe, était recouverte de résidus sombres, comme des paillettes très fines.

— Ce sont des cendres, confirma le vieil homme, les cendres d'un bâtiment que j'ai fait raser peu de temps après l'incendie. Voilà pourquoi je pense que l'assassin de ma fille est l'homme qui a survécu, et qu'il se cache parmi nous. Maintenant, Julien, vous savez tout.

Le maire se leva, indiquant par là que leur entretien était terminé. Il raccompagna le policier jusqu'à l'entrée et, quand le majordome ouvrit la lourde porte, tous les deux observèrent en silence les flocons de neige tanguer jusqu'au sol.

— Par ici, quand la neige commence à tomber, cela signifie qu'elle va s'installer pour quelque temps, dit-il tandis que Julien ajustait son manteau. Il est inutile de le préciser, ajouta-t-il en s'effaçant pour que son hôte puisse fouler le perron, mais vos recherches seraient grandement rétribuées si elles s'avéraient constructives…

— Il est un peu tôt pour parler de cela, répondit le policier. Merci pour le verre et sachez que je ferai mon possible, mais ayez bien conscience que ce sera compliqué…

— Je le sais, Julien. Mais voyez-vous, à mon âge, le temps est un luxe. Et même ma fortune ne me permet pas d'en acheter. Alors, s'il vous plaît, focalisez-vous sur votre tâche, et considérez que tout le reste n'est que… flocon de neige. Ah, j'oubliais, je serai absent pour quelques jours, une affaire à régler aux États-Unis.

— Rien de grave ?

Julien songea immédiatement à un traitement disponible uniquement de l'autre côté de l'Atlantique. Il savait que parfois certaines opérations de dernière chance n'étaient pas disponibles en France, et que des malades atteints de cancers avancés ou d'autres maladies plus rares se voyaient obligés de faire le voyage. Cette pensée surgit d'elle-même, alors que le vieil homme lui avait semblé durant toute la soirée lutter contre des forces (ou des douleurs) qui l'épuisaient.

— Non, rassurez-vous, rien de grave, au contraire. Je vais simplement étudier un projet prometteur… mais je ne peux rien vous dire de plus sinon je serai obligé de vous tuer, plaisanta le maire en mimant avec sa main droite, le pouce relevé et l'index tendu en direction du crâne du policier, la forme d'un pistolet.

— Dans ce cas, rigola Julien qui éprouvait une sorte de soulagement devant la bonhomie retrouvée de son hôte, visez le milieu du front afin que je ne souffre pas trop !

— Bonne soirée, Julien, et merci pour le conseil, je saurai m'en souvenir…

FAIT NUMÉRO TROIS

Le cerveau humain est une véritable centrale électrique. Le courant qui parcourt nos neurones voyage à une vitesse d'environ 300 km/heure. Le temps de lire ces trois phrases, l'électricité émise par votre cerveau aurait parcouru près d'un kilomètre, l'équivalent de trois tours d'un terrain de football.

Parfois, comme dans tout circuit électrique, il peut y avoir une surcharge provoquée par diverses causes. L'électricité dédiée à certains neurones et régions du cerveau, selon les stimuli, déborde et se propage là où elle n'aurait pas dû se rendre. La conséquence la plus connue se nomme l'épilepsie. Le courant s'échappe de sa zone et touche des neurones voisins, ce qui provoque les divers troubles propres à cette maladie.

Le syndrome de Rasmussen, quant à lui, serait comme un nuage sombre pris au piège dans la boîte crânienne du patient, qui cracherait aveuglément des éclairs à la vitesse de 300 km/heure, jusqu'à réduire en cendres chaque neurone du cerveau.

3.

Il avait neigé toute la nuit, mais pas assez dru pour empêcher Loïc de sortir le bus scolaire du parking. Tant pis pour les collégiens qui espéraient échapper à une journée de cours ! Il était hors de question qu'il leur permette de se réjouir de la chute de quelques flocons inconsistants. Ces gamins ne le méritaient pas, ce qu'ils méritaient en revanche, c'était d'affronter l'air glacial en attendant que le bus se dessine à l'extrémité de leurs rues…

À cinq heures trente, sa main droite émergea de sous les draps et frappa sèchement le radioréveil. Il se leva avec difficulté et maudit la nuit qui venait de passer. Une fois encore, des petits cons avaient bravé l'obscurité, et même la neige, pour venir parler sous sa fenêtre. Il ne comprenait vraiment pas pourquoi ces gosses s'acharnaient ainsi. N'avaient-ils pas des parents pour les surveiller ou pour s'étonner de leur absence ? Il ignorait en fait s'il s'agissait véritablement de gosses, mais quel adulte sain d'esprit camperait des heures contre ses murs à écouter de la musique ?

— Non, bien sûr que ce sont des gamins, maugréa-t-il en se dirigeant vers la cuisine, des gamins que je transporte tous les matins, des petits merdeux à peine pubères pour qui la vie est un jeu…

Ce qu'il ne comprenait pas également était pourquoi sous sa fenêtre. Il y avait à Montmorts de multiples endroits où fumer des joints en secret, ou même pour se peloter. Le sommet de la montagne des morts, les bois des deux tertres, la plaine du cimetière, la place carrée... même le parking de chez Mollie demeurait un lieu sûr.

Alors pourquoi sous ma putain de fenêtre... ?

Loïc remplit une tasse d'eau et l'inséra dans le micro-ondes. Il sortit ensuite son pot de café lyophilisé et saupoudra l'eau chaude de quatre cuillerées, accompagnées de deux sucres. Son estomac gargouilla de mécontentement, mais il décida de l'ignorer, sachant très bien qu'il serait incapable de le nourrir convenablement.

— Du piano, pesta-t-il en écartant les rideaux de la cuisine pour observer les rues blanches du village. Quand j'étais ado, on n'écoutait pas du piano... Les Guns, Bob Marley, Metallica... mais du piano... Ces gosses sont vraiment des attardés...

Une fois son café avalé, Loïc s'examina durant quelques minutes dans le miroir fatigué de la salle de bains. Des traces de moisissures et d'humidité tachaient le plafond et les murs, empestant l'atmosphère de la pièce tels les miasmes d'une maison en putréfaction. Il étira ses paupières pour permettre au sang de circuler un peu plus et de colorer son visage fatigué, tout en fumant une cigarette dont les cendres chutaient dans le lavabo jauni. Une fois le mégot jeté dans la cuvette des toilettes, le chauffeur tenta de donner de la consistance à sa courte chevelure brune, mais celle-ci, grasse et assoupie, demeura plaquée contre son front à l'image d'un scalp toujours pendu à sa victime. Ses dents colorées par le café et le tabac eurent également droit à un bref examen, qui ne dura que le temps d'avouer qu'un rendez-vous chez le dentiste serait certainement une bonne idée.

Une heure plus tard, Loïc faisait chauffer le moteur du bus et attendait que le pare-brise dégivre. Il connaissait le surnom que les gosses de Montmorts lui avaient donné et qu'ils prononçaient chaque jour dans leur barbe juste après l'avoir salué. «Le Squelette». C'est vrai que Loïc était maigre. Les joues creusées, les poignets beaucoup trop fins pour supporter une lourde montre, sa silhouette oscillait entre deux tailles et ses habits toujours trop amples lui donnaient l'image d'un épouvantail mal fagoté. Ce n'était pas sa faute, il n'avait que rarement faim et se contentait pour la plupart de ses repas de soupes ou de bouillons accompagnés de deux tranches de pain. La viande lui faisait horreur, tout comme le poisson ou tout plat cuisiné à base d'animaux. Pourtant, plus jeune, il se souvenait parfaitement d'avoir goûté et apprécié des ragoûts, des daubes ou des daurades et des truites, mais depuis quelques années il lui était impossible d'en avaler une bouchée sans ressentir le goût du sang lui envahir les papilles. Il était incapable de se souvenir du jour exact où ce dégoût était apparu, mais ce qu'il savait (et qu'il avait peur de reconnaître au risque que ses collègues de travail le prennent pour un illuminé) était que ce trouble avait suivi de près la nuit où la fille du maire avait été retrouvée en bas de la montagne. De là à penser que cette fille était une sorcière et qu'elle aurait, pour une raison inconnue, décidé de jeter son dernier sort sur lui, il n'y avait qu'une fragile frontière que Loïc se refusait à franchir. Mais il fut souvent tenté d'accepter ce fait et d'expliquer ainsi pourquoi son estomac refusait toute autre nourriture que les soupes en boîte.

Il souffla sur ses mains pour les réchauffer tandis que l'habitacle se remplissait doucement d'une chaleur à l'odeur d'huile de moteur. Finalement, il actionna la première vitesse et sortit du parking pour entamer sa tournée. Loïc connaissait le parcours par cœur. Il savait quel gamin patientait à tel coin de rue, lesquels d'entre eux il devrait attendre quelques secondes après avoir klaxonné et combien passeraient devant lui en marmonnant « Squelette » pour se faire bien voir des autres. Au fil du temps, il avait appris à les ignorer, même si parfois il se vengeait en positionnant l'entrée du bus devant une flaque d'eau ou en accélérant avant que le collégien n'ait atteint sa place. De plus, tous les matins, il fixait du regard chaque enfant, espérant secrètement déceler une lueur de fatigue ou d'embarras dans ses yeux, allant parfois jusqu'à fantasmer des excuses prononcées, *Je suis désolé, m'sieur, nous ne le ferons plus, nous ne parlerons plus sous vos fenêtres durant votre sommeil...*

Le premier gosse à ramasser était Loan Hindryckx, un enfant sage tant qu'il était seul et qui se transformait en meneur au fur et à mesure que le bus se remplissait. Au moins, lui se contentait d'un simple bonjour endormi et ne prononçait jamais la suite, sans aucun doute par manque de public... Ensuite venaient les jumeaux Plontier, les Lagrange, Dumont et une douzaine d'autres dont Loïc connaissait plus ou moins les parents qu'il croisait souvent chez Mollie. Le dernier gamin était Stéphane, une tête dure qui semblait redoubler à chaque rentrée scolaire. Il était en quelque sorte le pire de tous. Un regard mauvais, une allure de jeune caïd, une odeur de cigarette juste fumée dont il gardait la dernière taffe pour la recracher avec défi à peine un pied posé dans le bus… Chaque matin, c'était après l'avoir pris que les problèmes dans le bus commençaient : musique, pieds sur les sièges, tapes sur la tête des autres passagers… À plusieurs reprises, Loïc l'avait menacé de le sortir du bus ou de prévenir ses parents. Et chaque fois il se contentait de se concentrer sur la route en espérant arriver au plus vite pour se débarrasser du gamin.

Ce matin-là, Loïc aperçut la silhouette de Stéphane sautiller sur place pour se réchauffer. Le chauffeur chercha du regard une plaque verglacée devant laquelle s'arrêter en souhaitant que le morveux s'y casserait une jambe, mais à son grand dépit il n'en remarqua aucune. Il stoppa le bus en serrant les dents.

— B'jour… Squelette.

Loïc attendit quelques secondes, le temps nécessaire pour que Stéphane se trouve au milieu de l'allée, pour enfoncer la pédale de l'accélérateur et sourire en l'observant dans son rétroviseur danser comme un éléphant sur une patinoire. Tant bien que mal, en s'aidant des accoudoirs et en distribuant au passage quelques claques sur le crâne de ceux qui osaient se moquer, le gosse atteignit le fond du bus, car oui, Stéphane était du genre à s'asseoir sur le siège central de la dernière rangée, tel un roi sur le trône de son empire.

— Voilà, plus d'arrêts, souffla Loïc en se concentrant sur les virages serrés et sur les ravins situés en aval, encore une demi-heure de route et je serai débarrassé de ces morveux !

Alors qu'il venait de passer le dernier virage qui le séparait du panneau de sortie du village, il aperçut deux silhouettes sur le bord de la route, les pieds dans la neige, avec un cartable sur le dos.

— Merde, pesta-t-il en actionnant son clignotant, on a oublié de me prévenir qu'il y avait des nouveaux...

Le bus s'immobilisa dans la nuit mourante et le chauffeur actionna l'ouverture de la porte. Une fille et un garçon plus jeune montèrent à l'intérieur sans se lâcher la main.

— Je ne savais pas que je devais vous prendre, c'est un endroit plutôt dangereux pour attendre le bus. La prochaine fois, remontez de quelques mètres vers le village et attendez avec d'autres gosses, leur conseilla-t-il en les laissant s'installer juste derrière lui.

Les deux enfants devaient patienter depuis longtemps, car leurs visages étaient aussi blêmes que la neige. Loïc se retourna et les scruta un peu plus. Il n'était pas certain qu'ils l'avaient entendu, car pas un n'avait émis la moindre réaction ou la moindre parole.

Les nouveaux sont toujours timides, se dit-il en reprenant sa position, *n'empêche que je ne leur donne que quelques jours avant qu'ils me traitent à leur tour de squelette...*

Puis le bus s'ébroua et repartit pour avaler les derniers kilomètres, dont le passage le plus périlleux du trajet, celui où la route à double sens se rétrécissait pour disparaître dans l'étroit tunnel creusé dans la roche de la montagne.

Tout concentré qu'il était, Loïc ne se rendit nullement compte du silence qui avait envahi le véhicule. Ni Stéphane ni les autres gosses n'émettaient plus le moindre bruit. Tous demeuraient figés à essayer de comprendre pourquoi le Squelette s'était arrêté là où personne n'attendait, et, avec une certaine frayeur, les collégiens de

Montmorts se demandaient avec qui le chauffeur s'était mis à discuter alors qu'aucun enfant n'était monté à bord après que la porte se fut ouverte.

4.

Le matin, Julien arriva un peu en avance au commissariat afin de relever Franck. La veille, en rentrant de chez Albert de Thionville, il avait eu peine à s'endormir, l'esprit trop occupé par son entretien avec le maire, ses sens de policier déjà en alerte pour trouver un semblant de première piste. Comment pourrait-il remonter la piste d'un crime (à supposer que ce soit le cas, pour l'instant la thèse de la fugue et d'une chute accidentelle ne devait pas être ignorée) qui s'était produit dix ans auparavant ? Comment se plonger dans cette enquête sans posséder de documents sur lesquels s'appuyer ? Avant de sombrer dans le sommeil, il s'était dit cependant que questionner Sarah, et croiser les doigts pour qu'elle soit au courant de l'enquête parallèle menée par l'ancien chef de la police, demeurait son seul espoir immédiat.

Il salua Lucie qui lui répondit d'une humeur maussade avant de préciser :

— C'est la première fois depuis que je travaille ici que quelqu'un ouvre avant moi... Vous ne vous rendez pas compte, mais à mon âge, ce genre de détail a de l'importance et peut vous gâcher votre journée !

— Ne vous inquiétez pas, Lucie, la rassura Julien, Franck a passé la nuit ici. Vous détenez toujours le record !

Julien trouva Franck allongé sur le canapé de la salle de repos. Celui-ci ne dormait que d'un œil et se releva quand il prit conscience de sa présence.

— Désolé, chef, je me suis un peu assoupi…

— Pas de soucis, c'est normal. Alors, comment s'est passée cette soirée en tête à tête ?

— Rien de spécial à raconter. Il a mangé son repas dans le calme puis est resté de nombreuses heures assis, à fixer le vide et à murmurer ses pensées.

— Aucun aveu ? Des remords ?

— Eh bien… il a recommencé avec cette histoire de voix… Il a même ajouté que beaucoup de personnes allaient mourir… Je vous avoue que si j'ai tout d'abord dîné non loin de lui, j'ai ensuite préféré m'éloigner et rester dans la salle des bureaux pour ne plus avoir à l'entendre… ce gamin me fiche la trouille. On dirait qu'il est possédé.

— Mouais, en tout cas pas possédé par la mauvaise conscience, maugréa Julien en se servant un café.

— Un peu, quand même. Il a répété plusieurs fois qu'il était désolé…

— Un peu léger, non ? Bon, Franck, rentrez chez vous et reposez-vous, et encore merci de vous être porté volontaire. Ne revenez que demain matin. Si Lucas se montre récalcitrant durant l'interrogatoire, nous le garderons une nuit de plus, mais ce sera à Sarah de le surveiller.

— Très bien, chef. J'ai consigné ses quelques paroles sur un papier que vous trouverez sur le bureau.

— Très bonne initiative. Et le repas de chez Mollie ? demanda le policier alors que Franck venait de saisir son manteau.

— Curieusement agréable, admit son collègue, mais rappelez-moi de ne jamais demander la recette à Roger !

Une fois Franck sorti de la pièce, Julien se rendit à la cellule où l'attendait Lucas, assis comme il l'avait laissé la veille, les mains posées sur ses genoux, le regard dans le vague. Il s'installa sur le banc, remarqua que le garçon avait lui aussi apprécié son dîner puisque le plateau-repas gisait sur le sol, totalement vide.

— Ce n'est pas agréable de passer une nuit en cellule, prononça Julien en observant le prisonnier. C'est la première fois pour toi, ici ou ailleurs ?

Lucas ne bougea pas d'un cil. Même le mouvement régulier de sa cage thoracique sembla se mettre en pause et lui intimer de ne plus respirer.

— Je vais t'expliquer les deux options qui se présentent à toi : soit tu nous racontes tout en oubliant ces conneries d'arbres qui parlent, et dans ce cas nous nous montrerons cléments, soit tu t'obstines dans ton délire et je te garde une nuit de plus. Tu as compris ?

Le policier attendit quelques minutes qu'une réponse franchisse les lèvres de Lucas, mais dut se rendre à l'évidence que le gamin ne craignait pas de dormir une nouvelle fois au commissariat. Il regretta cet entêtement en secouant légèrement la tête.

Il faudra donc utiliser une méthode différente, songea Julien en se souvenant des nombreux interrogatoires qu'il avait eu à mener lors de ses différentes affectations. Il se releva du banc et s'éloignait de la cellule quand il entendit Lucas lui demander d'une voix fragile :

— A-t-il neigé cette nuit ?

Julien se retourna et le fixa quelques secondes.

Le gamin demeurait immobile, comme replié dans un monde que lui seul pouvait percevoir. Son attitude lui rappela celle de Mollie quand, alors qu'il s'apprêtait à quitter l'auberge, elle avait parlé dans son dos pour ensuite nier en bloc avoir ouvert la bouche. Était-ce un jeu, une tradition de Montmorts d'agir ainsi ? Était-ce là une sorte de baptême stupide qui attendait tout nouvel arrivant ? Julien ne le fit pas répéter, mais au contraire répondit à sa question en priant pour que Lucas ne s'étonne pas comme l'avait fait Mollie :

— Oui, il a neigé depuis hier soir, lui apprit-il en remarquant que la cellule ne possédait aucune fenêtre donnant sur l'extérieur.

— Dans ce cas, précisa Lucas en tournant pour la première fois son visage en direction du policier, vous allez tous mourir…

Alors que Lucas prononçait sa funeste prémonition, la voix de Sarah résonna dans le hall…

… Tandis qu'à quelques rues de là, Sybille allumait son ordinateur et déposait la photo de sa mère disparue, celle qui auparavant se trouvait sur la table basse, juste à côté de l'écran, sur son bureau…

… Que Loïc, une fois les enfants déposés sur le parking du collège, roulait sur le chemin du retour et fouillait dans sa mémoire pour tenter de se rappeler à quel moment la jeune fille et son petit frère étaient descendus du bus...

... Que Mollie, prostrée dans sa chambre, à genoux sur le plancher, la tête entre les mains, se retenait de hurler et que Roger trempait son doigt dans la sauce tomate qu'il venait de préparer...

... Tandis que Maurice Rondenart, sous les regards las d'Anne-Louise Necker, la responsable, arpentait nerveusement les rayonnages de la bibliothèque municipale à la recherche d'un livre qu'il était persuadé d'avoir déjà lu, mais dont personne dans ce foutu village ou sur Internet n'avait jamais entendu parler...

... Et que les nuages se rassemblaient dans le ciel d'hiver jusqu'à former un couvercle et que Montmorts, emmuré par les deux tertres et la montagne des morts, semblait en devenir le prisonnier...

Les chroniques de Montmorts, par Sybille

Une des légendes les plus tenaces de Montmorts, aussi tenace que celle des sorcières, concerne deux lieux que tous les habitants connaissent sans pour autant s'y promener régulièrement : le grand et le petit tertre.

Ces bois qui entourent le village comme des mains le feraient pour réchauffer un oisillon tombé du nid sont aussi célèbres que la montagne qui les domine du haut de ses cent trente-sept mètres. Chaque enfant devenu adulte a un jour tremblé en s'approchant de leur lisière, la peur étouffée par les encouragements faussement assurés de ses camarades. Depuis des générations, le défi consiste à s'enfoncer le plus loin possible au milieu des saules, des chênes ou des hêtres pour affronter les arbres et leurs litanies effrayantes. Qu'il fût réel ou imaginaire, le chant de ces arbres, que l'on dit maudits depuis que les sorcières ont été sacrifiées, a bercé les habitants de leur comptine, mugissante les jours de grand vent, à peine perceptible, mais ô combien présente les soirs d'été lorsque la nuit rendait les Montmortois davantage superstitieux.

Cette légende, cette croyance héritée des siècles obscurs, se serait très certainement éteinte si plusieurs incidents et même drames ne l'avaient nourrie au fil du temps, prolongeant sa présence jusque dans l'inconscient des plus suspicieux.

Le premier de ces épisodes eut lieu au début du vingtième siècle, quand un jeune garçon disparut durant quatre jours et fut retrouvé par le plus grand des hasards par un paysan parti vendre ses bêtes dans la ville voisine. Alors qu'il dépassait le tunnel de roche situé sur l'unique chemin du village, il aperçut sur le bas-côté un petit corps allongé sur le sol. Il donna l'ordre à ses chevaux de stopper et découvrit l'enfant qui, souffrant de faim et de soif, ne cessait de murmurer que les arbres avaient tenté de l'avaler. Une fois rentré chez lui auprès de ses parents, le gamin avoua ne plus rien se rappeler, si ce n'est que le bois lui avait ordonné de s'approcher et qu'il avait vu ses jambes se mouvoir d'elles-mêmes, sans plus aucune volonté ni force pour les empêcher de le diriger vers le petit tertre.

Quelques années plus tard, durant la Seconde Guerre mondiale, ce fut une compagnie entière qui se perdit dans les méandres des bois. Quinze soldats venant d'un corps d'armée originaire d'une autre région se postèrent autour de Montmorts pour bivouaquer une nuit. Ils réapparurent deux semaines plus tard, hagards et amaigris, ne se souvenant que des branches qui s'entrechoquaient la nuit selon une musique végétale magnétique et repoussante, mais dont la particularité majeure fut d'exciter les boussoles au point qu'elles confondent le nord avec le sud, et que les hommes eux-mêmes soient incapables de lever les yeux vers le ciel pour se repérer.

Plus récemment, à la fin des années cinquante, les quelques habitants du village qui, malgré les légendes et les déclarations des soldats, avaient décidé de rester, subirent de manière dramatique la sorcellerie des tertres. À l'époque, la population se comptait en une dizaine de personnes et Montmorts ressemblait plus à un hameau qu'à un véritable village. Mais ce 12 août 1959, quand le jour se leva en faisant face à la montagne des morts, il ne restait plus aucune âme qui vive. Toutes gisaient sur le sol. Vieillards, adultes, enfants, animaux de compagnie... les gueules grandes ouvertes pour essayer de respirer, comme des poissons suffoquant hors de l'eau.

L'enquête de la police conclut à un empoisonnement ordonné par la nature elle-même. La veille, une pluie intense suivie d'un redoux avait engendré une brume qui avait glissé le long de la pente des tertres pour atteindre le village. Elle y était restée de longues heures, immobile et indolente, humidifiant les maisons et les rues, s'engouffrant dans chaque interstice des portes pour pénétrer dans les foyers. Les mycologues expliquèrent que les pics de chaleur inhabituels qui avaient précédé la pluie avaient accéléré le pourrissement de nombreux spécimens de champignons présents dans la forêt, et que les cellules vénéneuses de ces claviceps s'étaient ensuite retrouvées prises au piège dans la brume, trouvant ainsi un funeste destrier sur lequel voyager.

Sans le savoir, les villageois avaient respiré l'air empoisonné avant de s'effondrer en suffoquant.

Cette tragédie signa là la fin de Montmorts, qui devint un village fantôme jusqu'à ce que M. de Thionville, près de trente ans plus tard, décide de réhabiliter l'endroit en investissant des millions.

Depuis, les deux tertres se tiennent tranquilles, allant jusqu'à autoriser qu'on les foule pour y chasser, se promener ou pour que les enfants puissent se moquer des défis d'antan et faire ainsi le pied de nez à ces anciennes légendes.

J'ai tué votre fille
Et je regarde votre visage
Quand je vous croise,
Vous souris en attendant
Que vous me souriez à votre tour,
Tel le reflet
De ma propre folie
Meurtrière.

Et vous me souriez…

… Chaque…
… Fois.

5.

— Comment ça va, Sarah ?

La policière fixa son supérieur. Elle ressentit l'envie de hurler. Elle avait l'impression que depuis des jours, bien qu'elle fût incapable d'assurer qu'il ne s'agissait pas de semaines ou d'années, tout le monde à Montmorts prenait un malin plaisir à lui poser la même question.

— Comment ça va, Sarah ?

S'agit-il d'un jeu, se demanda la jeune femme, *d'un canular où chaque personne que je croise se doit de me poser cette question pour remporter un prix ? Ai-je l'air folle ? Suis-je... folle ?*

— Comment ça va, Sarah ?

À l'époque où Philippe prononçait ces mots, juste avant de se lever pour filer à la douche, elle les ressentait comme des baisers d'affection. Jamais elle n'avait regretté qu'il lui demande comment elle se portait. Mais après sa mort, cette simple formule de bienveillance était devenue à ses oreilles comme une insulte, une trahison, la transformation d'une phrase autrefois si belle à entendre en une grossièreté bavée par des inconnus qui souillaient ainsi un précieux souvenir.

Pas que des inconnus, pas que des personnes..., souffla une voix à l'intérieur de son crâne.

Non, reprends-toi, merde, ne va pas dans ce sens, s'intima-t-elle en secret, *sinon tu finiras comme lui, comme eux... Il veut simplement savoir si tu as bien dormi, voilà tout...*

— Bien, chef, une nuit un peu courte, mais ça va, merci, répondit-elle nerveusement.

— Il n'est jamais évident de bien dormir après une interpellation musclée. Si vous avez besoin de plus de temps..., suggéra Julien en se rappelant que, suite à sa première interpellation – un dealer bodybuildé qui lui avait donné bien du fil à retordre –, il avait passé plusieurs nuits à revivre chaque coup qu'il lui avait porté.

— Non, ça ira, vraiment, affirma-t-elle en se dirigeant vers la grande salle. Bon, comment on la joue aujourd'hui avec Lucas ? Bon flic, mauvais flic ?

— Non, sourit son supérieur en marchant à ses côtés, je doute que cette technique connue de tous fonctionne encore. Je pense plutôt que l'on va le laisser nous guider.

— Sérieusement ?

— Oui. Franck m'a expliqué que son discours n'avait pas changé durant la nuit. Toujours cette histoire de voix. Et je ne pense pas que le gamin ait peur d'une seconde nuit en prison. Le mieux est de le laisser parler et de ne pas trop le brusquer.

— Alors on va le laisser nous embobiner ?

— Non, Sarah, juste le mettre en confiance.

La policière se rendit directement dans la salle de repos pour se servir un café et se débarrasser de sa veste.

— Vous en voulez un ?

— Non, merci, je me suis déjà servi.

Julien observa les gestes maladroits de sa collègue. Les quelques flocons qui s'étaient déposés sur la veste de la policière moururent lentement en fines gouttelettes qui glissèrent le long du vêtement sur le sol du commissariat.

— Et vous, Jonathan Harker, lança Sarah avant de mordre dans un croissant, bien dormi après votre entretien avec Dracula ?

— Très amusant, je vois que vous connaissez le classique de Bram Stoker !

— Oui, et disponible à la bibliothèque du village ! Tout comme l'intégralité des œuvres de Shakespeare.

— Justement, souligna Julien en s'asseyant sur l'accoudoir d'un fauteuil. Le maire m'a expliqué que Philippe avait eu lui aussi droit à son entretien.

Sarah laissa sa seconde bouchée de viennoiserie en suspens. D'habitude, elle aurait évité la conversation. Mais là, il s'agissait de son supérieur. Qui plus est, elle savait reconnaître un homme digne de confiance. Et à le voir assis, à attendre une réponse, elle sut qu'elle ne s'en sortirait pas d'un simple haussement d'épaules.

— C'est exact, se contenta-t-elle de répondre, dans un dernier espoir que Julien passerait à autre chose.

— Vous a-t-il expliqué le contenu de cet entretien ?

Merde.

« Comment ça va, Sarah ? »

Merde !

Fermez vos gueules, retournez dans votre forêt...

— Sarah ?

— Oui... je... je réfléchissais... une fois, il m'en a parlé une seule fois. Quelques jours après s'être rendu là-bas...

— Et que vous a-t-il dit si ce n'est pas indiscret ?

Comment ça va, Sarah ?
Comment ça va, Sarah ?
Comment ça va, Sarah ?
Comment ça va… ?
— Sarah !

La policière ouvrit les yeux.

Julien la fixait, debout, le regard inquiet.

Devant son manque de réaction, il fit un geste de la main en direction du sol où gisait sa tasse de café. Des morceaux de porcelaine brisée, semblables à des brisures d'iceberg flottant au-dessus d'une minuscule mer de pétrole, jonchaient le sol.

— Merde… qu'est-ce que… ? Je suis désolée, ma maladresse… et une nuit trop courte, je vais ramasser…

— Vous êtes certaine de ne pas vouloir rester chez vous aujourd'hui ?

— Peut-être cet après-midi, quelques heures avant de revenir pour surveiller le gosse, s'il ne parle pas tout à l'heure…

Julien se pencha pour l'aider à rassembler les débris de porcelaine, mais elle lui intima de la laisser faire. Il se releva, remarqua que les mains de la jeune femme tremblaient. Conscient qu'elle n'était pas dans son état normal, il décida de reporter la discussion qu'il avait à peine lancée.

Je l'ai peut-être surestimée, se dit Julien, en quittant la salle de repos, *le fait de s'être interposée hier l'a sans doute beaucoup plus chamboulée que ce qu'elle admet…*

Le policier s'assit en face d'un ordinateur, lança le moteur de recherche Internet et tapa « prison de Montmorts ». Un court article décrivait l'incendie et affirmait que la totalité des prisonniers avait péri dans les flammes. La photo montrait la carcasse encore fumante de l'ancien bâtiment. S'agissait-il donc d'une vengeance ? Un de ces criminels aurait-il survécu et décidé de se mêler à la population ? Peut-être avait-il erré quelque temps avant de trouver l'occasion de se fondre dans la masse sans être inquiété ? Julien comprit très rapidement que sans le listing des prisonniers, il lui serait difficile de découvrir l'identité de cet homme. Mais comment l'obtenir ? Thionville ne souhaitait pas que d'autres services se mêlent à l'enquête. Pouvait-il ordonner un recensement des personnes arrivées au village après l'incendie ? Cela ne risquerait-il pas de faire fuir le coupable ?

Le policier demeura un long moment dans ses pensées, décontenancé par la tâche que le maire lui avait confiée. Puis il reposa ses doigts sur le clavier de l'ordinateur et entra une autre recherche : mort d'Éléonore de Thionville.

Une dizaine d'occurrences s'affichèrent, pour la plupart des articles de presse succincts, avec quelques photos prises sur le lieu de découverte du corps. Il les lut tous et n'apprit que peu de choses autres que les faits décrits par le maire. Puis il tapa « Albert de Thionville » et découvrit la page Wikipédia qui lui était consacrée. Outre la biographie, un chapitre imposant énumérait les différentes sociétés et branches d'activité que possédait le vieil homme. Cela allait de l'industrie agroalimentaire à la parfumerie, en passant par des participations dans des clubs sportifs ainsi que des parts dans divers médias et opérateurs téléphoniques. L'activité la plus importante du millionnaire restait la branche pharmaceutique. Celle-ci n'était pas décrite dans le détail, mais dans la liste des produits commercialisés par sa société, Julien reconnut de nombreux médicaments que tout bon foyer possédait dans sa boîte à pharmacie, ainsi que d'autres, aux noms plus obscurs, dont il n'avait jamais entendu parler.

— Cet homme vous intrigue, n'est-ce pas ?

Sarah se tenait à ses côtés, visiblement remise de son absence passagère. Julien, tout occupé qu'il était à en découvrir un peu plus sur le propriétaire de Montmorts, ne s'était même pas aperçu de sa présence.

— Oui, je dois dire que c'est le cas, admit Julien en se tournant vers sa collègue.

Il nota une certaine tristesse dans son regard. Le policier se fit la remarque que ce n'était pas la première fois qu'il croisait cette lueur dans les yeux de ses vis-à-vis. Depuis qu'il était arrivé à Montmorts, il se souvenait de l'avoir devinée dans les yeux de Mollie, tout comme dans ceux de Franck ce matin, au moment de lui dire au revoir. *Et dans ceux de Lucas également...*, songea Julien, ne sachant s'il s'agissait véritablement d'une lueur de tristesse ou de solitude.

— Philippe aussi, il était comme vous après sa visite, lâcha Sarah d'une voix éteinte. Il a passé des heures à chercher je ne sais quoi, à vouloir en connaître davantage sur sa vie, son passé, ses affaires... Sans jamais trouver de quoi apaiser sa curiosité.

Julien la laissa s'installer dans le fauteuil en face de lui sans poser la moindre question. Il ne voulait pas la brusquer ou paraître trop insistant, pas aujourd'hui, pas dans son état de fatigue.

— Il vous ressemblait, Philippe, continua Sarah, la tête basse. Jeune, compétent, il prenait son travail ici très au sérieux. Il a également été étonné de tout ce matériel, de toutes ces facilités dont nous jouissions sans nous en rendre compte. Il a même trouvé cela étrange au départ...

À son retour de chez le maire, j'ai tout de suite su que quelque chose n'allait pas. Il semblait soucieux, préoccupé. Jour après jour, il est devenu plus absent, plus lointain. Avec Franck, il nous envoyait souvent effectuer des missions sans importance ou bien, à l'inverse, il prenait des jours de congé pour travailler « son projet », comme il le disait laconiquement. Il a mis plusieurs semaines à m'avouer en quoi consistait ce projet. Un soir, alors que nous étions sortis en tête à tête dîner chez Mollie, j'ai insisté pour savoir. Philippe n'avait jamais été porté sur l'alcool, mais ce soir-là, pour une raison ou une autre, il a bu plus que de raison. C'est une fois dans la voiture qu'il m'a avoué enquêter sur la mort d'Éléonore. Sur le coup, j'ai trouvé que c'était une bonne idée. Je savais que M. de Thionville n'avait jamais accepté la théorie de l'accident. Cela se lisait sur son visage. Tout parent qui a perdu son enfant endosse le manteau de la tristesse éternelle, mais sur le visage du maire on devinait autre chose, comme une rage refoulée, comme un déni concret et nourri par une longue réflexion. « Qu'est-ce qui te préoccupe tant ? » ai-je demandé à Philippe. Il a alors prononcé ces mots que je n'oublierai jamais : « Je pense avoir trouvé le coupable, mais je ne suis pas certain de vouloir l'arrêter. » Le lendemain, sa voiture était retrouvée en bas d'un précipice, dans le virage qui se situe juste avant le tunnel creusé dans la montagne.

Son prédécesseur avait donc bien détenu la vérité sans avoir le temps de l'exposer à quiconque. L'assassin s'en était sorti de justesse, à moins que…

— Que s'est-il passé, ce jour-là ? osa demander Julien, conscient que Sarah risquait de se refermer si c'était lui qui menait la discussion.

— Sa voiture a dérapé sur une plaque de verglas. Il neigeait et la visibilité n'était pas bonne. Je l'avais prévenu, la veille, que les conditions météo seraient mauvaises, ce qui est souvent le cas ici lorsque décembre approche. Mais il ne voulait pas rater cette formation, selon lui elle aurait été bénéfique à tout le poste.

— Sarah, cela va peut-être vous paraître étrange ou déplacé de ma part, mais auriez-vous gardé des affaires de Philippe, son téléphone mobile, des dossiers…?

— Oui, bien sûr. Il y a le compte rendu de l'accident dans la base de données du commissariat. Quant à son téléphone, j'ai déjà fouillé dedans. Le dernier SMS qu'il a reçu venait de moi. Je m'excusais de mon comportement de la veille. Philippe ne dormait que très peu depuis quelques jours, je sentais que quelque chose le tracassait, mais il refusait de m'en parler. Il lui arrivait parfois de s'emporter, de me reprocher ma curiosité, de prétendre que je ne pouvais pas le comprendre puisque je n'entendais pas le piano.

— Le piano?

— Oui, ce piano qui le réveillait chaque nuit. Comprenez bien, il n'y a jamais eu de piano. Ni chez nous ni dans les maisons avoisinantes. J'ai essayé de le convaincre qu'il s'agissait là d'hallucinations auditives causées par la fatigue et le stress, mais il restait persuadé que quelqu'un jouait du piano quelque part. Pour la première fois, nous avons fait chambre à part cette nuit-là.

— Et pour le meurtre d'Éléonore, gardait-il des notes?

— Il y avait une boîte à chaussures dans laquelle il rangeait ses documents. Je l'ai surpris une fois à la glisser au fond d'un placard. C'est la première chose que j'aie cherchée après son décès. J'étais certaine d'y retrouver le fruit de son travail et d'y découvrir cette vérité qu'il se refusait à prononcer. Mais je ne l'ai trouvée nulle part, et puis quelques jours après, j'ai déménagé. C'était trop difficile de vivre dans cette maison où nous avions partagé de si bons moments. Peut-être n'ai-je pas suffisamment fouillé, mais je n'avais qu'une envie, c'était de partir. Car dans chaque pièce, je m'attendais à croiser sa silhouette. Chaque matin je me réveillais en prononçant son prénom, espérant qu'il se trouverait sous la douche ou en bas en train de faire couler le café... C'est fou comme une maison est capable de vous enfermer dans vos illusions...

— Il y a donc une chance que cette boîte soit toujours dans cette maison... Peut-être que Philippe, conscient que vous l'aviez vu la déposer dans le placard, a décidé de la cacher ailleurs?

— Peut-être... Dans tous les cas, vous seul pouvez la trouver.

— Pourquoi cela?

— Parce que cette maison, c'est la vôtre à présent.

6.

Maurice Rondenart se dirigea d'un pas décidé vers le commissariat. Autour de lui tombaient de fragiles flocons, virevoltant dans l'air telles les cendres d'un incendie invisible.

— C'est inadmissible, grommelait-il dans sa barbe en serrant les poings. Totalement inadmissible !

Il poussa la porte d'entrée avec fracas et accéléra le pas pour se poster devant Lucie qui, assise derrière le desk et concentrée sur sa nouvelle partie de Candy Crush, n'avait même pas remarqué sa présence. Quand elle entendit une respiration lourde d'impatience s'élever jusqu'à elle, elle détacha son regard de l'écran pour murmurer un fragile « Et merde… ».

— Monsieur Rondenart, cela faisait longtemps !
— Vous savez pourquoi je suis ici ? demanda le vieil homme.

Sa traditionnelle casquette en laine recouvrait sa chevelure grise tandis qu'une écharpe épaisse lui entourait le cou et remontait sur son menton jusqu'à la commissure de ses lèvres inférieures. Lucie se demanda comment cet homme pouvait savoir à qui il s'adressait tant ses lunettes épaisses étaient voilées par de fines gouttelettes de condensation.

— J'en ai bien peur…, murmura-t-elle en posant à regret son téléphone.
— Cette salope de bibliothécaire se moque de moi !
— Voyons, restons polis…
— Elle continue de m'assurer que le livre que je souhaite n'existe pas ! cracha Rondenart.
— Écoutez, elle est tout de même la mieux placée pour savoir si…
— Cette vieille salope se moque de moi, je vous dis !
— Vous ne pouvez pas porter plainte pour cela, je vous l'ai déjà expliqué…, souffla Lucie en secouant doucement la tête.
— J'ai lu ce livre l'année dernière, et maintenant il est introuvable !
— Mais cet auteur n'existe pas… nous avons déjà vérifié sur Internet quand vous êtes venu le mois dernier…
— David Mallet.
— Pardon ?
— Cet auteur comme vous le dites avec si peu de respect s'appelle David Mallet.
— Bon, soit, donc ce David Mallet est un fantôme. J'ignore pourquoi vous vous accrochez tant à ce bouquin…
— Livre ! Ce n'est pas possible d'être à ce point irrespectueuse…
— Oui, euh… d'accord, livre, donc j'ignore pourquoi vous vous accrochez tant à ce livre alors qu'il n'existe pas. Prenez-en un autre, je ne sais pas, il doit bien y avoir du choix…
— Non ! Il n'y a pas le choix ! Shakespeare, Stoker, Saint-Exupéry… toujours les mêmes merdes à lire, encore et encore !

— Mais le livre que vous voulez n'a jamais existé ! affirma Lucie d'un ton plus ferme.

Elle savait que la conversation risquait de s'éterniser sans qu'elle parvienne à raisonner ce vieillard. *Pourvu que je ne devienne pas aussi sénile...*, pria-t-elle en prenant conscience que la différence d'âge entre eux ne devait se compter qu'en une dizaine d'années.

— Vous supposez donc que je perds la tête ? C'est cela ? Vous me croyez atteint d'Alzheimer ou un truc du genre ? Vous pensez comme l'autre salope ?

— Monsieur Rondenart, je vous assure que je ne pense pas cela, mais...

— Vous avez remarqué, dehors ? la coupa-t-il en montrant la porte d'un vif mouvement de tête.

— Remarqué quoi ?

— Il neige.

— Et alors ?

— Et alors, rien de bon n'arrive jamais à Montmorts lorsqu'il neige. Il y a un policier de disponible ici, ou les habitants n'ont droit qu'à vos diagnostics de réceptionniste ?

— Standardiste chargée de l'accueil.

— On s'en fiche ! Je veux voir un gradé et qu'on foute l'autre vieille incapable en prison !

— Vous avez oublié « salope »..., pouffa Lucie en fixant le plaignant.

— Plaît-il ?

— Non, il n'y a personne de disponible. Croyez-le ou non, mais il y a des choses plus graves à gérer en ce moment dans ce village.

— Normal !

— Ah oui ? Et pourquoi est-ce normal ?

— Parce qu'il neige, et rien de bon n'arrive jamais à Montmorts lorsqu'il neige. Prévenez-les de ma venue. Je repasserai demain à moins que d'ici là je retrouve mon livre dans les rayons de l'autre sa…

— Bonne journée, monsieur Rondenart, excusez-moi j'ai un appel !

Lucie regarda le lecteur orphelin d'un livre qui n'avait jamais existé sortir du commissariat en feignant une discussion avec un correspondant. L'un des grands avantages de l'oreillette reliée en Bluetooth au standard, qui se révéla précieux après quelques jours de pratique et dont la standardiste usait avec délice, était de pouvoir faire semblant de recevoir un appel à n'importe quel moment. Après que la porte se fut fermée, Lucie replongea la tête vers sa partie en cours.

Franck rentra chez lui, le pas lourd, lesté par la fatigue et le sentiment inconfortable de ne pas avoir su trouver les mots face à Lucas. Il aurait aimé que le gamin se confie, qu'il lui explique son geste, qu'il lui permette de le comprendre. Au lieu de cela, après le repas, Lucas s'était renfermé sur lui-même, sans aucun doute conscient que ce policier qu'il croisait souvent dans les rues de Montmorts ne l'aiderait en rien, et que s'ouvrir à lui ne risquait que de le faire paraître encore un peu plus fou.

Le policier ouvrit la porte de sa maison modeste, située dans le centre du bourg de Montmorts. Les lieux s'éveillèrent tandis que les lumières éclairaient une à une les pièces. Le salon dévoilait des indices d'une vie solitaire : l'unique tasse à café que Franck avait abandonnée sur la table basse la veille avant de partir travailler… La paire de pantoufles qui dormait au pied du canapé. La décoration spartiate à l'influence consubstantielle... D'un mouvement quasi éthéré, Franck se rendit dans la cuisine et ouvrit le réfrigérateur afin de se préparer un en-cas avant d'aller se coucher dans son lit froid. Il n'y trouva que quelques tranches de mortadelle, un peu de fromage et fouilla dans les placards pour dénicher le sachet de pain de mie qu'il se rappelait avoir acheté la semaine précédente. Tout en se confectionnant un sandwich, qu'il avala debout, appuyé contre le rebord de l'évier, il se mit à rêver d'une présence qui l'accueillerait chaque fois qu'il rentrerait. Il sourit en songeant à cette possibilité. De cette autre paire de pantoufles qui se trouverait soigneusement rangée dans l'entrée, juste à côté de la sienne. De cette autre tasse, blottie contre l'anse de celle qu'il aurait oublié de ranger, de ces plantes vertes qu'il n'avait jamais pris le temps d'acheter et qui apporteraient à son intérieur (leur intérieur) le semblant de vie qui manquait cruellement. Et de ces draps tièdes dans lesquels il s'engouffrerait en humant l'odeur agréable de l'autre... Immanquablement, ces pensées et son imagination créèrent la silhouette fantasmagorique de son manque et lui attribuèrent diverses caractéristiques : une silhouette élancée, des gestes féminins et gracieux, un visage apaisant, bien que mystérieux, une chevelure rousse et flamboyante...

Franck songea à cette femme, et sa présence à cet instant devint presque palpable, au point qu'il lança, depuis sa cuisine et à l'intention de chaque recoin de la bâtisse, un « Je suis rentré ! » qui ne reçut comme réponse que le silence d'une maison moqueuse. Le policier soupira en terminant son sandwich puis monta l'escalier. Après un rapide détour par les toilettes, il se déshabilla dans sa chambre dont les volets demeuraient clos, et tira la couette avant de s'allonger en se promettant que la prochaine fois qu'il croiserait cette femme rousse chez Mollie, il l'inviterait à dîner et tenterait de faire plus ample connaissance.

Au moment où son souffle s'apaisa et où son esprit dévia vers le sommeil, il eut la vague impression que les draps étaient plus tièdes que d'habitude. Comme si une personne réelle avait profité de son absence pour s'allonger dans son lit et y rester un long moment.

Il s'endormit en espérant que cette personne fût sa mystérieuse amie aux cheveux de feu.

Mollie se réveilla vers onze heures.

Comme la veille, elle était en proie à une douloureuse migraine. À croire qu'un bûcheron minuscule, mais puissant, logeait dans son crâne, déterminé à réduire en copeaux visqueux l'intégralité de son cerveau. Elle ouvrit les yeux et malgré la pénombre de sa chambre, sa souffrance s'intensifia au point de l'obliger à refermer immédiatement les paupières. L'auberge dormait encore, plongée dans un silence uniquement troublé par l'écho lointain des ustensiles de cuisine que Roger faisait tinter tout en sifflotant. La propriétaire ignorait d'où pouvaient venir ces migraines, mais depuis trois semaines environ, leur fréquence s'était accrue de manière exponentielle. L'aspirine ne suffisait plus. Et le traitement antimigraineux ne parvenait que trop rarement à la soulager.

Une demi-heure plus tard, ayant rassemblé tout son courage et après avoir avalé trois comprimés, Mollie descendit l'escalier et pénétra dans la salle de restaurant. Elle aperçut à travers les fenêtres la neige s'écouler depuis le ciel, mais s'en détourna aussitôt, éblouie par sa blancheur et hypnotisée par ses mouvements chaotiques. Le chat vint se frotter contre ses jambes pour quémander son repas puis battit en retraite devant la cheminée.

— Encore une chance qu'il n'y ait pas de clients, j'aurais été incapable de leur servir le déjeuner…, souffla-t-elle en se dirigeant derrière le bar pour se préparer un café serré.

Ses hanches épaisses se cognèrent plusieurs fois contre des chaises éparpillées que son mari n'avait pas eu le courage de ranger avant de fermer.

— Cet homme est un incapable, jura-t-elle en remplissant un percolateur de café moulu. Il a de la chance de savoir cuisiner…

Le liquide noirâtre coula à grand bruit tandis que Mollie passait la porte de la cuisine. Des odeurs de sang, d'herbes aromatiques et de vin rouge virevoltaient dans l'atmosphère tiède et l'agressèrent quelques secondes avant de s'évanouir. Roger se trouvait penché au-dessus d'une haute marmite qu'il remuait avec une attention dont Mollie n'avait plus été le sujet depuis des années. Il leur arrivait encore de faire l'amour, même si ce terme ne correspondait plus vraiment à ce qui n'était rien de plus que l'assouvissement de besoins primaires. La plupart du temps, elle se contentait de s'allonger et de le laisser faire, tout en essayant de ne pas entendre ses gémissements ridicules. Souvent, elle laissait ses pensées s'échapper et imaginait Roger en proie à divers supplices qui avaient gagné en originalité au fil du temps.

Roger en train de bouillir dans une marmite géante, une nuit de sabbat.

Roger en train de prendre feu devant la cheminée, instantanément, tel un cas de combustion spontanée.

Roger chutant du haut de la montagne des morts, jugé et condamné par les juges intransigeants des siècles passés.

Roger baisant de jeunes clientes tout en ignorant qu'il s'agissait de sorcières, et que d'un mouvement de la main, l'une d'elles, de ses griffes aiguisées, tranchait l'horrible organe tendu et violacé qui lui servait de bite...

— Qu'est-ce que tu prépares? lui demanda-t-elle pour s'éloigner de ses fantasmes.

— Du lapin lié au sang et au vin rouge. Un chasseur m'en a apporté plusieurs morceaux, hier, maugréa le cuisinier, déçu de l'irruption de sa femme à l'intérieur de son sanctuaire.

— Il neige.

— Et alors? Il neige toujours à cette période, souligna Roger en trempant son doigt dans la sauce pour la goûter...

— Je n'aime pas quand il neige. Tu te souviens de Jean-Louis? Il y a deux ans, il égorgeait tout un troupeau avant de crever sur le sol gelé. Et puis les sorcières, c'est durant les mois d'hiver qu'elles étaient massacrées...

Roger cessa de mélanger son civet et posa la spatule sur le côté du fourneau.

Pourquoi cette vieille peau parle-t-elle de Jean-Louis? Si je m'en souviens? Comment pourrais-je l'oublier? C'est moi qui ai vu en premier le gamin débarquer dans l'auberge, le visage blanc de peur. Je l'ai entendu raconter son histoire après que je l'eus forcé à boire un verre de gnôle pour le calmer. Et après, j'y suis allé, là-bas, au pied de la montagne, et j'ai découvert le Jean-Louis, allongé dans une neige devenue pourpre et odorante... J'ai dû préparer du mouton pendant une semaine après ça... Vieille peau, comment oser me demander si je m'en souviens...?

— Tes migraines? lança-t-il pour dévier la conversation.

Il s'en foutait pas mal qu'elle souffre. Cela lui importait autant que les flocons de neige à l'extérieur. Mais il savait qu'en parler lui rappellerait leur existence, et qu'avec un peu de chance Mollie-molle-au-lit en ressentirait de nouveau les effets comme si le simple mot « migraine » renfermait en ses lettres un sort de sorcellerie à effet immédiat.

— Toujours là, murmura-t-elle en observant l'éminceur à lame épaisse posé sur un plan de travail.

Roger que j'égorge au-dessus de son fourneau pour récupérer le sang qui s'écoule de sa plaie et que je mélange ensuite à la sauce de son putain de lapin...

... Roger dont je tranche les doigts un par un avant de les lui enfoncer dans la bouche jusqu'à ce qu'il les avale...

... Roger que je pourrais tuer, ici, maintenant et que je n'entendrais plus jamais jouir comme un porc...

— Tu venais chercher quelque chose ? s'impatienta le cuisinier.

— Non, je vais préparer la salle pour ce soir, prévint Mollie d'une voix soudainement apaisée avant de quitter la cuisine en sifflotant à son tour.

7.

— J'ignorais que cette maison avait été également celle de Philippe, reconnut Julien.

— C'est logique après tout, c'est ainsi que cela se passe dans les commissariats en général. Les bâtiments servent à accueillir les nouveaux arrivants qui à leur tour laissent leur place à d'autres, remarqua Sarah.

— Je vous remercie pour ces détails, Sarah, vous n'étiez pas obligée de me les fournir, et cela a d'autant plus de valeur pour moi.

— Je ne sais pas si je dois vous encourager à rechercher une vérité que Philippe hésitait à divulguer… Mais si les notes concernant cette enquête peuvent se trouver quelque part, c'est certainement dans votre maison.

— Je fouillerai les pièces avant de me rendre chez Mollie.

— Chez Mollie, tout seul ? s'étonna Sarah.

— Non, j'ai jugé bon d'inviter Sybille, histoire de m'assurer qu'elle ne reste pas seule avec le souvenir de son agression.

— C'est une excellente idée, vous dînez avec la victime, et moi je veille toute la nuit sur le coupable, c'est un véritable travail d'équipe ! plaisanta la policière en se relevant.

Julien remarqua que son visage avait repris des couleurs.
— Vous êtes prête pour l'interrogatoire ?
— Oui, voyons ce qu'il a à nous dire.

Julien se saisit de la clef accrochée au panneau mural et tous les deux se rendirent à la cellule. Lucas s'était allongé sur le sol, visage fermé en direction du plafond, et ne fit pas le moindre mouvement quand il entendit la serrure claquer.

— Debout, lui intima Sarah en lui donnant un léger coup de pied dans les jambes pour le réveiller.

Le garçon grommela une phrase incompréhensible et se leva lentement. Toute animosité avait disparu de son visage. Il ressemblait plus à un citoyen qui se serait saoulé la veille et qui se réveillerait d'une nuit passée en cellule de dégrisement qu'à un prochain condamné pour tentative de viol. Il sortit de la cellule, escorté par Julien, tandis que Sarah le suivait en fixant sa silhouette instable.

— J'ai mal à la tête, indiqua Lucas alors que le policier lui présentait une chaise où s'asseoir. Je peux avoir un café ?

Sans prononcer le moindre mot, Julien se dirigea vers la salle de repos et remplit une tasse du reste de café tiède. Avant de retourner dans la grande salle, il saisit au passage un croissant de la veille puis déposa le tout devant Lucas, en ignorant le faible « merci » que celui-ci lui adressa. Le policier attrapa un carnet de notes, un stylo ainsi qu'un dictaphone et s'assit aux côtés de Sarah qui posait sur le jeune homme un regard noir.

— Tu te rappelles pourquoi tu as passé la nuit ici ? débuta le chef de la police.

— Oui.

— Tu as été arrêté pour avoir frappé et tenté de violer Sybille.

— Oui, je suis au courant.

— Nous sommes en droit de te garder vingt-quatre heures de plus, de cela aussi tu es courant ? intervint Sarah en se penchant au-dessus du bureau pour s'approcher le plus possible du visage de Lucas.

— Ça m'est égal.

La désinvolture frappante de Lucas surprit les deux agents. Avait-il seulement conscience de ce qui l'attendait ? Se doutait-il que, pris en flagrant délit, il risquait de rester de longues années derrière les barreaux, à observer, impuissant, sa jeunesse s'enfuir ?

— Peux-tu nous expliquer ton comportement d'hier ? reprit Julien en jouant nerveusement avec son stylo.

— Je vous ai déjà tout dit…

— Mais tu as conscience que tes paroles ne sont pas crédibles, non ? Les saules des tertres qui t'auraient parlé pour te dire de frapper Sybille ?

— Ce n'est pas exactement cela, souligna Lucas. Ce n'est pas aussi simple…

— Alors, explique-nous ?

— Pour que vous me traitiez de cinglé ?

Le garçon avait relevé la tête et fixait à présent le policier. Son regard n'exprimait nullement le défi ou la colère, simplement une tristesse profonde. *Encore cette lueur fragile*, pensa Julien. Ce qui l'étonnait avant tout, c'était sa volonté de ne pas être pris pour un fou. Dans son cas, bon nombre d'interpellés, aidés par leur avocat, auraient plaidé la folie passagère pour être jugés irresponsables de leur acte. Le policier en avait déjà croisé. Des inculpés prétextant des voix démoniaques contre lesquelles ils ne pouvaient lutter, feignant la folie, se débrouillant pour déjouer les tests psychologiques, adoptant un comportement instable afin de masquer leur stabilité relative, mais suffisamment équilibrée pour les envoyer en prison. Lucas, lui, craignait au contraire de ne pas être pris au sérieux, quitte à écoper de la sentence maximale.

— Tu n'as pas trop le choix. Ton cas est grave, ce sera la comparution immédiate et ensuite un ticket gratuit pour la prison. Les violeurs ne sont pas toujours les bienvenus...

— Cela aussi, ça m'est égal...

Lucas croisa ses bras contre sa poitrine et détacha son regard du policier pour le poser sur le sol.

— Alors, qu'est-ce qui a de l'importance pour toi ? Tu as de la famille, des amis ? Que penseront-ils de toi en voyant ton visage à la une du journal régional ?

— Non, je suis seul. Je veux juste que ces voix se taisent. Elles m'épuisent, elles m'embobinent et à cause d'elles, je sais qui je suis et ce que j'ai fait. Et je sais également que beaucoup d'autres personnes vont mourir.

— C'est reparti, souffla Sarah en s'appuyant lourdement contre le dossier de sa chaise.

— Dans ce cas, qui es-tu ? Que te racontent ces voix ? lui demanda Julien d'un ton apaisant et après avoir fait signe à Sarah de le laisser faire.

— Elles me disent que je suis un violeur, précisa Lucas en haussant les épaules.

À cet instant, dans cette position repliée et avec cette fatalité dans la voix, Lucas aurait pu tout aussi bien être âgé de dix ans de moins et se trouver face à des parents mécontents de son attitude. Il donnerait la même illusion de ne pas vouloir lutter et d'attendre la sentence, la punition ou la gifle, sans aucune volonté d'y échapper. Julien fut quelque peu déstabilisé par son comportement. Il eut le sentiment que pour son acte le gamin accepterait la peine de mort sans se révolter, et qu'il se contenterait de garder les bras croisés tout en se retranchant dans sa solitude hantée.

— Des arbres te disent cela, que tu es un violeur ? reprit le policier.

— Non, pas les arbres. Eux ne cessent d'annoncer les morts prochaines. Parfois, quand j'ouvre les yeux, ils sont là, immobiles, leur écorce blanche me fixe et je les entends prédire le malheur. Le pire est qu'ils ne semblent pas s'en réjouir. Ils énoncent ce fait comme une évidence regrettable, mais inéluctable. J'essaie de leur parler, de leur demander ce qui va se passer, mais mes lèvres sont comme paralysées. Ensuite, les autres voix ne cessent de me crier qui je suis.

— Un violeur ?

— Oui, un violeur.

— Il y a autre chose que les saules te racontent ? s'emporta Sarah en se levant brusquement de sa chaise. Je ne sais pas moi, qui va gagner le championnat de football ? Ou, non, attends, mieux encore ! Te fournissent-elles les prochains numéros gagnants de la loterie ?

— Non, mais il y a une question qui revient très régulièrement, rétorqua Lucas, observant la policière effectuer des va-et-vient tel un taureau dans une arène. Presque tous les jours à vrai dire…

— Ah oui, vas-y, Jeanne d'Arc, amuse-nous…, pesta Sarah en ressentant de plus en plus l'envie de le frapper pour le faire taire.

Alors, Lucas se redressa, posa ses coudes sur la table et prit le temps de peser ses prochaines paroles. Julien remarqua qu'il pleurait. Des larmes discrètes et silencieuses noyaient ses pupilles puis s'échouaient le long de ses joues sans que le garçon semble s'en apercevoir ou en avoir honte.

— Les saules me demandent constamment comment je vais… « Comment ça va, Lucas ? » Voilà ce que j'entends à de nombreuses reprises. Et je ne sais jamais quoi leur répondre…

FAIT NUMÉRO QUATRE

Le cerveau humain produit différentes ondes électriques tout au cours de la journée. Les plus fréquentes sont les ondes alpha, bêta et gamma. Ces trois charges électriques oscillent en 8 et 40 Hz, un hertz signifiant un cycle par seconde. Lors d'une activité intellectuelle intense, votre cerveau utilisera des ondes gamma. Si vous vous détendez en vous asseyant dans votre canapé et que vous regardiez la télévision, les ondes bêta prennent le relais tandis que lorsque vous vous réveillez, ce sont les ondes alpha qui opèrent. Il existe également des ondes thêta, plus faibles, qui apparaissent durant des phases de relaxation intense (de 4 à 8 Hz). Enfin, durant le sommeil, votre cerveau passe en ondes delta (1 à 3 Hz).

La première personne à avoir découvert cette activité cérébrale fut un enseignant de l'école de médecine de Liverpool, Richard Caton, en 1875.

8.

— Sarah, vous êtes blanche. Rentrez chez vous, vous n'auriez pas dû venir ce matin.

Julien venait de raccompagner Lucas dans sa cellule. L'interrogatoire ne les mènerait nulle part. Toutes ces élucubrations, ces paroles folles ne semaient que le trouble et n'apportaient aucune explication à son comportement. *Ce n'est plus de notre ressort*, pensa le policier en revenant dans la grande salle. *Je vais transcrire ce qui a été dit et envoyer le tout à un juge. Demain, Lucas sera sans doute libéré pour quelques heures avant qu'un huissier de justice ne se déplace pour lui apporter son assignation à comparaître. Ensuite ce sera le tribunal puis la prison, ou l'hôpital psychiatrique...*

Sarah ne se fit pas prier et quitta le commissariat en prévenant qu'elle reviendrait vers dix-huit heures pour veiller sur le prisonnier durant la nuit.

Julien tapa son rapport et l'envoya par mail. Il resta un long moment pensif, à se répéter les révélations illuminées du garçon. Son esprit dériva sur le suicide de Vincent. Se pouvait-il qu'il y ait un lien entre les deux drames ? Vincent, tout comme Jean-Louis et Lucas, avait-il lui aussi entendu des voix lui intimer de se trancher la gorge ? Ou bien tout cela n'était-il que pur hasard ?

Le policier frissonna en songeant aux paroles de Sarah et à sa révélation à propos de Philippe. Lui aussi se plaignait, non pas de phrases murmurées par les arbres, mais d'un piano...

Que se passait-il à Montmorts pour que ses habitants perdent à ce point l'esprit? De la sorcellerie? Des effluves de végétaux qui troubleraient les sens, comme expliqué dans la dernière chronique de Sybille avec cette population qui fut décimée une nuit de brume? Une simple suite d'évènements sans lien entre eux?

Julien se sentit désemparé. Dans son ancien commissariat, les missions étaient beaucoup plus simples: des crimes évidents, des blessures concrètes, du sang, des joues bleues, des aiguilles plantées dans des veines sans vie, des drames familiaux que l'on pouvait apposer sur le papier sans mettre en doute sa propre santé mentale... Ainsi, Julien, après s'être embourbé dans la mélasse de questions sans réponses, décida de se tourner vers une affaire concrète. Il cliqua sur le fichier interne des affaires classées et ouvrit le dossier concernant l'accident de son prédécesseur. Un rapport détaillé s'afficha, des photos de la route gelée, de l'endroit où le véhicule avait quitté la route, puis, en contrebas, d'autres clichés détaillant la carcasse de la voiture. Le 4×4 de marque japonaise avait chuté d'une cinquantaine de mètres, rebondissant contre la roche du ravin puis s'écrasant au milieu des saules du petit tertre. La route étant peu fréquentée, il n'y avait pas eu de témoins, et ce fut Loïc, le conducteur de bus, qui, en rentrant de la ville où il venait de déposer les collégiens, remarqua que la barrière en bois qui bordait le précipice avait été brisée. Il avait stoppé son véhicule avant de sortir sous la neige pour vérifier qu'il s'agissait bien là d'une voiture ayant fait une sortie de route. Les secours avaient été immédiatement alertés. Un véhicule de pompiers venant de la ville voisine ainsi qu'une ambulance provenant de l'hôpital de Montmorts s'étaient rendus sur les lieux afin de venir en aide aux victimes potentielles. Il avait fallu presque une heure à la cordée de secouristes pour atteindre la combe creusée dans le versant qui sépare le petit tertre du grand tertre, telles les deux mâchoires d'un monstre à la gueule recouverte de végétation. Le corps de Philippe fut remonté sur un brancard puis dirigé vers l'hôpital où l'autopsie ne révéla aucune substance suspecte dans le sang. Le rapport, signé de la main de Franck, précisait la cause de l'accident, à savoir une plaque de verglas longue de deux mètres, que l'eau provenant du suintement des pierres du tunnel entretenait chaque année à la même époque sans qu'aucun précédent dramatique de la sorte eût été à déplorer.

Il faut que je mette la main sur cette boîte.

Julien se retrouvait devant le desk de Lucie, à l'observer appuyer frénétiquement sur l'écran de son portable.

— Lucie?

La standardiste releva les yeux et lâcha son portable qui chuta lourdement sur le sol.

— Pardon, chef! Je vérifiais une information importante au sujet de…, tenta-t-elle d'expliquer.

— C'est bon, la coupa Julien, je comprends que vous vous ennuyiez même si j'aimerais en dire autant. Votre oreillette capte partout dans le commissariat?

— Euh… oui, s'étonna Lucie, à la fois soulagée et intriguée. C'est le modèle le plus efficace!

— Dans ce cas, j'ai un service à vous demander.

— Avec plaisir, chef!

— Toutes les demi-heures, vous allez vous rendre dans la salle des cellules pour vérifier que Lucas se tient à carreau, lui intima Julien.

— Vous êtes sérieux ?

— Oui, tout à fait sérieux. Je dois m'absenter et comme vous le savez, Franck est en congé jusqu'à demain et Sarah ne reviendra que vers dix-huit heures. Il ne reste plus que vous.

— Mais… ce n'est pas dangereux, je ne devrais pas avoir un taser ou une arme ? s'étonna Lucie en fronçant les sourcils d'inquiétude.

— Lucie ?

— Oui, chef ?

— Il est enfermé derrière une grille en métal. Et il n'a pas la clef…

— D'accord, je… je… Pas de problème, toutes les trente minutes ?

— Oui, et vous m'envoyez un texto chaque fois pour préciser que tout va bien.

— Mais si quelqu'un arrive et que je ne peux pas me déplacer ?

— Combien de personnes ont passé cette porte depuis ce matin ?

— Une seule…

— Vraiment ? s'étonna le chef. Qui était-ce ?

— Le lecteur fou.

— Ah, je vois, donc personne avec un réel problème ? remarqua Julien.

— Non… Un jour comme un autre à Montmorts ! plaida Lucie en levant les bras.

— Mouais, enfin pas vraiment…, souffla-t-il en songeant à Vincent, à Sybille et à Lucas. Donc, vous avez

bien compris, et s'il se passe quoi que ce soit d'autre qui requière ma présence, vous me téléphonez et j'arrive dans la minute qui suit, vu ?
— Affirmatif, chef !
— Parfait ! Reprenez votre partie, mais n'oubliez pas…
— Toutes les demi-heures ! Promis !

Cinq minutes plus tard, Julien poussait la porte de sa maison. Il avala rapidement une salade industrielle et se fit couler une tasse de café qu'il but sans prendre le temps de s'asseoir. Il lui restait tout l'après-midi pour fouiller la maison, mais le désir de retrouver le dossier de son prédécesseur le poussait à agir tout de suite. Il ouvrit les tiroirs à la recherche d'une lampe-torche et, n'en trouvant aucune, il vérifia la batterie de son téléphone portable puis actionna la fonction lampe. Il décida de commencer par le grenier. Il se rendit à l'étage, observa la trappe creusée dans le plafond du couloir. Il attrapa une chaise dans une des pièces vides et se hissa jusqu'à la planche de bois qu'il poussa afin de pouvoir se hisser dans les combles. La chaise tangua dangereusement tandis que Julien s'appuyait sur ses coudes, en poussant sur ses avant-bras pour glisser son corps entier. Une fois à l'intérieur, il se releva et chassa la poussière de ses manches. Une odeur de renfermé et d'humidité l'enveloppa tandis que le grenier se dévoilait à travers le halo pâle de son portable.

Sans doute une fuite dans le faîtage, se dit Julien en examinant les larges poutres qui couraient sous le toit et s'étiraient sur toute la longueur du bâtiment. À part ce squelette en bois et quelques toiles d'araignées, l'espace était vide de tout meuble, carton ou vestige du passé. Julien fit le tour et inspecta chaque recoin à la recherche de la boîte à chaussures, mais comprit rapidement qu'il ne trouverait rien.

Arrivé à l'extrémité du grenier, le policier découvrit une lucarne crasseuse dont les vitres en croisillon, saupoudrées de poussière accumulée depuis des années, donnaient sur l'extérieur. Il en frotta une à l'aide de sa manche et se hissa sur la pointe des pieds pour jeter un œil au panorama qui s'offrait à lui. Les toits de Montmorts se dessinèrent alors, revêtus par la neige qui virevoltait vers eux en une danse gracieuse, pendant que, plus épaisse et plus vulgaire que les flocons, la fumée sombre des cheminées s'élevait vers le ciel. Il plissa les yeux et parvint à deviner la silhouette aiguisée de la montagne des morts, là-bas, de l'autre côté du village, et ce fut, à cet instant, comme si l'un et l'autre s'observaient, se défiaient du regard en portant leur attention au-delà des maisonnées recroquevillées près des âtres, tels des décors inutiles au véritable destin qui se jouait. Car, durant ce face-à-face entre un homme et une montagne, Julien ne cessa de se demander quel rôle tenaient ce pic et ses tertres dans les récents évènements.

Les voix que prétendent entendre Jean-Louis et Lucas proviennent-elles d'un effet acoustique ? du vent qui se glisserait dans les renflements de la roche pour chuinter ensuite à leurs oreilles et emplir leurs esprits de fausses interprétations ? Seraient-ce des animaux sauvages descendus des bois qui glapiraient, feuleraient, grogneraient à ses pieds et dont les complaintes résonneraient contre la montagne et empliraient la cuvette géologique qu'est Montmorts pour tromper les villageois ? Dois-je envisager la nocivité même de la montagne ? De ses roches et de ses minéraux internes qui pourraient causer, par l'eau qui suinte ou par rayonnement, une pollution capable d'entraîner des dérèglements nerveux chez les habitants ?

Bien entendu, Julien écarta immédiatement une des possibilités qui se fraya un chemin jusqu'à lui, en se concentrant sur des conjectures plus tangibles. Il refusait de se laisser ensorceler par les légendes et les mythes que l'histoire de Montmorts lui proposait. Il repoussa l'hypothèse d'un sortilège lancé sur les vivants par les mourantes, celles qui chutaient depuis le pic de la montagne, tels des flocons endiablés et lestés par le lourd jugement des hommes.

— Non, murmura Julien en se détournant de la masse rocheuse, je sens que tu as un rôle dans tout cela, mais ce n'est certainement pas celui de sorcière, je ne marche pas, désolé…

Chassant de son esprit les sorcières et leur folklore, Julien retourna vers la trappe. Il lança un dernier halo circulaire dans le grenier avant de se rendre à l'évidence et de passer son corps dans le trou.

— Merde, pesta-t-il en redescendant, si je dois inspecter toute la maison, je vais en avoir pour des heures… Philippe, où as-tu pu planquer cette boîte ?

Enivré par sa quête, Julien passa les pièces au crible, déplaçant chaque meuble, sondant chaque mur. Les tapis furent soulevés, les placards vidés et les lattes du plancher observées sans qu'une seule de ces potentielles cachettes délivre un secret. Seuls les messages de Lucie, avec une régularité exemplaire, jamais une minute de trop ou de moins, le détournaient pour quelques secondes de ses recherches.

Vers dix-huit heures, alors que la nuit s'allongeait paisiblement sur Montmorts et que les flocons redoublaient de force, Julien comprit qu'il ne servirait à rien de s'entêter. Si l'ancien policier avait un jour, comme le pensait Sarah, déposé cette fameuse boîte dans une des pièces de la maison, quelqu'un l'avait déplacée depuis. « Je ne vais quand même pas creuser dans tout le jardin ! » lança-t-il tandis qu'il se trouvait dans la chambre du premier étage, assis au pied du lit, recouvert de sueur, les mains meurtries par d'infimes coupures. Vaincu et impuissant, il interrogea sa montre et s'aperçut qu'il était temps de laisser tomber et se préparer à retrouver Sybille. Le policier fila sous la douche après avoir découvert le dernier message de la standardiste (« Sarah vient d'arriver, je lui passe le bébé ») et en ressortit dix minutes plus tard, l'esprit encore tourné vers cette mystérieuse boîte. Il se promit de vérifier le jardin durant le week-end. Si un trou avait été creusé, il le découvrirait rapidement à moins que Philippe ait pris le temps de resemer la pelouse retournée. Une autre éventualité se dessina : que M. de Thionville ait découvert la boîte en préparant la maison et qu'il l'ait rapportée chez lui. Mais cela lui sembla impossible. Le maire lui en aurait touché deux mots. Il lui aurait exposé les conclusions de l'ancien chef afin de lui faire gagner du temps, chose dont, comme il le lui avait subtilement précisé à la fin de leur entretien, il ne disposait que moyennement.

Julien s'habilla (il opta pour un jean, un pull léger de couleur noire et une paire de baskets, une tenue décontractée qui ferait oublier à Sybille qu'elle se tenait face à un policier) et s'assit sur le lit pour attacher ses lacets. C'est à ce moment qu'un craquement provenant du rez-de-chaussée attira son attention. Il resta immobile plusieurs secondes, les sens en alerte, les mains toujours suspendues au-dessus de sa chaussure, dans l'attente d'une certitude. Un autre craquement se fit entendre, dont l'écho s'éleva partout dans la maison. Le policier retira lentement ses baskets pour pouvoir marcher sans faire trop de bruit puis se leva en maîtrisant sa respiration. Il n'avait pas entendu le bruit de la porte ni le grincement de la poignée. *Sans doute a-t-elle été ouverte pendant que je me trouvais sous la douche…*, supposa-t-il en sortant de la chambre à pas feutrés. Il longea le couloir tel un félin et se posta à l'angle de l'escalier. De là, il pouvait observer le hall et la porte d'entrée sans risquer d'être découvert.

Un autre craquement, qu'il devina provenir du salon, surgit du silence. Julien se pencha, s'attendant à voir l'intrus traverser le hall pour se diriger vers la cuisine ou même monter à l'étage.

Au bout de plusieurs minutes qui semblèrent des heures, plus aucun signe de présence ne se manifesta. Lentement, Julien descendit sur la pointe des pieds les marches de l'escalier, les muscles tendus, prêt à se jeter sur cet intrus qui prenait tant de précautions pour masquer sa présence. Il remarqua que la porte d'entrée était entrouverte. Le policier se glissa sur la dernière marche et se colla contre le mur. S'il se fiait aux derniers craquements émis par son visiteur, celui-ci ne pouvait se trouver que dans le salon, juste à droite en descendant de l'escalier. De sa position, il pouvait voir une partie de la cuisine et n'y détecta aucun mouvement.

Alors, Julien se décida.

Il prit son élan et se lança dans la pièce, les poings serrés et les réflexes exacerbés par l'adrénaline.

Personne.

Il se rua dans la cuisine, mais là encore, aucune présence.

— Bordel de merde! Je n'ai pas rêvé! cria-t-il avant de sortir sur le perron pour surprendre le fugitif.

Mais la cour, qui se parait d'une couverture blanche, était tout aussi vide que le rez-de-chaussée. Julien ne découvrit aucune empreinte de pas sur la neige ni aucune silhouette en fuite.

— Merde alors…, souffla-t-il, les bras ballants, tandis que ses chaussettes s'humidifiaient sur les cadavres des flocons.

Il demeura quelques minutes ainsi, solitaire sur le pas de la porte, à attendre une révélation. Mais la rue et Montmorts restèrent immobiles, comme si le village se retrouvait lui-même prostré dans l'attente de sa prochaine décision. Finalement, Julien battit en retraite, referma la porte tout en vérifiant que le pêne n'avait pas été forcé, se demandant s'il ne commençait pas lui aussi à être victime d'hallucination auditive. Ce ne fut que lorsqu'il retourna dans le salon pour une dernière vérification qu'il découvrit, posée sur la table, la tasse de café qu'il aurait juré avoir laissée dans la cuisine avant d'entamer la fouille de la maison.

Je deviens cinglé ou quoi…?

Mais, ce qui l'immobilisa au point de rester pétrifié au milieu de la pièce, et qui fit glisser un long frisson depuis sa nuque jusqu'à ses pieds trempés, ce fut la deuxième tasse qui se trouvait juste à côté de la sienne.

Et les traces de rouge à lèvres qu'une présence spectrale avait laissées dessus.

9.

Peu après dix-neuf heures, Sybille se prépara puis se rendit chez Mollie. Dehors, le vent et la neige qui se livraient un combat de plus en plus tempétueux lui avaient imposé une tenue décontractée, mais chaude. Emmitouflée dans son blouson d'hiver, elle rabattit sa capuche en fausse fourrure pour se protéger des bourrasques glaciales qui soufflaient de manière sporadique, semblables à la respiration lourde et régulière d'une bête en souffrance. Lorsqu'elle poussa la porte de l'auberge, une vague de chaleur l'entoura tandis que les quelques flocons qui s'étaient accrochés fondaient comme s'ils n'avaient jamais existé.

L'invitation du chef de la police l'avait surprise, elle ne pouvait le nier. Tout comme elle ne pouvait occulter qu'elle avait été ravie de l'entendre évoquer l'idée d'un dîner. Julien – *Pourrai-je l'appeler par son prénom, ou bien devrai-je me contenter d'un froid et impersonnel « monsieur »?* se demanda-t-elle soudainement en se débarrassant de son blouson pour l'accrocher au portemanteau de l'entrée – possédait les charmes exotiques des non-natifs. Tous les villageois de Montmorts arboraient, soit par habitude, soit par les gènes, la même lassitude, le même visage fermé et inexpressif de ceux qui ont oublié de profiter de la vie.

Sans doute la sécurité et le luxe du village les avaient-ils « chloroformés » dans cette posture nonchalante. Peut-être l'idée de vivre dans un lieu que beaucoup redoutent, dans cet endroit ensorcelé où peu de gens souhaiteraient s'installer, avait-elle d'une certaine manière banni en eux toute émotion. Pourtant, ils vivaient, ils marchaient, ils parlaient, ils critiquaient et enviaient, mais tout cela était baigné dans une léthargie typique, une lenteur des mouvements et des idées si propre aux campagnes reculées. Quand elle le vit pour la première fois, Sybille comprit immédiatement que Julien n'avait pas encore été atteint par cette somnolence des sens. Cette différence le rendit tout d'abord attrayant, puis beau, tout simplement, quand la jeune femme remarqua avec quelle douceur son regard se posait sur elle. Lorsqu'il l'invita à dîner, Sybille se mit à rêver d'une idylle furtive. La quinzaine d'années qui semblait les séparer ne lui parut pas un obstacle, mais au contraire résonna en elle comme un interdit stupide à braver, presque un défi. Penser à lui durant toute la journée se révéla un précieux barrage au souvenir de Lucas. Elle se surprit même à se demander si l'incident, car oui, bercée par son fantasme, cela lui parut secondaire et non plus traumatique, avait réellement eu lieu. L'hématome présent sur sa joue, qu'elle recouvrit d'une mèche de cheveux avant de sortir, certifiait bien la violence des coups, mais les souvenirs exacts du moment, les paroles, les gestes de son agresseur, s'estompaient à l'idée de passer un peu de temps avec le policier.

Bien que la fréquentation fût moins importante que durant le week-end, Sybille eut peine à dépasser le barrage des silhouettes rassemblées au comptoir pour atteindre la partie restaurant. Elle joua des coudes en s'excusant

puis aperçut Julien, déjà assis à une table, un verre qu'elle devina être du whisky à la main. Le policier ne l'avait pas vue et fixait les flammes de la cheminée. Elle s'approcha de lui, les paumes un peu moites, et sourit quand celui-ci, se rendant compte de sa présence, se leva pour l'accueillir :
— Bonsoir, Sybille, comment allez-vous ?
— Mieux, merci, affirma-t-elle en s'asseyant face à lui.
— Pas de migraines, de vertiges ?
— Non, juste un vilain bleu…
— Je suis désolé, je ne vous ai pas attendue, souligna Julien en levant son verre, mais ce froid m'a donné envie de me réchauffer.
— Vous avez bien fait, approuva Sybille, j'aurais bien besoin d'un verre également !

Comme mue par un signal invisible, une jeune serveuse, que Sybille connaissait pour être allée au collège avec elle, s'approcha de la table et leur tendit le menu.
— Ce soir nous avons en plat du jour du lapin au vin rouge, expliqua-t-elle en sortant un carnet de son tablier.
— Parfait pour moi ! s'enthousiasma Sybille. Avec un verre de sancerre, s'il te plaît.
— Très bien, et pour vous monsieur ?
— La même chose, et mettez une bouteille, ce sera plus simple.
— C'est noté ! Merci !
— Une bouteille ! s'étonna Sybille alors que la serveuse disparaissait déjà en direction de la cuisine.
— Oui, je crois que j'ai besoin de boire plus que de raison ce soir…
— Une journée difficile ?
— On peut dire ça…, éluda Julien en terminant son whisky.

La jeune femme l'observa discrètement. Il lui sembla plus fragile que le matin. Plus blême et épuisé également. *Montmorts le rattrape-t-il?* se demanda-t-elle en percevant un léger tremblement tandis qu'il reposait son verre vide sur la table. *Est-ce là une des variantes de la malédiction que les sorcières ont jetée en disparaissant, la capacité à flétrir l'âme de quiconque passe quelques jours ici?*

— Ce serait plus agréable de se tutoyer, remarqua Julien.

— Avec plaisir, rougit Sybille.

— J'ai relu tes chroniques, juste avant que tu arrives…

— Elle vous… plaisent?

— Je dois dire que ce village et ses sorcières sont un sujet très intéressant. Tu crois vraiment à leur existence?

— Parfois oui, parfois non. C'est assez difficile à expliquer… J'ai le sentiment que je n'ai pas le choix. Habiter ici, c'est un peu accepter ses légendes…

— Tu sembles au courant de bien des choses sur ce village, tu es une véritable mine d'informations!

— C'est gentil, sourit Sybille, quand on aime un endroit, on cherche à en savoir le plus possible.

La serveuse revint avec la bouteille de sancerre rouge. Après l'avoir débouchée, elle remplit les deux verres puis se retrancha derrière le bar, hélée par la soif d'autres clients.

Julien attendit quelques secondes avant de reprendre la parole. L'idée lui était venue alors qu'il traversait le village en voiture pour venir chez Mollie. L'épisode de la tasse aux marques de rouge à lèvres l'avait ébranlé, mais il refusait de devenir la victime de croyances séculaires. Le policier avait rangé les deux récipients dans le lave-vaisselle, décidé à demander à M. de Thionville, dès son retour, si quelqu'un d'autre possédait la clef de la maison. Cette hypothèse

– une tierce personne serait entrée durant son absence et se serait servi un café, peut-être en l'attendant – chassait toute éventualité inexplicable et fantasque. Ainsi, il s'en contenta et se plongea de nouveau dans la quête de cette mystérieuse boîte à chaussures. Sur le trajet, une solution se présenta, si simple qu'il n'y avait pas pensé auparavant. Si le dossier sur la mort d'Éléonore ne se trouvait ni dans la maison ni au commissariat, et que Sarah lui ait dit la vérité en expliquant ne pas l'avoir en sa possession, il ne restait qu'un seul endroit possible : la voiture. Julien ne se souvenait pas d'avoir lu dans le rapport sur la mort de Philippe si le véhicule avait été fouillé. Peut-être que l'état de la carlingue ne le permettait pas, et que la voiture avait été remisée à la casse sans autre attention. Seulement, Julien n'avait trouvé sur Internet aucune trace d'un garage ou d'un dépôt de voitures. Le plus proche se trouvait à une vingtaine de kilomètres et celui-ci se contentait de vendre des véhicules neufs.

— J'adore ce vin, avoua Sybille avec une certaine gourmandise. Puis, en reposant son verre : je vous remercie… pardon, je te remercie pour cette invitation, tu n'imagines pas à quel point cela me fait du bien de sortir et de ne pas broyer du noir dans mon appartement.

— Je suis une nouvelle fois désolé pour ce qui t'est arrivé. Lucas n'a pas été vraiment coopératif durant sa garde à vue… Il va payer le prix fort.

— Je n'arrive pas à le détester… tout comme je peine à l'excuser. En fait, je ne sais pas quoi en penser.

— Il te faudra un peu de temps pour arriver à l'une de ces possibilités. Une partie de toi est encore sous le choc, la rassura-t-il.

Leurs plats arrivèrent rapidement. La serveuse leur souhaita un bon appétit et informa Julien que les deux plateaux-repas qu'il avait commandés plus tôt allaient être livrés au commissariat par le plongeur. Puis elle disparut de nouveau, condamnée pour les prochaines heures que durerait le service à passer d'un client à l'autre sans jamais prendre vraiment le temps de se poser, son énergie fragmentée par les multiples sollicitations.

Sybille demanda à Julien de parler un peu de lui. Alors il s'exécuta et, le vin aidant, lui raconta facilement sa vie d'avant, celle des grandes villes criminelles où il se perdait un peu plus chaque jour. La jeune femme, charmée et intriguée, l'écouta avec attention et ne cessa de lui poser des questions dans le but de raviver cette conversation qu'elle désirait sans fin. À son tour, elle se livra. Elle expliqua, avec une certaine fébrilité dans la voix, comment sa mère était morte.

— Un accident, un stupide et inconcevable accident… Ce jour-là, elle devait se rendre dans une banque afin de demander un prêt pour l'achat d'une voiture. Sa vieille Renault montrait des signes de faiblesse qu'elle ne pouvait plus ignorer. J'avais dix ans et j'étais déjà armée d'un sacré caractère. Quand on est arrivées sur le parking, j'ai refusé de la suivre et de sortir de la voiture. Je voulais rester tranquille, à jouer avec ma Game Boy et attendre qu'elle revienne. Ma mère m'aimait plus que tout, et je savais qu'elle céderait. Elle est remontée dans la voiture pour se garer le plus près possible de la vitrine de la banque. Puis elle est entrée seule dans l'agence, en jetant constamment des regards dans ma direction pour s'assurer que j'allais bien. Parfois, moi aussi je levais les yeux de ma console pour l'apercevoir et lui faire un signe de la main puis je replongeais dans ma partie avec le sentiment d'avoir la maman la plus parfaite qui pouvait exister. À un moment, j'ai regardé furtivement dans la direction de la banque, et je l'ai vue au guichet, trop occupée pour me remarquer. Juste avant de reprendre mon jeu, j'ai aperçu deux hommes qui entraient dans la banque. Je me souviens de m'être dit que c'était bizarre, que porter des masques alors que le carnaval était passé depuis longtemps était une idée stupide. Puis, alors que je parvenais enfin à franchir un nouveau niveau, j'ai entendu retentir un éclat sec, identique à un bruit de pétard. J'ai tout de suite levé les yeux et j'ai vu des gens sortir de la banque en courant. Des hommes, des femmes, effrayés, comme si à leur tour ils avaient posé un masque de terreur sur leurs visages. J'ai attendu. J'ai attendu que ma mère revienne, qu'elle m'explique, qu'elle me rassure, mais elle n'est jamais sortie de la banque. Quand la police est arrivée, un agent m'a vue en larmes, recroquevillée sur la banquette arrière. J'aurais été incapable de dire depuis combien de temps je me trouvais dans cette prostration. Il a brisé la vitre de devant pour ouvrir la portière et m'a souri, du sourire le plus triste que j'avais jamais vu...

— La police... les a retrouvés, les deux hommes ? demanda Julien d'une voix douce.

— Oui, deux jours plus tard. Les caméras de la banque ont été précieuses. Mais le plus triste, c'est que cela n'aurait jamais dû arriver. Il s'agissait d'un accident...

— Comment cela ?

— Les images montrent les hommes masqués menacer le guichetier. Ils sont nerveux, bien trop nerveux pour des véritables pros, voilà ce qu'ont deviné les agents chargés de visionner les films. On voit ma mère, légèrement en retrait, dos à la vitrine. Elle observe la scène sans bouger, et on peut même l'apercevoir faire un rapide mouvement de la tête en direction de la voiture dans laquelle je me trouve. Puis l'un des deux hommes se montre plus menaçant. Son acolyte épie tour à tour les clients puis le parking et fait des gestes d'incompréhension, comme si les voleurs se disputaient sur la marche à suivre. C'est à ce moment-là qu'un coup de feu retentit. Les deux hommes s'immobilisent. Ils donnent l'impression de ne pas savoir d'où peut venir cette détonation. C'est quand le corps de ma mère s'affaisse qu'ils comprennent qu'ils viennent, par maladresse, de tuer quelqu'un. L'un d'eux retire son masque et s'approche d'elle. On le voit tenter de comprimer la plaie tandis que les clients, mus par leur instinct de survie, se ruent au-dehors. Ensuite, le comparse de celui qui essaie de maintenir ma mère en vie le tire par l'épaule, et à leur tour, ils quittent le champ des caméras. À présent, ils purgent une peine de prison, quelque part, et ma mère est absente, partout. Durant un interrogatoire, celui qui a tiré a expliqué que les armes ne devaient pas être chargées, mais qu'il avait dû oublier d'éjecter une balle de la chambre du pistolet. Un accident. Voilà pourquoi ma mère est morte ce jour où elle est entrée dans cette banque.

— Je suis navré, Sybille...

— Puis les années passent, on grandit, on oublie parfois. J'ai vécu chez ma tante jusqu'à l'année dernière. Mais elle a décidé de déménager et de quitter Montmorts, et moi d'y rester.

Julien ne savait quoi ajouter. D'ailleurs, il n'avait jamais su quoi dire dans ces situations-là. Quand il fallait annoncer le décès d'un enfant à des parents encore endormis qui ne comprenaient pas pourquoi la police frappait à leur porte. Quand une femme s'étonnait de ne pas avoir de nouvelles de son père depuis des jours et que Julien devait, après avoir vérifié au domicile, lui annoncer que celui-ci avait été découvert inanimé sur le sol, victime d'un arrêt cardiaque... Il n'avait jamais su trouver les mots pour minimiser la douleur de la perte, et il était d'ailleurs persuadé qu'il n'en existait pas. Assis face à Sybille, Julien ne réussit qu'à répéter une nouvelle fois qu'il était désolé. Mais là où d'habitude il aurait laissé, démuni et impuissant, l'endeuillé souffrir seul sans pouvoir l'aider, le policier décida d'éloigner la jeune femme des rives de la tristesse vers lesquelles le souvenir de sa mère l'emportait.

— Sybille ?
— Oui ?
— Accepterais-tu de m'aider ?
— T'aider ? Avec plaisir !
— Mais il faut que tu me promettes de ne rien dire à quiconque...
— « Si les mots sont faits de souffle, et si le souffle est fait de vie, je n'ai pas de vie pour souffler mot de ce que tu m'as dit... »
— Hamlet ! Ça alors, toi aussi tu cites du Shakespeare, à croire que c'est un sport national ici ! s'amusa Julien en songeant que dans ce même lieu, Sarah et Franck avaient eux aussi fait référence à l'homme de théâtre.
— Tout Montmorts a un jour ou l'autre foulé les allées de la bibliothèque ! Alors, c'est quoi cette mission secrète ?

Julien savoura cet instant. Le visage de la jeune femme s'illuminait de curiosité quand, quelques minutes auparavant, il tanguait dangereusement vers les abîmes de la nostalgie. Même s'il avait promis au maire de n'en parler à personne, il songea que Sybille pourrait lui indiquer ce qu'était devenue la voiture de Philippe. Sans doute connaissait-elle le garage ou la casse où le véhicule était entreposé...

— Voilà, je suis à la recherche d'une voiture.

— Fascinant, se moqua-t-elle en plissant les yeux.

— Pas n'importe quelle voiture, ajouta-t-il en souriant, celle dans laquelle l'ancien chef de la police a eu son accident. Le fichier du commissariat n'indique aucune adresse où la trouver. Comme tu sembles au courant de tout ce qui se passe au village, peut-être as-tu une idée ?

— Et pourquoi cette voiture vous intéresse-t-elle, monsieur le policier ?

— Une histoire d'assurance, mentit Julien qui jugea bon de ne pas évoquer la boîte à chaussures. Il manque un numéro de série et la compagnie refuse de classer le dossier tant que je ne le lui aurai pas fourni.

— Je vois. Dans ce cas, je peux t'aider.

— Tu sais dans quel garage elle a été rapatriée ?

— Non.

— Non ?

— Non.

— Alors... comment peux-tu m'aider ?

— En te montrant où elle se trouve. Mais j'espère que tu n'as pas peur des sorcières, car nous allons devoir marcher sur leur territoire.

— Je ne comprends pas... Sybille, s'il te plaît, j'ai trop bu pour déchiffrer des énigmes...

— La voiture n'a jamais bougé de là où elle est tombée. Un hélitreuillage a été évoqué, mais la hauteur et la profusion des saules ont rendu cette idée trop dangereuse. La carcasse du véhicule se trouve toujours dans les tertres, et je connais un chemin pour s'y rendre sans avoir à utiliser de cordes ou de grappin…

10.

Quand Sarah passa la porte du commissariat, à dix-huit heures, elle lut un grand soulagement dans les yeux de Lucie qui l'attendait, debout derrière le desk, manteau déjà sur les épaules.

Après être rentrée chez elle, la policière s'était octroyé une courte sieste. Ce sommeil lui avait fait le plus grand bien, mais à peine réveillée, elle n'avait cessé de penser aux paroles de Lucas.

Se pouvait-il que...? Non, il ne s'agit que d'un hasard, pesta-t-elle en se préparant pour retourner au travail. *Lui entend des voix, moi, je n'ai que l'impression que les gens que je croise, des êtres réels et non des saules imaginaires, se sont donné le mot pour me demander comment je vais... mais n'est-ce pas là une réaction normale? Les habitants savent ce que j'ai enduré après que la voiture de Philippe a été retrouvée. Ils savent que je l'aimais et s'inquiètent donc de ma souffrance, rien de plus que de la bienveillance... Julien et Franck sont au courant pour la rixe avec Lucas, ils se doutent qu'il n'est pas aisé d'oublier la violence d'une interpellation, alors ils viennent aux nouvelles, rien de plus... Rien de plus.*

— Ah, Sarah, que je suis heureuse de vous voir! Vous savez, je ne suis vraiment pas à l'aise, rien que de savoir ce que ce gamin a fait à Sybille…, clama Lucie en se dirigeant vers la sortie.

— Il s'est passé quelque chose ?

— Non, rien. Je suis descendue toutes les demi-heures comme me l'a ordonné le chef, mais il n'a pas prononcé la moindre parole. À croire que j'étais invisible à ses yeux !

— Tant mieux. Sinon, rien de spécial ?

— Rien, hormis Rondenart qui est venu se plaindre de la bibliothécaire. Enfin, pas vraiment dans ces termes, mais vous voyez ce que je veux dire…

— Dans ce cas, bonne soirée, Lucie, à demain, conclut Sarah.

— Non, demain je suis en repos, vous devrez vous passer de mes inestimables services ! Ah oui ! Julien commandera des plateaux-repas pour vous et l'autre… bref, ils vous seront livrés vers vingt heures.

— Une soirée parfaite en amoureux, ironisa la policière en s'engouffrant dans le couloir, de crainte que la standardiste lui pose la question qu'elle n'avait plus envie d'entendre.

Elle se rendit dans la salle de repos, vida la cafetière du reste de café froid et en fit couler du nouveau. « Tu vas m'aider à rester éveillée cette nuit », souffla-t-elle en augmentant de deux doses la recette habituelle. Puis elle se dirigea vers le sous-sol pour jeter un œil au prisonnier. Tout comme avec Lucie, Lucas ne bougea pas d'un pouce quand elle se présenta devant la grille.

— Dîner dans une heure trente, se contenta-t-elle de l'informer avant de retourner dans la salle principale.

Une fois remontée, Sarah se demanda à quoi elle allait occuper sa soirée. *Peut-être un film*, songea-t-elle en errant dans la pièce. Elle regretta que Montmorts ne soit pas assez animé pour lui fournir des dossiers à traiter. Rien de criminel ou de lourd, mais des contraventions ou infractions légères, histoire d'égayer la solitude…

La policière s'assit devant le large moniteur des caméras de surveillance et décida qu'un peu de voyeurisme lui ferait passer le temps. Elle posa sa main sur le joystick de la console de contrôle et manipula divers boutons pour afficher les différentes vues du village. Les artères de Montmorts apparurent. Au même moment, la place carrée, alors entièrement blanche et déserte, s'illumina d'un jaune sableux. En changeant rapidement de caméra, Sarah put être le témoin du réveil des autres lampadaires à LED du village. À la manière d'un sapin de Noël, Montmorts revêtit son manteau lumineux tandis que la nuit prenait possession de son territoire et que les habitants se terraient dans leurs maisons pour ne pas affronter le froid. Une autre caméra surprit un chien de grande taille courant au milieu d'une rue. Sarah s'amusa à jouer avec les touches de la console pour suivre sa progression, mais l'animal disparut au détour de la rue Édouard-Vaillant, ne laissant derrière lui que les points noirs de ses empreintes dans la neige.

Bon, eh bien j'espère qu'il y aura au moins un bon film, car…

Sarah se figea.

Dans le coin droit de l'écran, les images d'une caméra attirèrent son attention. Il lui fut très facile de reconnaître l'endroit. La solide structure en pierre blanche luisait dans la nuit en réverbérant les spots puissants que M. le Maire avait installés sur la pelouse. Sarah afficha l'image en plein écran. Les vues des autres caméras disparurent, remplacées par celle donnant sur le parvis de la bibliothèque.

Qu'est-ce qu'il attend ? se demanda-t-elle en zoomant sur la silhouette qui demeurait solitaire et immobile devant le bâtiment. À l'intérieur, toutes les lumières étaient éteintes. Elle appuya un peu plus sur la touche d'agrandissement de l'image jusqu'à pouvoir apercevoir le couvre-chef de la personne qui ne bougeait pas d'un millimètre, malgré le froid et la neige, et qui fixait l'entrée de la bibliothèque. « Merde, c'est Rondenart…, affirma Sarah en reconnaissant sa casquette et son allure. Il sait pourtant que ça ferme à dix-huit heures… »

Elle resta plusieurs minutes à fixer l'écran, attendant que Rondenart bouge et quitte les lieux. Mais le vieil homme semblait imperturbable. Même les quelques voitures qui longèrent le parvis, et dont les phares éclairèrent brièvement les marches du bâtiment, ne troublèrent pas son inertie.

— Il va attraper froid ce con ! s'étonna Sarah qui ne pouvait quitter des yeux le moniteur.

Elle se rendit compte que la scène lui rappelait l'affiche d'un vieux film qu'elle avait vu adolescente. La posture de Rondenart, attentiste, dressée devant la bibliothèque avec son couvre-chef, la lumière des projecteurs derrière lui ainsi que la nuit qui teintait en noir et blanc les couleurs du jour, comme si, tel un vampire, elle les avait aspirées en approchant… tous ces ingrédients imposèrent une image à son esprit : l'affiche du film *L'Exorciste*.

— Merde, pouffa-t-elle nerveusement en se moquant d'elle-même, manquerait plus que ça ! Un lecteur fou exorcise une bibliothèque possédée par le diable ! Voilà la une de tous les journaux demain !

Sarah continua d'observer l'écran, se forçant à cligner des yeux le moins possible pour ne rien louper. *Il ne va tout de même pas rester toute la nuit devant cette putain de bibliothèque...*

Après trente-deux minutes de face-à-face stérile, la caméra capta finalement un mouvement. Celui-ci ne provint pas de Rondenart, dont la silhouette se trouvait à présent recouverte d'une fine pellicule de neige, mais du chien que Sarah avait vu plus tôt, à l'aide des autres caméras. Le canidé s'approcha lentement du vieillard, le dos courbé. Rondenart ne sembla pas avoir conscience de sa présence. Il demeurait droit comme un arbre, et il ne baissa la tête que lorsque le chien arriva à hauteur de ses jambes. L'homme s'accroupit alors et caressa la tête du chien sans pour autant quitter la bibliothèque des yeux. Sa main droite plongea à l'intérieur de sa veste tandis que l'animal remuait la queue et frottait ses flancs contre son bienfaiteur.

— C'est ça, donne-lui un des biscuits secs que tu dois garder dans ta poche, et retourne chez toi lire des livres qui n'existent pas...

Seulement, au lieu de cela, Sarah, les yeux agrandis par l'effroi et la surprise, vit Rondenart lever un couteau à tranche épaisse. Les lumières d'une voiture étincelèrent furtivement sur la lame puis disparurent tel le feu éphémère d'un phare marin. Le chien, qui n'avait pas conscience de la menace, se coucha sur le dos pour encourager le vieil homme à lui caresser le ventre.

La lame s'abattit une première fois.

La policière poussa un cri puis appuya sa main sur ses lèvres pour ne pas hurler.

Le chien tenta de se relever.

Ses pattes battaient la nuit comme des membres hystériques au-dessus du vide.

Rondenart frappa une deuxième fois.

Avec plus de détermination.

L'animal eut un dernier soubresaut alors que les autres coups pleuvaient sur sa carcasse inerte et qu'une tache sombre s'étendait sur la neige et auréolait le cadavre du chien.

Troisième coup de couteau.

Quatrième coup, cinquième... neuvième.

Sarah se leva d'un bond, ne pouvant détourner son regard de l'écran. Des larmes roulaient sur ses joues.

— Mais qu'est-ce que c'est que ce bordel ! hurla-t-elle en voyant la silhouette de Rondenart se lever et quitter d'un pas placide le champ de la caméra.

11.

Julien conduisait.
Il ignorait si son idée était bonne, mais il avait accepté que Sybille l'accompagne jusqu'où se trouvait le véhicule.
— Je ne vais pas te laisser seul dans les bois des sorcières ! Il te faut le guide le plus compétent du village ! Et pour une fois que dans ce village je peux participer à quelque chose d'excitant !
Cette dernière remarque avait été ponctuée d'un clin d'œil qui surprit le policier. Était-ce le vin ou cette impression que Sybille lui faisait du gringue était-elle justifiée ? Il avait bien remarqué quelques œillades appuyées durant le dîner (et lui-même s'était surpris à la regarder avec une attention particulière), mais n'avait jusque-là pas songé que cette soirée pourrait être perçue par Sybille comme un rencard.
Et puis quoi ? Tu as peur qu'elle soit une sorcière ? Tu as peur que les habitants pensent que tu profites de la situation, de sa vulnérabilité ? Quinze ans de différence, ce n'est rien... Souviens-toi des paroles de Thionville... Une maison est faite pour être remplie d'enfants, il serait temps d'y penser, non ? Ou bien espères-tu la présence d'une autre femme dans ton lit ? Une qui possède une chevelure de feu...

Julien chassa ces pensées de sa tête. En sortant du restaurant, il passa un coup de fil au commissariat pour savoir si tout se passait bien avec Lucas. Lorsque Sarah décrocha, il la sentit sur les nerfs, mais elle le rassura en prétextant une migraine surgie de nulle part.

— Vous avez dîné ? Vous avez bien été livrés ? s'enquit-il.

— Oui, chef, c'était très bon, mais vous m'excuserez, j'ai laissé Lucas dîner tout seul, histoire que sa vue ne me coupe pas l'appétit...

— Je comprends tout à fait, Sarah, ne vous inquiétez pas. Juste... Allez le voir de temps en temps, pour vous assurer qu'il ne se pende pas avec son pantalon...

— Vous l'avez déjà vu, ça ?

— Une fois, oui, confirma Julien en se souvenant de ce junky qui n'avait pas supporté le manque de drogue en cellule de dégrisement. Tout va bien sinon ?

— ...

— Sarah ?

— Oui, pardon, oui, tout va bien... Vous allez conclure ? sourit-elle en rougissant de sa propre effronterie.

— Je vous laisse, s'il y a du neuf, vous m'appelez.

Sybille donna les indications pour se rendre sur les lieux de l'accident de Philippe. Ils durent retourner vers le village, où ils croisèrent une équipe des services techniques à l'angle de la bibliothèque, *sans doute en train de saler les rues*, devina le policier, puis ils se dirigèrent vers l'est en direction de l'unique sortie de Montmorts. Les réverbères s'estompèrent et laissèrent au véhicule de patrouille le soin d'éclairer la nuit et de percer la neige qui tombait néanmoins plus lentement.

— Dans cinq minutes, nous y serons. Ne t'arrête pas au tunnel de la montagne, l'accident a eu lieu juste avant, mais le chemin praticable se situe à une cinquantaine de mètres plus loin.
— Comment connais-tu cet accès ?
— J'aime marcher dans la nature, voilà tout.

Le policier ralentit l'allure quand ils atteignirent la portion de route où la voiture de Philippe avait dérapé. Il s'agissait d'un virage serré, avec une courbe en épingle, cerné par la paroi rocheuse sur sa droite et par le précipice sur sa gauche. Julien roula presque au pas, le temps d'apercevoir la rambarde en bois qui avait été remplacée et dont l'armature récente jurait avec ses voisines plus anciennes. L'entrée en arc de cercle du tunnel, clavée de pierres épaisses et luisantes, se dessina ensuite à travers les phares du véhicule. Sybille précisa que sa longueur était d'une centaine de mètres et que sa largeur ne permettait qu'à un seul véhicule d'y circuler, la priorité étant pour ceux qui quittaient le village. Sur le sol, quelques débris provenant de la roche usée par le temps perçaient le fin tapis de neige. Une fois le tunnel franchi, Sybille indiqua à Julien un accotement où se garer. Le policier se munit d'une lampe-torche et d'un pied-de-biche avant de quitter le véhicule.

— C'est pour quoi faire ? l'interrogea la jeune femme en visant la barre métallique avec la lampe de son smartphone.

— Au cas où j'aurais besoin d'ouvrir une portière pour examiner l'intérieur, mentit Julien.

Le pied-de-biche n'avait aucune autre utilité que celle de forcer le coffre de la voiture pour, l'espérait-il, y trouver la boîte à chaussures.

— C'est par là, attention où tu mets les pieds, le terrain est glissant, le prévint-elle en se faufilant dans un sentier à peine perceptible depuis la route.

Le petit tertre apparut tout d'abord comme un mur d'arbres infranchissable. Ses hauts saules, droits et solides, voilaient le ciel et freinaient la chute des flocons. Un silence pesant s'installa, entrecoupé par les respirations de Sybille et de Julien, ainsi que par les craquements de branches mortes que foulaient leurs pas. Ici, les bruits de la vie s'arrêtaient à l'orée de la forêt pour laisser place à un silence pesant, pareils à ceux qui enlacent les remords des pénitents agenouillés dans une église. Sybille, capuche remontée sur la tête, progressa entre les saules, jetant régulièrement des œillades en arrière pour vérifier que le policier la suivait. Le hululement d'une chouette brisa pour quelques secondes le calme reclus du tertre, puis s'évapora dans la nuit. La lampe de Julien éclairait tour à tour le sol puis les silhouettes amorphes des arbres. Il éprouvait la désagréable sensation de ne pas être seul, que quelqu'un ou quelque chose les observait, tapi dans l'obscurité, se moquant sans doute avec malice de leur avancée laborieuse. Aucun des deux marcheurs ne parla durant les premiers mètres, comme si tous leurs sens se dirigeaient uniquement vers leurs pas. Sybille repoussait des bras les branches qui bloquaient le passage, tels les signaux naturels d'une interdiction de pénétrer plus profondément dans les entrailles de la forêt.

— C'est par ici que les soldats se sont perdus ? demanda à voix feutrée Julien.

— Oui, il s'est passé beaucoup de choses sur ces terres, répondit la jeune femme sans se retourner. Sa bouche soufflait des nuages de condensation à chaque respiration, qui disparaissaient immédiatement dans l'atmosphère glaciale de la nuit. Des évènements réels ou imaginaires, mais qu'importe, peu de gens osent fouler cet endroit la nuit...

Un bruit léger provenant de leur droite les immobilisa un court instant. Julien songea tout d'abord à un animal sauvage, un renard ou un sanglier. Ils attendirent quelques secondes une autre manifestation, mais les arbres demeurèrent silencieux et secrets. Julien se rappela les craquements du parquet qu'il avait surpris après s'être douché, et la traque stérile qui avait suivi. *Se peut-il que la personne qui s'est glissée dans ma maison nous ait suivis jusqu'ici ?*

Merde, reste concentré.

Sybille avança de nouveau, de manière plus rapide, comme si elle aussi ressentait un certain malaise à fouler le territoire des saules. Après une bonne centaine de mètres à se battre contre la végétation, une clairière apparut. Un minuscule cercle désert où un immense chêne aux branches épaisses se partageait l'espace avec des fougères et autres plantes basses. Son tronc solide s'élançait vers les nuages, et d'en bas, on pouvait croire qu'il les perçait tant sa hauteur était impressionnante. La jeune femme ralentit puis s'arrêta pour contempler l'arbre. Si depuis qu'ils avaient quitté la route, la neige n'avait eu que peu accès au sol, ici elle recouvrait toute la végétation, à l'exception du pied de l'arbre que les feuilles protégeaient.

— Voici peut-être le plus vieux chêne de la forêt, expliqua-t-elle alors que Julien se postait à ses côtés. C'est à cet endroit que selon la légende les sorcières s'adonnaient aux sabbats. En sorcellerie, le chêne est symbole de lien entre le ciel et la terre.

— Les sabbats ?

— Des assemblées nocturnes très importantes. Les femmes venaient ici, sans doute pour se retrouver et fuir l'ostracisme dont elles souffraient. Seulement, les mauvaises langues ont transformé ces simples rendez-vous en orgies sexuelles, où les pestiférées couchaient avec le diable, lui offraient des enfants en sacrifice, allant jusqu'à s'abandonner au cannibalisme.

— Charmant…, souffla Julien en osant s'approcher davantage du centre de la clairière.

— Ce n'est plus très loin, par ici.

Sybille bifurqua sur la gauche puis s'enfonça de nouveau dans la végétation tandis que la silhouette du grand chêne s'estompait dans la nuit.

— Qu'est-ce que tu espères trouver dans cette voiture ?

— Des réponses…

— À propos de la mort de l'ancien policier ?

— Je l'ignore encore, admit Julien, la priorité est le numéro de série que je dois remettre à l'assurance…

— Après tout ce temps, c'est étrange de ne s'y intéresser que maintenant.

— L'étrangeté semble tenir Montmorts par la main, esquiva-t-il en souhaitant ne pas avoir à mentir davantage.

Il se promit de raconter la vérité à Sybille, plus tard, quand il aurait compris ce que cachait la boîte à chaussures. Rien ne l'y obligeait, mais il ne voulait pas trahir plus longtemps la confiance de la jeune femme. *Nous reviendrons dîner chez Mollie,* se dit-il, *une fois toute cette histoire terminée. Je lui raconterai mon entretien avec le maire, lui expliquerai la véritable raison de notre présence ici. Je lui confierai également l'apparition de la tasse dans mon salon, les voix que Lucas prétend entendre, le visage constamment épuisé de Sarah et la fragilité de*

Franck... Oui, cela me fera du bien de lui parler. Peut-être pourra-t-elle me renseigner sur cette femme rousse que j'ai discrètement cherchée du regard durant le dîner sans jamais la trouver. Peut-être qu'il y aura d'autres moments à passer ensemble...

— Là-bas, la voilà.

Sybille pointa un renfoncement boisé à l'aide de la torche de son téléphone. Julien l'imita et éclaira à son tour ce qui lui sembla tout d'abord comme un amas d'arbres qu'un violent orage aurait plié au point de le rompre. Mais en s'approchant, il distingua derrière l'empilement de saules le profil compressé d'un véhicule gris.

— Bravo, Sybille! lança-t-il avant de se mettre à battre le branchage avec son pied-de-biche.

En quelques minutes d'efforts, le côté droit et l'arrière de la voiture furent dénudés de leurs oripeaux végétaux. Julien put jeter un œil à l'intérieur en se penchant à travers l'espace vide que la découpe de la portière par les secouristes avait créé. Toutes les vitres avaient éclaté lors de l'impact. Le sol était jonché de morceaux de verre et de feuilles. Du sang séché recouvrait une bonne partie du tissu de l'assise tandis que des insectes divers fuyaient le faisceau lumineux de la lampe-torche. La carlingue se trouvait presque réduite en sculpture d'acier. Le moteur sortait de la calandre, la tôle du toit se courbait vers la banquette arrière comme si un puissant aimant l'avait aspirée et le tableau de bord ne se trouvait plus qu'à quelques ridicules centimètres des sièges avant.

— Je n'ose pas imaginer l'état du corps quand ils l'ont sorti..., souffla Sybille, soudainement blanche.

— En effet, acquiesça Julien, ce ne devait pas être très joli...

Le policier fit le tour de la carcasse, monta sur le talus qui supportait l'arrière du véhicule et essaya d'ouvrir le coffre. Comme il s'en doutait, celui-ci ne bougea pas d'un pouce. Il plaça l'extrémité du pied-de-biche en dessous de la serrure et exécuta plusieurs mouvements de levier.

— Tu penses que le numéro de série est dans le coffre ?

— Ça arrive sur certains modèles, expliqua-t-il en se détestant un peu plus à chaque mensonge prononcé.

Julien s'acharna avec un jusqu'au-boutisme qui étonna la jeune femme. Le policier pestait, appuyait de tout son poids sur la barre en métal et ne semblait plus avoir conscience de la présence de Sybille. Enfin, après quinze minutes d'effort, la serrure lâcha et le coffre s'ouvrit en bâillant.

Un long grincement métallique résonna alors dans le silence de la forêt, ondulant entre les salicacées, se faufilant dans la nuit...

Tandis que...

... Tandis que Loïc se trouvait assis sur le bord de son lit, sa chambre plongée dans le noir, plaquant ses mains contre ses oreilles pour ne plus entendre les voix au-dehors...

... Que Franck se réveillait, en nage, le cœur battant, en se demandant si les notes de piano entendues dans son rêve pouvaient avoir été jouées par la femme aux cheveux roux...

… Que Mollie avalait l'assiette de lapin que son mari lui avait fait porter dans sa chambre, ne parvenant à y percevoir que le goût du sang, et que cette sensation, loin de l'écœurer, lui procurait un plaisir inattendu…

… Que Rondenart, debout face à la pompe à essence avec laquelle il venait de remplir un jerricane en métal, observait au loin la montagne des morts en se demandant si elle avait toujours été là et si David Mallet s'en était inspiré dans son roman, ce roman que sa femme lui avait acheté pour son cinquantième anniversaire, juste avant de disparaître comme si elle n'avait jamais été là…

… Et tandis que Sarah descendait les marches du commissariat en portant le plateau-repas de Lucas…

ACTE 3 :

DESSINE-MOI UN MOUTON !!!

J'ai tué votre fille
Pour la libérer,
Pour lui dessiner le mouton
Qu'elle réclamait.
Alors, fixez votre miroir,
Entendez,
Écoutez la souffrance,
Rappelez-vous
La sorcellerie
Des mots scellés…

1.

Après avoir remercié le livreur, un adolescent qui travaillait à la plonge trois soirs par semaine chez Mollie, Sarah referma la porte du commissariat et porta les repas jusqu'à la grande salle. Malgré la protection d'aluminium qui recouvrait les plateaux, des odeurs de viande et de tarte aux pommes se répandirent dans le bâtiment et embaumèrent les pièces. Ses mains tremblaient légèrement, mais elle était persuadée de n'avoir rien laissé paraître quand le jeune garçon l'avait saluée en lui demandant comment elle allait. Elle s'était contentée d'un hochement de tête sibyllin et Killian, quant à lui, s'était satisfait de cette réponse qui n'en était pas vraiment une, ainsi que des cinq euros qu'elle lui avait refilés comme pourboire.

Pourtant, Sarah ressentait encore cette envie de vomir au creux de son estomac. Si elle fermait les yeux, elle pouvait revoir les images de Rondenart en train de s'acharner sur la pauvre bête.

Pourquoi a-t-il fait cela? Qu'est-ce qui peut pousser un homme à planter la lame d'un couteau – pas une fois, mais à plusieurs reprises – dans un chien et à s'en retourner comme si de rien n'était?

Si Franck avait été présent, elle l'aurait laissé s'occuper de Lucas pour intervenir. Même si le vieil homme avait disparu des caméras, elle l'aurait traqué toute la nuit si nécessaire pour l'enfermer lui aussi dans une cellule...

Mais elle ne pouvait pas laisser son prisonnier sans surveillance. Et s'il décidait, comme Julien l'avait expliqué tout à l'heure en l'appelant, de se pendre avec son pantalon... impossible de quitter son poste et de s'exposer à un tel risque. Non pas que la mort du garçon, de ce violeur en puissance, lui eût donné mauvaise conscience, mais cela aurait été une faute professionnelle grave. Bien entendu, elle aurait pu prévenir son chef, lui raconter au téléphone ce qu'elle venait de voir en direct sur l'écran du moniteur de surveillance. Mais elle savait qu'il se trouvait en compagnie de Sybille, et que la jeune femme avait certainement besoin de sa présence et de son réconfort pour panser les souvenirs douloureux de son agression. C'était aussi l'occasion pour Sarah de prouver à Julien qu'il pouvait compter sur elle, que son comportement étrange et sa fatigue manifeste ne lui empêcheraient pas de faire son travail correctement et en parfaite autonomie

Ainsi, Sarah prit sur elle. Elle repoussa à plus tard son désir d'attraper le vieillard pour lui faire payer son geste, et se contenta de remplir la main courante en précisant son incapacité à intervenir sur le moment. Puis, elle joignit l'employé de garde des services techniques du village pour l'informer que le cadavre d'un chien se trouvait juste devant la bibliothèque et qu'il serait bon de le retirer.

La policière resta ensuite un long moment à observer Lucas à travers la caméra des cellules. Il n'avait pas bougé depuis son arrivée, à dix-huit heures. Il demeurait assis sur son banc, les mains posées sur ses genoux, à fixer le mur opposé comme s'il s'agissait d'un écran de télévision. De manière régulière, Sarah étudiait les images des rues de Montmorts, espérant retrouver la silhouette de Rondenart. Mais elle ne le vit sur aucune des caméras.

Ça va, Sarah ?

Sarah se retourna. Elle venait juste de déposer les plateaux-repas sur la table de repos quand elle entendit ce murmure derrière son dos.

Personne.

Juste le ronronnement soporifique du matériel informatique.

— Merde, ce n'est pas le moment, souffla-t-elle en tentant de réprimer sa peur.

Elle jeta une œillade sur le moniteur. Lucas était toujours immobile sur son banc.

Ce ne peut pas être lui, il n'y a pas de micro sur le système de surveillance... Calme-toi, c'est dans ta tête tout ça... peut-être un dérèglement de l'oreille interne, ça existe, se réconforta-t-elle. *Bon, apporte-lui son repas et remonte mater un film, tout va bien se passer...*

Sarah descendit les marches jusqu'à la cellule.

— Tiens, régale-toi, et habitue-toi à manger derrière des barreaux..., le railla-t-elle en glissant le plateau sous la grille.

Lucas ne bougea pas d'un millimètre, ignorant le repas et les sarcasmes de la jeune femme. Ses cheveux foncés collaient à son front recouvert de sueur comme une seconde peau.

— Comme tu veux, si tu préfères manger froid...

Sarah remonta l'escalier sans se préoccuper davantage du prisonnier. Après tout, il pouvait crever de faim qu'elle ne ressentirait pas la moindre peine pour lui. Bien sûr, le fait qu'il se soit attaqué à Sybille avait fait naître une colère sourde, une envie de vengeance qui demeurait solidement ancrée en elle et bouillonnait chaque fois qu'elle se trouvait en sa présence. Mais il y avait surtout cette idée repoussante que Lucas avait immiscée dans son esprit lorsqu'il l'avait fixée en affirmant que les voix lui demandaient constamment comment il allait. Sarah avait lu dans son regard une certaine connivence, un doux plaisir à discerner qu'il n'était pas le seul à entendre cette question et que Sarah, d'une certaine manière, était liée à lui, telles deux âmes sœurs isolées du reste du monde. Elle ignorait comment il avait deviné. Comment il avait pu savoir qu'elle aussi souffrait de ce mal. Et l'idée de partager ce symptôme avec ce violeur ne lui donnait qu'une seule envie : le tuer pour ne plus avoir à lire dans ses yeux cette certitude de ne pas être le seul...

OK, calme-toi, oublie ce taré... Il n'a rien de commun avec toi... Ne rentre pas dans son jeu...

La policière se dirigea vers la salle de repos, alluma le téléviseur et déplaça le fauteuil de manière à pouvoir observer le moniteur en ayant juste à tourner la tête. Même si elle se fichait de savoir si Lucas mangerait ou non ce qu'elle venait de lui apporter, elle ne pouvait s'empêcher de trouver son comportement étrange. Elle connaissait le vrai Lucas, c'était celui qu'elle avait arrêté, bavant de violence et prompt aux injures. En aucun cas ce mouton servile et bien trop calme qu'il s'évertuait à paraître. Et cela méritait de garder un œil sur la caméra de la cellule.

Elle attrapa son dîner et releva le papier d'aluminium : *Terrine de campagne, tarte aux pommes et un ragoût de viande que je suis incapable d'identifier... qu'importe, j'ai faim.*

Une demi-heure plus tard, le plateau-repas se retrouva sur le sol, juste à côté du fauteuil dans lequel Sarah luttait pour ne pas s'assoupir. Malgré la tasse de café qu'elle venait de boire, la fatigue qui s'abattait sur ses paupières s'obstinait à lui fermer les yeux. Face à elle, les images d'un film avec Leonardo DiCaprio et Claire Danes défilaient sur fond de lutte sanglante entre deux familles de Los Angeles. La jeune femme ne se souvenait pas d'avoir déjà vu ce film, mais les dialogues ne lui étaient pas étrangers. Elle se surprit à les murmurer bien avant les acteurs, et comprit avec un plaisir non feint, tout en se redressant sur le fauteuil, qu'il s'agissait d'un remake d'une des pièces de Shakespeare, *Roméo et Juliette.*

— « Jour maudit, malheureux, misérable, odieux ! » récita-t-elle en scrutant les images. « Heure la plus atroce qu'ait jamais vue le temps dans le cours laborieux de son pèlerinage ! Rien qu'une pauvre enfant, une pauvre chère enfant, rien qu'un seul être pour me réjouir et me consoler et la mort cruelle l'arrache de mes bras ! »

Cela ne fonctionne pas, Sarah, nous allons être obligés de nous séparer de vous également...

— Quoi ?

Sarah s'était relevée d'un bond, persuadée d'avoir entendu des paroles autres que les siennes ou que celles du téléviseur. Elle fouilla du regard la pièce, les sens aux aguets, le souffle nerveux.

— Qu'est-ce que c'est que ce bordel ? Où êtes-vous ? cria-t-elle en sortant son arme de service de son étui de ceinture.

Mais personne ne répondit.

Je ne suis pas folle, il y a quelqu'un ici, je le sens...

Elle sortit à tâtons de la salle de repos, longea le couloir pour se rendre à l'accueil, vérifia que le sas d'entrée était bien fermé, puis se rendit dans les toilettes et poussa un à un les battants des cabines.

Ce n'est pas possible… Bordel, qu'est-ce qui ne tourne pas rond chez moi ? se demanda-t-elle, les mains tremblantes, proche de la crise de nerfs. *J'ai pourtant bien entendu quelqu'un…*

Seulement, il n'y avait pas âme qui vive dans le commissariat. Aucun intrus, personne qui aurait pu entrer par effraction et déjouer le système d'alarme. Tout était calme. *Bien trop calme*, songea la policière en retournant dans la grande salle pour vérifier les caméras. Un frisson se glissa le long de son échine quand elle vit Lucas, debout dans sa cellule, en train de la fixer comme si les rôles avaient été inversés, comme si lui aussi pouvait la voir à travers la lentille de l'appareil.

Qu'est-ce qu'il regarde comme ça ? se demanda Sarah en se rendant compte qu'il n'avait toujours pas touché à son repas.

En zoomant sur l'image, elle s'aperçut que Lucas grimaçait. Pas des grimaces moqueuses ou insolentes, mais plutôt de… douleur. Son visage entier exprimait simplement une souffrance insoutenable. Comme pour chasser ce que lui-même ne semblait pas comprendre, il lança violemment son front contre les barreaux de la cellule.

Il est con ou quoi, il va se faire mal…

Mais Lucas ne cessa pas. Au contraire, il bascula un peu plus sa tête en arrière et la projeta avec plus de détermination contre l'acier.

— Putain, c'est pas vrai tous les cinglés ont décidé de se donner en spectacle ce soir ! pesta la policière en courant jusqu'à la cellule. Qu'est-ce qui te prend ? Recule de la grille ! lui ordonna-t-elle à peine arrivée sur la dernière marche de l'escalier.

Lucas avait la peau ouverte. Du sang coulait le long de son visage et gouttait sur le sol sans que cela semble l'affecter.

— Bordel, tu vas arrêter tes conneries maintenant ! Je vais chercher la trousse à pharmacie et soigner ta plaie. Hors de question que je rentre dans la cellule avec toi alors tu te tiendras tranquillement contre la grille, entendu ?

— Il est trop tard, Sarah…

— Quoi ? Comment ça il est trop tard ? Trop tard pour quoi ?

— Pour nous sauver…

— Ne recommence pas avec tes conneries ! lui lança-t-elle en le pointant d'un doigt menaçant.

Elle colla son visage contre la grille, à quelques millimètres de son vis-à-vis.

— Tu vas arrêter tes conneries… Tu veux que tout le monde te croie fou pour échapper à la prison, c'est ça, hein ? Eh bien au cas où tu ne l'aurais pas remarqué, ça ne marche pas avec moi…

Lucas se contenta de la fixer dans les yeux. Ses pupilles noires (*Un puits sans fond, ses yeux me donnent l'impression de tomber dans un puits sans fond…*, songea Sarah) plongèrent dans celles de la policière.

— Tu les entends aussi, les saules…

— Il n'y a personne, tu es juste… malade, affirma Sarah en s'éloignant de la grille.

— Tu vas me tuer ?

Sarah ne comprit pas immédiatement pourquoi Lucas lui posait cette question. C'est quand le garçon décrocha son regard pour le glisser le long de son bras droit qu'elle s'aperçut qu'elle tenait toujours son arme.

À son tour elle observa le pistolet.

Tout se terminerait-il si je me laissais aller ? Tuer Lucas empêcherait-il les voix de revenir ? Est-ce que je souffrirais moins ? Je pourrais trouver une excuse, effacer l'enregistrement vidéo…

— Si tu en as envie, fais-le…, lui souffla-t-il en glissant le long des barreaux pour s'agenouiller. Fais-le, Sarah…

— Lève-toi…

Lucas plaqua ses mains contre le sol. Il releva la tête et, à travers les larmes et son regard implorant, Sarah perçut une détresse sans fin. Pour la première fois depuis la veille, elle le trouva sincère, comme s'il s'était débarrassé d'un déguisement pour se montrer enfin à nu.

— Tue-moi Sarah, je t'en prie, tue-moi pour que je ne les voie plus…

— Que tu ne voies plus qui ?

— Les autres… Les autres filles que j'ai violées…, murmura Lucas.

Une vague de chaleur se précipita à travers les veines de la policière. Elle resta quelques secondes pétrifiée par ce qu'elle venait d'entendre.

Est-ce bien lui qui a parlé ? Les autres filles… Se pourrait-il que… ?

Sarah rangea prudemment son arme en ignorant ses tremblements. Deux jeunes filles de seize ans avaient disparu l'été dernier, dans la ville voisine. Selon les témoins, les vacancières demeuraient dans un camping et avaient décidé de faire un pique-nique en forêt. Pour les habitants de Montmorts, cette idée avait scellé leur destin. Les gamines s'étaient sans aucun doute perdues dans les tertres et y étaient mortes. Seulement, pour les parents et les personnes moins sujettes au mysticisme, elles avaient été enlevées et le kidnappeur demanderait bientôt une rançon. Mais les saisons s'étaient écoulées sans que la police reçoive de demande, ou même que des corps soient retrouvés par des chasseurs.

Sarah s'accroupit, juste en face de Lucas.

— De quelles autres filles parles-tu ? Des filles qui ont disparu l'été dernier ?

— Non, pas elles, articula le garçon, entre deux sanglots.

— Alors, qui ?

— Des six autres… je sais qui je suis et ce que j'ai fait… Tue-moi, Sarah…

La main de Sarah se reposa sans qu'elle s'en aperçoive sur la crosse de son arme. *Six autres… Quel genre de monstre es-tu ? Mon Dieu… qu'as-tu fait ?*

— Il faut que tu me tues, je suis fatigué, tout se mélange…

— Non, souffla Sarah en serrant les mâchoires et en retirant sa main de son ceinturon, je ne te tuerai pas… Je ne peux pas, même si j'en ai terriblement envie, tu dois payer pour ce que tu as fait, la mort serait trop douce pour toi… Parle-moi de ces six filles…

Lucas se releva lentement. D'un revers de manche, il essuya la morve qui lui coulait du nez et se déplaça vers le mur latéral de la cellule. Le sang sur son front avait cessé de couler et ne formait plus qu'une tache ridicule.

— Elles viennent me voir parfois, expliqua-t-il d'une voix étrangement calme. Elles se glissent dans mon lit et me caressent. Même si je leur dis d'arrêter, elles continuent. Leurs corps sont nus, recouverts de terre. J'ignore comment elles ont pu sortir des trous où je les ai ensevelies... Leurs orbites vides me fixent, leurs bouches aux dents brisées par mes coups me sourient... Ce sont des sorcières, des sorcières avec qui je voulais simplement passer un peu de bon temps...

— Tu as tué... six jeunes filles ?

— Je ne me souviens pas de l'avoir fait... ce sont elles qui me racontent... Elles me disent qui je suis vraiment...

— Assieds-toi sur le banc, on va discuter de tout cela..., proposa la policière en voyant que Lucas devenait de plus en plus agité.

Il secouait ses mains et ses bras comme s'il essayait de se débarrasser d'insectes invisibles qui grimpaient le long de ses manches. Elle-même avait du mal à se contenir. Elle n'avait qu'une idée, joindre le chef et lui dire de venir immédiatement (*immédiatement !!!!*) pour prendre le relais. Mais ce que venait d'avouer Lucas lui aspirait toute volonté. Sarah se sentit comme hypnotisée par cette révélation, et elle savait que si elle quittait Lucas ne serait-ce qu'une minute, il risquerait de se refermer comme une huître et de ne plus jamais évoquer les six jeunes filles...

Alors Franck et Julien me prendraient pour une folle...

— Je ne veux plus les voir, Sarah, je ne veux plus les entendre, je ne veux plus qu'elles me hantent...

— Assieds-toi Lucas... ces filles, te souviens-tu de leurs prénoms ?

— Il est trop tard, les voix disent que je ne suis plus fiable, je dois disparaître...

— Lucas, qu'est-ce que... ?

Sarah n'eut pas le temps de terminer sa phrase que le prisonnier se jeta vers le mur opposé, visage en avant. Un bruit sourd résonna sinistrement dans la cellule. Lorsque le jeune homme se retourna en vacillant sur ses deux jambes, son arcade droite était en partie déchirée, et un lambeau de chair imprégné de sang pendait devant son œil.

— Lucas, arrête, tu vas te...

Lucas se lança de nouveau contre le mur, tel un taureau chargeant un ennemi. Cette fois-ci, des craquements d'os retentirent sous l'impact. Quand il se détourna de la façade en brique, le visage du garçon n'était plus qu'un masque informe recouvert de sang. Déchirant sa pommette gauche, la blancheur spectrale d'un os perçait la peau et brillait sous la lumière agressive des néons. Son nez n'était plus qu'un tas de chair et de cartilages suintants, et son œil gauche, celui qui n'était pas obstrué par le lambeau de son arcade, semblait vouloir sortir de son orbite pour fuir ce visage déformé.

Lucas s'appuya dos contre le mur. Sa respiration, lourde, saccadée, évoquait celle d'un cheval sur le point de mourir. Le sang coulait à présent des différentes plaies ouvertes. Le liquide pourpre paraissait lui aussi en panique, se faufilant entre les crevasses et les bosses, coulant avec furie jusqu'au sol.

Je dois le sortir de là, il va se tuer...

— Ça va, Sarah ?

— Quoi ? Qui me... ?

— Vous allez bien, Sarah ?

Non, merde, concentre-toi, ignore-les, ouvre cette putain de porte...

Quand Sarah se mit à chercher la clef de la cellule sur le trousseau accroché à sa ceinture, les lèvres du garçon tentèrent de bouger, mais ses paroles, noyées dans un mélange de sang, de salive et d'éclats de dents brisées, ne dépassèrent pas ses lèvres tuméfiées.

— Arrête, Lucas, je t'en prie, arrête, hurla Sarah en insérant une à une les clefs dans la serrure de la cellule. Je… Je vais trouver la bonne clef et t'ouvrir, il faut que je t'emmène à l'hôpital… s'il te plaît Lucas, reste où tu es…

La silhouette du garçon passa une dernière fois devant Sarah. Certes de manière moins rapide, mais avec suffisamment de détermination. Au moment même où le pêne de la serrure s'ouvrit, Lucas heurta le mur à l'endroit exact où apparaissaient les traces de sang du premier impact.

Un craquement plus lourd se fit entendre, suivi d'un dernier râle, avant que le corps du garçon ne tombe à terre comme une marionnette à qui on aurait coupé les fils.

2.

Sybille trouvait le comportement de Julien étrange. Depuis qu'ils avaient quitté la carcasse accidentée, il n'avait prononcé aucun mot. « Il était caché dans un recoin du coffre », avait-il précisé comme pour se justifier d'avoir fouillé cette partie du véhicule. La jeune femme s'étonnait que le policier n'eût que très partiellement cherché dans l'habitacle, préférant immédiatement concentrer son attention (et ses forces, songea-t-elle en le revoyant se débattre avec le pied-de-biche) sur l'arrière de la voiture. Ensuite, il en avait sorti une boîte à chaussures et l'avait observée sans l'ouvrir, comme s'il savait par avance ce qui se trouvait dedans et qu'il en ait redouté le contenu.

— Qu'est-ce que c'est ? hasarda Sybille quand Julien redescendit du talus avec la boîte entre les mains.

— Je l'ignore.

— Vous ne l'ouvrez pas ?

— Non, cela appartient à Philippe, je le confierai à Sarah, mentit le policier. Il s'agit peut-être d'affaires personnelles. C'est bon, j'ai photographié le numéro de série, repartons avant de mourir de froid !

Julien s'en voulait de mentir à la jeune femme, mais il n'avait pas le choix. Même s'il devait reconnaître que sa présence lui était agréable, il ne pensait qu'à une chose, rentrer chez lui et ouvrir cette foutue boîte. De plus, raconter toute la vérité risquerait de lui attirer des ennuis et elle en avait eu son lot avec Lucas. Car, plus il réfléchissait à cette affaire, plus l'accident de Philippe lui paraissait suspect. Le fait qu'il soit mort peu de temps après avoir découvert la vérité sur la mort d'Éléonore ne sonnait pas vraiment à ses oreilles comme le fruit du hasard. Se pouvait-il que le meurtrier ait été au courant de ses progrès et qu'il ait décidé d'agir avant qu'il ne soit trop tard ? Ce prisonnier survivant de l'incendie connaissait-il suffisamment bien Philippe pour que celui-ci lui ait confié une part de ses découvertes ? Et dans ce cas, comprit à regret Julien, beaucoup de personnes pouvaient être considérées comme suspectes. Y compris Sarah et Franck...

Non, Sarah l'aimait et c'est une femme, M. de Thionville a parlé de « prisonniers »...

Oui, mais a-t-il précisé qu'il n'y avait aucune femme dans cette prison ?

Et Franck ? Cet homme tout en rondeur et maladresse serait-il capable d'assassiner son supérieur et de maquiller son crime en accident ?

Vraiment ?

Dans ce cas, n'importe qui dans ce village pourrait être le coupable... Sybille, Lucas, Mollie ou son mari, Lucie, et pourquoi pas le vieux Rondenart...

Julien se débattait avec ses pensées tout en suivant Sybille. Autour d'eux, la nuit étendait son emprise jusqu'à anesthésier la forêt elle-même. La blancheur des saules se fit moins présente, comme voilée par un linceul invisible, tandis que les branches se courbaient un peu plus vers le sol, certainement épuisées de s'être dressées toute la journée pour se nourrir de la lumière du soleil. Les feuilles, les fougères, la mousse au pied des arbres, tout cet ancien camaïeu de vert se mua en teintes plus sombres, jusqu'à devenir insoupçonnable et à douter de sa couleur originelle.

Les faisceaux des lampes éclairèrent le chemin du retour sans dévier dans les profondeurs des tertres. Sybille ouvrait la marche et demeurait silencieuse, consciente de l'équilibre précaire de la nature autour, dans ce lieu et à une heure de la nuit où les hommes les plus sceptiques, qu'ils fussent soldats, chasseurs ou jeunes garçons égarés, se retrouvèrent maintes fois piégés entre les griffes d'anciennes légendes.

Julien tenait contre lui la boîte dont le couvercle se trouvait scellé par un large élastique, et tentait d'épouser le rythme rapide de son guide. À plusieurs reprises, il évita de peu de se prendre les pieds dans une racine sortant du sol, tel un serpent statufié, ou d'être giflé par une branche que la faible luminosité ne rendait visible qu'au dernier moment. Après plusieurs dizaines de minutes de marche, un temps qui sembla à Julien beaucoup plus long qu'à l'aller – ce qu'il ne pouvait expliquer, car il avait pourtant le sentiment de ne pas avoir fait de détours inutiles –, la végétation devint moins dense et ils aperçurent l'accotement de la route.

— Je ne suis pas mécontent de sortir de cette forêt, avoua le policier en rattrapant Sybille.

— Ne te réjouis pas trop vite, la terre peut encore nous avaler..., le railla la jeune femme en éteignant la lampe de son téléphone portable.

— Non, j'ai l'impression qu'avec toi je ne crains aucun sort de ce genre, tu connais cet endroit et tu sembles y être à l'aise.

— J'y danse nue toutes les nuits en invoquant le diable, c'est pour cela, sourit-elle en rougissant immédiatement après avoir prononcé ces paroles.

J'y danse... NUE! Mais quelle idiote! Pourquoi j'ai dit ça?!

Julien ne fit aucune remarque et Sybille le remercia en secret de ne pas la plonger dans un embarras plus profond. Mais après quelques secondes de réflexion, elle s'avoua qu'elle aurait bien aimé une repartie de sa part, du genre : « Nue, vraiment ? Serait-il possible d'assister à ce spectacle un jour ? »

Le policier foula l'asphalte avec soulagement. Comme s'ils avaient été mis en pause dans l'attente de leur réapparition, les flocons chutèrent de nouveau du ciel, lents, aussi fins que des grains de poussière.

À son tour il éteignit sa lampe-torche et sortit les clefs de voiture de sa poche.

— Je te remercie vraiment de m'avoir amené jusqu'au véhicule, déclara-t-il en bouclant sa ceinture de sécurité.

— Avec plaisir, répondit Sybille qui s'installait à son tour. Maintenant, tu vas pouvoir m'expliquer la véritable raison qui t'a poussé à me le demander.

Julien ne fut pas surpris par le sous-entendu. Il se savait piètre menteur, et face à une personne intelligente comme Sybille, il se doutait que l'illusion ne perdurerait pas.

— Je ne peux pas t'en parler, j'ai fait une promesse...

— Oui, je sais, une promesse est une promesse, bla-bla-bla... en tout cas si tu as cette boîte avec toi, c'est parce que tu m'as demandé mon aide et que j'ai accepté sans hésitation. Je ne dis pas que tu m'es redevable, loin de là, mais en me laissant venir avec toi, tu devais te douter que je te poserais quelques questions.

— Je suis désolé, Sybille, je ne veux pas te mêler à cela...
— Ce serait dangereux ?
— Je l'ignore pour l'instant, mais j'ai de plus en plus le sentiment que ce pourrait l'être.
— Est-ce que... ce qui se trouve dans cette boîte a un lien avec la mort de Vincent ?
— C'est possible, je ne sais pas encore.

Fort possible, songea Julien. *Peut-être que tout est lié. Éléonore, le berger, Vincent, Philippe. Le mystérieux prisonnier envoie-t-il des messages morbides au maire ? Lui indique-t-il qu'il ne sert à rien de le rechercher, en lui prouvant qu'il peut frapper n'importe qui, à n'importe quel moment sans que quiconque le confonde ?*

— Dans ce cas, sois prudent, Julien, car tu vas devoir combattre les remords de Montmorts...
— Sans doute, même si j'ignore ce que cela signifie... Allez, je te ramène, il est tard...

C'est au moment où Sybille se tourna vers la fenêtre passager pour masquer sa déception (*Que croyais-tu, idiote, qu'il se livrerait dès le premier soir, que vous finiriez la nuit ensemble et qu'il te demanderait en mariage au petit déjeuner ?*) que le portable de Julien sonna. Le policier décrocha après avoir lu le prénom de Sarah sur l'écran :

— Sarah, tout va bien ?
— Venez tout de suite, chef ! sanglota sa collègue, la voix difficilement reconnaissable.
— Doucement, Sarah, que se passe-t-il ?
— Lu... Lucas... Il... Il s'est explosé le crâne... il y a du sang partout...
— Quoi ?!
— ... et venez vite, s'il vous plaît, venez vite... j'ai l'impression qu'il y a quelqu'un ici...

3.

— Sarah !

Julien actionna le sas avec sa carte magnétique et se rua dans le commissariat.

— Sarah, où êtes-vous ?

Après avoir fait signe à Sybille de l'attendre dans l'entrée, il courut le long du couloir, arme à la main, en jetant des regards nerveux autour de lui. Son pouls s'accéléra quand il arriva devant la porte de la grande salle. Il poussa l'un des battants et se glissa dans la pièce, bras tendu, prêt à tirer.

« *Venez vite… j'ai l'impression qu'il y a quelqu'un ici…* »

Des empreintes de sang.

Sur le bureau.

Le long des murs qui mènent aux cellules.

Sur les montants de la porte de la salle de repos.

— Putain de merde, pesta le policier en progressant prudemment, qu'est-ce qui s'est passé ici… ?

Il n'osa appeler une nouvelle fois sa collègue. Il se répéta ses dernières paroles.

Et si elle n'était pas seule ? Et si l'assassin avait eu vent de ce que je tramais dans les bois et décidé de passer à l'acte en faisant de Sarah sa prochaine victime ?

Julien contourna l'îlot central en prenant bien soin de vérifier les angles morts. À pas feutrés, il se dirigea vers la console de surveillance et appuya sur les commandes des caméras. Il mit plusieurs secondes à réaliser ce qu'il avait sous les yeux : les murs latéraux de la cellule de Lucas étaient constellés de taches sombres, et le corps du garçon gisait sur le sol, la tête auréolée d'une flaque pourpre.

Putain...

Il afficha les diverses pièces du commissariat, aperçut Sybille, debout devant le desk de la réception, fouilla du regard l'escalier qui descendait à l'étage du dessous, l'armurerie et finalement la salle de repos. C'est à cet instant qu'il distingua une silhouette recroquevillée dans un coin de la pièce, à demi dissimulée derrière le canapé.

Sarah !

Persuadé qu'il n'y avait personne d'autre dans le bâtiment, il se rua dans le « salon ».

— Sarah, c'est moi, vous ne craignez rien...

La jeune femme était assise sur le sol, les bras encerclant ses genoux remontés contre sa poitrine. Il remarqua immédiatement le sang sur ses mains.

— Sarah, que s'est-il passé ?

— Je... Je ne sais pas... tout s'est passé si vite..., balbutia Sarah, le regard perdu.

— Vous... Vous êtes blessée ?

— Non... je... je n'ai rien pu faire... Lucas est devenu... enragé, comme possédé...

— Il faut que j'appelle une ambulance... Il est mort ?

— Oui. J'ai vérifié son pouls et...

Sarah leva les mains pour montrer ses mains ensanglantées. Elle les observa comme si ces deux membres ne lui appartenaient pas, avec la curiosité horrifiée d'une femme qui comprend soudainement qu'elle vient de serrer la mort dans ses bras.

— Ne bougez pas, on va s'occuper de vous.

Julien courut jusqu'à la réception et attrapa Sybille par la main.

— J'ai besoin de toi.

— Que se passe-t-il ?

— Lucas est mort. Sarah est sous le choc et j'ai besoin que tu t'occupes d'elle le temps que j'appelle les secours et que je réveille Franck.

— Mon Dieu… comment est-il mort ?

— Je ne sais pas pour l'instant, le médecin vérifiera, mais pour le moment, tu dois veiller sur Sarah. Elle a du sang partout, ce n'est pas beau à voir. Il y a une douche dans le couloir, juste à côté des toilettes. Elle doit avoir une tenue de rechange dans son casier, alors si tu pouvais…

— Pas de soucis, je m'en charge, affirma Sybille en serrant un peu plus fort la main de Julien.

Le policier lui adressa un sourire qui n'avait rien de joyeux. *Toi non plus tu ne vas pas bien*, songea Sybille en le suivant, *mais je suis là, avec toi…*

Une demi-heure plus tard, une équipe d'ambulanciers, guidée par le médecin de garde, pénétrait dans la cellule. À présent assise sur le canapé, Sarah, lavée et changée, tenait entre ses mains une tasse de thé que Sybille venait de lui apporter. Son esprit voguait toujours sur les flots tumultueux de l'adrénaline. Elle pouvait encore entendre le crâne de Lucas se fracasser contre le mur, voir son sang inonder sa peau, son œil droit grand ouvert et la blancheur de ce globe ébahi la fixer comme une lune pleine au milieu d'un ciel vermeil.

Franck arriva immédiatement après que Julien l'eut appelé. En découvrant Sarah ainsi, prostrée et si fragile, il la serra dans ses bras.

— Je suis là, Sarah, Francky est là…, murmura-t-il avant de réciter ces paroles de Shakespeare : « L'esprit oublie toutes les souffrances quand le chagrin a des compagnons et que l'amitié le console. »

— Franck ?

Franck desserra son étreinte et se tourna vers Julien. Celui-ci lui fit un signe de la tête pour l'inviter à le suivre dans la grande salle.

— Bon sang, chef, qu'est-ce qui s'est passé ?

— Apparemment, Lucas se serait suicidé en s'ouvrant le crâne à plusieurs reprises. Je viens de visionner les images de la caméra et cela fait froid dans le dos, je comprends que Sarah soit sous le choc.

— Elle… Elle risque d'avoir des problèmes ?

— Non, elle n'a rien pu faire, elle est hors de cause.

— Pourquoi avez-vous l'air inquiet alors ?

— Je ne veux pas que Sarah rentre seule chez elle.

— Je peux l'accompagner, ou même Sybille…

— À vrai dire, je veux que personne ne quitte ce commissariat.

— Comment ça ?

— Il va falloir que vous me fassiez confiance. Je ne peux pas tout vous raconter, mais… disons que j'ai l'impression que quelque chose ne tourne pas rond ici… et que nous pourrions être en danger.

— Sérieusement ? s'inquiéta Franck en fixant le visage sombre de son supérieur.

— Lorsque Sarah m'a appelé, elle avait peur, j'en suis certain.

— Peur de quoi ?

— Je l'ignore, mais elle a précisé qu'elle avait l'impression de ne pas être seule, que quelqu'un se trouvait dans le commissariat, avec elle. Jean-Louis, Lucas, tous entendaient des voix, et je ne crois ni aux fantômes, ni aux sorcières...

— Vous pensez qu'il y a... un tueur ?

— ... Ce que je souhaite pour le moment est que vous restiez ici, au moins pour aujourd'hui. À quelle heure arrive Lucie ? demanda Julien.

— Elle est en congé, jusqu'à demain. Elle a dû partir chez sa fille comme toutes les semaines.

— Bien, inutile de la déranger dans ce cas, nous lui expliquerons tout à son retour. Quelle heure est-il ?

— Trois heures vingt, précisa Franck en consultant son portable. Vous devriez peut-être vous reposer, chef, il y a assez de place pour trois dans la salle de repos.

Julien reconnut qu'un peu de sommeil rechargerait ses batteries. Cela faisait presque vingt-quatre heures qu'il n'avait pas dormi. La poussée d'adrénaline ressentie à la suite des derniers évènements s'estompait progressivement, laissant derrière elle les stigmates musculaires et nerveux d'un trop long manque de repos.

— Je veux juste vérifier une dernière chose, remarqua le policier en s'asseyant face à l'écran de contrôle. Sarah m'a parlé de Rondenart...

— Le vieux sénile ? s'étonna Franck en suivant son chef et en tirant une chaise d'un bureau pour s'asseoir à son tour.

— Oui, il aurait... tué un chien...

— Lui ? On est où là ? Dans un épisode d'*American Nightmare*?

— Vérifie l'heure dans la main courante, je veux voir ce qui s'est passé.

Franck saisit l'épais cahier et lut le rapport de Sarah : « 20 h 17. Rondenart a tué un chien devant la bibliothèque, de plusieurs coups de couteau, couteau qu'il a sorti de sa veste après être resté de longues minutes sous la neige à observer le bâtiment public. Étant seule et chargée de surveiller un prisonnier, je n'ai pu me rendre sur place. Le service de garde de la voirie est venu retirer le cadavre. »

— Putain, qu'est-ce qui lui a pris à Rondenart ? souffla Franck en fixant l'écriture de sa collègue. Des coups de couteau ? Ses mains tremblent tellement qu'il arrive à peine à lever son verre de gnôle sans en renverser la moitié sur le comptoir de chez Mollie. C'est pour ça que la plupart du temps, Roger lui sert sa poire dans un long verre à pastis, histoire de ne pas avoir à essuyer le zinc toutes les deux minutes… Alors, se servir d'une lame sur un animal…

— Le voilà, signala Julien après avoir entré l'heure précise dans l'ordinateur.

Dans le côté supérieur gauche de l'écran mural, une fenêtre afficha la prise de vue de la caméra située à quelques mètres de la bibliothèque. Franck se pencha au-dessus de la console et appuya sur une touche, ce qui eut pour effet de mettre l'enregistrement en plein écran et de faire disparaître les autres vues du village.

— C'est bien lui, confirma-t-il en reconnaissant son pardessus et sa casquette en tweed. Il fait quoi, immobile sous la neige ? Il joue à un, deux, trois, soleil avec son écrivain fantôme ?

— Je n'en sais rien, mais on dirait qu'il attend quelque chose ou quelqu'un… On peut avancer rapidement ? demanda Julien qui se sentait un peu désemparé face à un matériel aussi moderne.

— Oui, il suffit de tourner la grosse molette en avant ou en arrière.

Sur l'écran, les flocons furent pris de folie et chutèrent comme s'ils pesaient aussi lourd que des pierres. La silhouette de Rondenart, elle, tanguait sporadiquement de quelques millimètres, mais demeurait droite et concentrée sur le bâtiment. Julien cessa l'avance rapide quand il aperçut le chien dans le bas de l'écran. Les deux policiers virent Rondenart se pencher vers la bête et, tout comme Sarah l'avait décrit dans son rapport, lui assener des coups de couteau.

— Merde, il l'a vraiment fait…
— Oui, il l'a vraiment fait, il a vraiment tué un chien, regretta Julien en cliquant sur la fermeture de la vidéo.

L'écran se remplit immédiatement d'une vingtaine de fenêtres plus réduites.

— On fait quoi, chef?
— Nous irons l'interpeller demain matin. Nous avons l'enregistrement, il ne pourra pas nier.

Julien se leva, s'étira le dos en évacuant un bâillement et se dirigea vers la salle de repos.

— Je vais juste me poser quelques minutes, prévint-il. Entre nettoyer la cellule, écrire le compte rendu du suicide de Lucas et arrêter ce cinglé, nous allons avoir beaucoup de travail dans quelques heures.

Il s'assit lourdement dans le fauteuil de la salle, face aux deux canapés où Sarah et Sybille avaient fini par s'endormir. Il observa quelques minutes le visage apaisé de la jeune blogueuse et remarqua que l'ecchymose laissée par Lucas s'estompait. *Tout cela ne sera bientôt qu'un lointain souvenir*, se dit-il en espérant que Sybille parviendrait à rêver sans cauchemars. Il posa sur elle un regard empli de douceur et de reconnaissance. Grâce à elle, il avait retrouvé la boîte et peut-être résolu un crime vieux de plusieurs années. De plus, Julien avait passé une excellente soirée en sa compagnie. Il admit que cela lui plairait de passer un peu plus de temps avec Sybille, juste pour voir...

La boîte, songea Julien alors que la fatigue le tirait de plus en plus par la manche pour l'inviter à fermer les yeux, *je dois savoir ce qu'il y a à l'intérieur... il me suffit de sortir quelques minutes et...*

— Chef ?

Julien rouvrit les yeux qu'il ne se souvenait pas d'avoir fermés et tourna la tête en direction de la grande salle.

— Oui ? lança-t-il discrètement afin de ne pas réveiller les deux femmes.

— Je crois qu'on a un problème.

Un problème ? Cette nuit est un véritable nid à emmerdes, alors rien de plus logique que cela dure jusqu'au lever du jour, ironisa-t-il en se relevant. Les muscles épuisés de ses cuisses se raidirent douloureusement comme pour lui intimer de rester dans le fauteuil, et Julien eut peur qu'une crampe ne l'oblige à se rasseoir en ravalant la douleur. Mais il parvint à rejoindre Franck qui se trouvait toujours assis à fixer l'écran géant.

— Qu'est-ce qu'il y a ?

— Regardez, en haut à gauche.

— C'est l'enregistrement, il tourne encore, suggéra le policier en découvrant Rondenart, immobile devant l'immeuble de la bibliothèque.

— Non, corrigea Franck en affichant l'image en grand, ça se passe en ce moment...

— Merde, pourquoi il est revenu ?

Julien plissa les yeux. Sur la place, on pouvait voir que la neige avait recouvert entièrement le sol. Cela devait faire un long moment que le vieil homme se tenait ainsi, car un mince duvet de neige s'était formé sur ses épaules et sur le haut de son dos voûté.

— Zoome sur ses jambes, demanda Julien, on dirait qu'il y a quelque chose, comme une valise, derrière lui.

— Il prépare peut-être sa fuite…, suggéra Franck en manipulant le joystick.

— Dans ce cas, qu'attend-il ?

L'image s'agrandit au niveau des pieds de Rondenart, mais le zoom excessif pixélisa l'image au point qu'on ne pouvait détailler ce qui se trouvait à ses côtés.

— Il faudrait qu'il se déplace pour que l'on voie mieux, ses jambes nous cachent la vue. On fait quoi, chef ?

— On va aller le cueillir.

— Maintenant ?

— Oui, si c'est bien une valise, je ne veux pas qu'on se retrouve à lancer un avis de recherche simplement parce que l'on n'a pas agi tout de suite. Attrape ta veste…

— Attendez, il bouge…

En effet. Rondenart se pencha en direction de la valise, sembla hésiter quelques secondes puis se releva en la tenant dans sa main droite.

— Elle a l'air lourde…, remarqua Franck.

Le vieil homme saisit le bagage à deux mains, et, au prix d'un effort certainement surhumain, mais qui, à l'écran, ponctué par la lenteur, les tremblements et les glissades sur le sol gelé que ses pieds tentaient de maîtriser, paraissait grotesque, le leva au-dessus de sa tête.

— Putain…

La fatigue que Julien avait ressentie cinq minutes plus tôt s'envola comme une plume prise dans une tempête. Son cœur s'affola tandis que l'adrénaline inondait son cerveau à coups de messages électriques.

— C'est un jerricane... ce cinglé est en train de s'arroser d'essence ! Vite, suis-moi avec l'extincteur !

Franck attrapa sa veste, décrocha l'extincteur du mur puis se rua dans le sillage de Julien. Celui-ci ne prit pas le temps de s'équiper. Il poussa la porte du commissariat et se jeta dans l'air froid de l'hiver comme si c'était lui qui avait les flammes au cul. La bibliothèque ne se trouvait qu'à trois cents mètres, mais Julien ne put sprinter tout le long, car à plusieurs reprises ses pieds dérapèrent sur le sol gelé et faillirent l'envoyer dans le décor.

Putain, tu n'iras pas plus vite avec une cheville pétée, fais gaffe...

Il traversa l'avenue principale et coupa à travers la rue Sarrault pour gagner du temps. Il savait qu'une fois arrivé à l'angle de la boulangerie il lui suffirait de tourner à gauche pour atteindre la place et Rondenart.

Et ensuite... Ensuite, reste concentré sur tes appuis, le ensuite on verra après !

L'air sec lui gifla le visage tandis que les flocons, comme affolés par les évènements, semblaient se contracter pour lui piquer la peau tels des aiguillons microscopiques. Il ignorait si Franck le suivait, il n'avait pas le temps de se retourner pour vérifier. Il dérapa avec maîtrise après la boulangerie, reprit ses appuis et accéléra pour enfin apercevoir la place. Encore quelques mètres et le perron de la bibliothèque se dévoilerait. Le policier pria pour que l'essence ne soit que de l'eau, pour que tous les évènements arrivés depuis quelques heures ne soient qu'imaginaires et que tout cela disparaisse dès qu'il aurait atteint la place. Seulement, à une cinquantaine de mètres du but, les ombres vacillantes des flammes se dessinaient déjà sur les façades des commerces. Une faible lueur jaune orangé devint de plus en plus flamboyante, tel le soleil qui se lève dans une nuit d'été. Et le plus effroyable (du moins, c'est ce que le policier retiendrait comme le détail qui lui avait glacé le sang) fut le silence du brasier.

Merde, bordel de merde!

Julien parcourut les derniers mètres sans aucune notion du temps ou de l'espace. Du coin de l'œil il voyait la montagne des morts, solide bloc de roches luisant sous la lune métallique, se tenant droite et fière. Le policier se jeta aux côtés de Rondenart. La chaleur furieuse lécha son visage glacé, l'obligeant à s'en écarter. Il se mit à gratter le sol pour projeter de la neige sur les flammes. Ses doigts s'engourdirent dans la neige, s'écorchèrent contre le ciment de la place, laissant dans le manteau d'hiver d'infimes gouttelettes rougeâtres. Malgré ses efforts, le feu continuait de se nourrir de la chair de Rondenart, chien enragé par le goût du sang, sans prêter attention aux efforts vains du policier. L'air se satura d'odeur de viande brûlée et de reflux d'organes en train de se consumer.

Putain...

Julien tourna la tête et vit la silhouette malhabile de Franck fouler le terre-plein de la place, essayant tant bien que mal de se presser tout en évitant les chutes. Le chef bondit dans sa direction, lui arracha l'extincteur des mains, revint vers Rondenart en courant, tira la goupille et appuya sur le déclencheur...

4.

Mollie se réveilla vers quatre heures.

Sans raison précise. Sans cauchemars ni bruits étranges provenant du couloir.

Au fil des années, elle s'était habituée aux ronflements caverneux de Roger et pouvait fermer les yeux sans qu'ils sonnent autrement à ses oreilles que comme la litanie cadencée des rouleaux d'une mer lointaine. Bien évidemment, le fait de dormir dans deux chambres différentes facilitait les choses. Mais les fines parois de l'auberge permettaient cependant à ces grognements de voguer jusqu'à elle pour s'échouer finalement sans troubler son sommeil.

Alors quoi?

Qu'est-ce qui l'avait tirée de son sommeil?

Pourquoi avait-elle la désagréable sensation qu'une main invisible s'était posée sur son épaule et qu'une voix lui avait susurré de se réveiller?

Pas vraiment une voix, songea Mollie en repoussant la couverture, *plutôt un souffle…*

La propriétaire de l'auberge jeta une œillade en direction du réveil : 04 h 07. Elle soupira bruyamment en direction du plafond lézardé par l'humidité. Ses pensées s'échappèrent dans plusieurs directions, hésitèrent à se poser sur différents visages : son mari, qu'elle trouvait de plus en plus repoussant ; les serveuses, qu'il employait plus pour se rincer l'œil que pour leurs aptitudes professionnelles ; le banquier, qui s'étonnait à chaque fin de mois que le chiffre d'affaires ne soit pas plus élevé, ou le sien, flasque et épuisé, reflet fade d'un miroir qu'elle hésitait de plus en plus à fixer.

À quatre heures vingt-trois, n'en pouvant plus de rester allongée sans parvenir à fermer les yeux, elle se leva, enfila une robe de chambre en coton épais et descendit dans la salle de restaurant. Le parquet du couloir grinça quand elle passa devant la porte de Roger, mais les ronflements ne cessèrent pas pour autant.

Toi, t'as encore dû picoler autant que les clients..., lança-t-elle en pensée en direction de la chambre de son mari.

C'est vrai que Roger picolait. D'aussi loin que les souvenirs de Mollie remontaient, elle le voyait toujours avec un verre à la main. Pour les clients, c'était ce qui le rendait sympathique. Chaque soir, après avoir terminé les commandes, il s'asseyait au bar et partageait un verre avec qui le souhaitait, n'hésitant pas à remettre sa tournée malgré les reproches de sa femme. C'est en partie à cause de son comportement qu'elle avait cessé de travailler le soir et qu'elle se contentait de servir le petit déjeuner aux pensionnaires, de préparer la salle pour le service du midi et de s'évanouir en fin d'après-midi pour laisser place aux gamines que Roger employait en extra.

Mollie alluma le plafonnier, évita les chaises dispersées de guingois et s'accouda contre le bar. Derrière elle, l'âtre éteint de la cheminée attendait qu'on le nourrisse. Ses deux colonnes et sa poutre de soutien en pierre ressemblaient au goulot sombre d'un caveau.

— Bon sang, c'est pas vrai, pesta-t-elle en sentant poindre une migraine, c'est lui qui boit et c'est moi qui ai mal à la tête...

Elle passa derrière le comptoir pour atteindre la cuisine. La boîte à pharmacie ainsi que les gélules de paracétamol se trouvaient dans le placard à épices, juste à côté du passe d'envoi. Les néons crépitèrent dès qu'elle appuya sur l'interrupteur, développant une lumière agressive qui lui griffa le cerveau, l'obligeant à fermer les yeux le temps que la douleur disparaisse. Une odeur désagréable d'oignon et d'huile de friture dansait dans l'atmosphère, virevoltant comme ces sorcières peintes sur les tableaux de l'entrée, à califourchon sur leurs balais, perçant les nuages et descendant vers des habitants effrayés. Mollie s'appuya sur un plan de travail en inox, attendit que l'éclair brûlant qui semblait parcourir chacune de ses synapses ait fini sa course folle, puis se traîna jusqu'à l'armoire à médicaments.

— Ça va, Mollie ?

Mollie ne se retourna pas ni ne chercha la provenance de ces paroles. Elle savait que c'était inutile. Elle avait conscience qu'elles provenaient de l'intérieur de sa tête et, à moins de s'ouvrir le crâne à l'aide de la feuille de boucher posée devant elle, sur le billot en bois, il ne servait à rien d'essayer de les faire taire. Cela avait commencé quelques jours après la mort de Jean-Louis, le berger. Quand elle en avait parlé à son mari, celui-ci s'était contenté de marmonner que les moutons étaient peut-être restés trop longtemps à l'air libre avant qu'on les lui apporte pour les cuisiner, et qu'une bactérie quelconque provoquait ses hallucinations. Mais les voix étaient revenues, bien après qu'elle eut digéré et même chié le ragoût de mouton.

Mollie avait longtemps pensé être la seule à les entendre. Mais une nuit, elle avait entendu Roger à travers la porte. Les traditionnels ronflements avaient laissé place à des murmures, et par les mots prononcés, elle comprit que son mari répondait aux mêmes questions que les fantômes venaient lui poser.

— Tu te souviens de nous, Mollie ?
— *Oui.*
— … Et de ce que vous nous avez fait ?
— *Pas exactement…*
— Dans ce cas, laisse-nous te rafraîchir la mémoire, grosse salope…

Mollie ferma les yeux. Elle eut envie de hurler, de leur intimer de la laisser tranquille, de s'acharner sur Roger si elles le désiraient, mais d'arrêter de lui imposer ces migraines. Son front se rida de douleur. Son visage graisseux se couvrit de sueur tandis qu'elle s'appuyait contre le fourneau pour ne pas s'étaler sur le sol.

Alors les voix lui racontèrent qui elle était et ce qu'ils avaient fait, elle et son mari.

Puis Mollie remonta à l'étage.

Serrant fermement la feuille de boucher dans sa main droite.

5.

… Tandis que Loïc se dirigeait d'un pas saccadé vers sa cuisine.

L'horloge murale indiquait cinq heures trente, heure à laquelle le conducteur de bus se levait tous les jours de la semaine afin d'être prêt à démarrer le moteur une heure plus tard. Ensuite, il ramassait les gamins grappe par grappe, observait dans son rétroviseur leurs silhouettes fières se poser sur les sièges, enviant en silence leur jeunesse et leur futur qu'ils n'avaient pas encore gâchés. Loïc savait pertinemment que pour la plupart d'entre eux, il n'était qu'un raté. Pas besoin de leurs remarques acerbes pour cela. Parfois leurs regards suffisaient pour qu'il le comprenne. Mais, au cas où il l'aurait oublié, il y avait toujours un de ces petits cons pour lancer un « B'jour, Squelette » et lui rappeler qu'il n'était rien pour ces collégiens qui se rêvaient tous joueurs de foot professionnels, youtubeurs ou acteurs de cinéma.

En aucun cas chauffeur de bus.

Loïc mit en marche la bouilloire puis souffla dans ses mains pour les réchauffer. Sa maison modeste avait absorbé une partie de la froideur nocturne. Il avait bien essayé de raisonner le propriétaire pour qu'il installe des radiateurs neufs, mais celui-ci avait répliqué qu'il lui faudrait dans ce cas augmenter le loyer, tout en sachant que son locataire ne pouvait se le permettre. Loïc sortit le bocal de café lyophilisé du meuble en formica, dosa quatre cuillères dans sa tasse favorite (celle sur laquelle une sorcière volait sur son balai et surmontait le slogan « Montmorts, aéroport pour sorcières »). Une fois que l'eau eut suffisamment chauffé, il la fit couler sur le café et s'assit à la table.

Tous les matins, les mêmes gestes mécaniques et dérisoires, mais ô combien rassurants. Ces rituels lui permettaient d'oublier les nuits. Ils lui offraient la certitude de ne plus être endormi. Si Loïc pouvait parler à quelqu'un, une compagne qui rendrait cet endroit moins froid, moins vide, il lui demanderait certainement tous les matins de le pincer, de lui indiquer que les cauchemars étaient terminés et qu'il ne craignait plus rien.

Mais aucune femme de Montmorts ne s'était intéressée à lui sur le long terme. Toutes l'avaient jugé « trop bizarre » pour continuer leur relation. Tout comme les gosses, ses aventures d'un soir n'avaient décelé en lui qu'un raté malingre et dénué d'intérêt si ce n'était pour une baise rapide sur le parking de chez Mollie.

Ainsi, chaque jour, il se réveillait seul, les voix des vauriens dansant encore dans sa tête, leur piano résonnant toujours dans son esprit, ne disparaissant qu'une fois levé, quand le son de la cuillère tournant contre la porcelaine lui certifiait qu'il leur avait échappé.

Seulement, ce matin-là, il avait de la visite.

Assis face à lui, de l'autre côté de la table, deux enfants l'observaient en silence, le regard vide, immobiles comme s'ils n'étaient que deux meubles insignifiants. Loïc n'émit aucun son de frayeur ni de surprise.

Je rêve, voilà tout.

Les cauchemars ont trouvé le moyen d'empiéter un peu plus sur la réalité, se dit-il, résigné. *Dans quelques instants, je me réveillerai dans mon lit, et je me lèverai comme tous les jours...*

— Que voulez-vous ? leur demanda-t-il en avalant une gorgée de café, l'air détaché.

La petite fille ne devait pas avoir plus de dix ans. Ses cheveux blonds, rassemblés en deux couettes qui s'élevaient de chaque côté de son crâne, restèrent immobiles tandis que le garçon, plus jeune, peut-être sept ans, blond comme elle, semblait plus curieux. Il posa ses coudes sur la table, geste que Loïc eut envie de lui reprocher.

Après tout, je suis dans mon rêve, je peux faire ce que je veux, même faire la leçon à un gamin que je ne connais pas...

Il remarqua que tous les deux portaient un cartable sur le dos et se souvint de les avoir ramassés la veille, juste avant le tunnel, à un endroit de la route réputé dangereux depuis que l'ancien chef de la police y avait perdu le contrôle de son véhicule.

— C'est vous qui parlez sous ma fenêtre la nuit, et qui écoutez du piano ?

— Tu ne te souviens pas de nous ?

La voix de la jeune fille n'avait pas le timbre normal d'une enfant de son âge. Elle ressemblait plus à celle d'une vieille femme trop épuisée pour parler d'une manière claire et sans tremblements. *Une voix de sorcière*, songea Loïc en espérant se réveiller rapidement.

— Pas vraiment, non.

— Nous voulions aller à l'école, mon frère et moi, déclara la jeune fille, les mots sonnant comme des croassements caverneux.

— Je vous ai déposés, hier. Vous voulez que je vous dépose aujourd'hui ?

— Oui, mais ce sera la dernière fois, affirma l'aînée.

— Pourquoi, vous déménagez ?

Je m'en tape, en fait. Je veux juste que vous disparaissiez, que le réveil sonne et que je puisse boire mon café et me préparer tranquillement. Si je faisais tomber ma tasse sur le sol, cela m'ouvrirait-il les yeux ?

— Non. Tu comprendras quand tu te souviendras de qui tu es et de ce que tu as fait.

— Je suis en train de rêver, c'est bien cela ? suggéra-t-il en avalant une nouvelle gorgée de café dont le goût lui sembla diablement réel.

— Regarde par la fenêtre...

L'invitation avait été murmurée par le garçon. À l'inverse de sa sœur, sa voix était pure, cristalline. Mais Loïc y perçut une certaine tristesse et le fixa un moment avant de se détourner pour observer la fenêtre. La nuit était toujours là, paresseuse et nostalgique. La lumière du lampadaire extérieur découpait dans l'obscurité un triangle orangé dans lequel il pouvait apercevoir les flottements hypnotiques des flocons.

Il neige encore, pensa Loïc, *rien de bon ne se passe à Montmorts lorsqu'il neige...*

— Rien de bon ne se passe à Montmorts lorsqu'il neige..., répéta la voix tremblante de la jeune fille comme si elle avait lu dans ses pensées. Quand nous nous sommes rencontrés pour la première fois, c'était un matin aussi froid et sombre que celui-ci. Je tenais mon petit frère par la main ainsi que mes parents me disaient toujours de le faire… Nous voulions juste aller à l'école.

6.

Lorsque les secours arrivèrent, le corps de Rondenart n'était déjà plus qu'une momie carbonisée, recroquevillée sur elle-même. Juste à côté, le jerricane de dix litres se recouvrait d'une fine pellicule de neige, complètement vide. Julien et Franck assistèrent à la levée précautionneuse du corps, et à chaque mouvement des ambulanciers, ils redoutèrent que les os se brisent pour s'émietter en poudre noire sur le sol blanc de l'hiver. Le cadavre se laissa toutefois hisser jusqu'à l'arrière du véhicule sans se désagréger. Les deux policiers ramassèrent le jerricane et l'extincteur, puis retournèrent au commissariat, la tête basse, l'image des flammes dévorant Rondenart encore en tête. Quand ils apparurent dans la grande salle, Sybille et Sarah se tenaient debout, face à l'écran des caméras. Julien comprit qu'elles avaient été également témoins des évènements lorsqu'elles se retournèrent, le visage blanc et les yeux rougis. Franck fit un signe à son chef pour lui indiquer qu'il se rendait aux vestiaires. *Sans doute pour laver son visage des résidus d'essence et de feu*, supposa Julien, *ou peut-être pour demeurer seul un instant…*

— Pourquoi a-t-il fait cela ? demanda Sarah, tout en sachant que personne ne possédait la réponse à cette question.

La policière souhaitait simplement pouvoir poser des mots sur ce qu'elle venait de voir à l'écran. La peur et l'incompréhension se lisaient sur ses traits.

— Je l'ignore, prononça Julien d'un air las. Les causes de suicide sont nombreuses, nous devrons enquêter pour pouvoir tirer une conclusion.

— Ça va ? murmura Sybille en posant sa main sur la sienne.

— Oui, enfin, je crois. J'y étais presque, il aurait suffi d'une minute d'hésitation de sa part, regretta-t-il.

— Non, chef, cela n'aurait pas suffi, intervint Sarah.

— Pourquoi cela ?

— Regardez, sauf si vous préférez… ne pas revoir.

— Allez-y, lui intima Julien.

Sarah se pencha au-dessus de la console et tourna la molette de rembobinage. Rondenart apparut, vivant et debout, en train d'élever le jerricane vers sa tête.

— Là, précisa la policière, regardez, après s'être aspergé le corps, il boit.

— Il boit… l'essence ?

— Oui, trois gorgées, ensuite il en garde une en bouche, l'enflamme avec son briquet avant de l'avaler. Même si vous étiez arrivés une minute plus tôt, les dégâts à l'intérieur de son corps auraient été mortels.

Julien imagina la cavité bucale de Rondenart s'enflammer et le feu lécher avec délectation son palais, sa langue, sa gorge… *Ce type devait avoir une sacrée raison de se suicider pour endurer de telles souffrances…*

— Vous avez vu tout cela… en direct ?

— Oui, expliqua Sybille, nous nous sommes réveillées quand on vous a entendus courir.

— Et Franck a fait tomber l'extincteur avant de sortir…, précisa Sarah. J'ai tout de suite compris que quelque chose de grave se produisait, vous ne seriez pas partis sans nous prévenir sinon. Et ensuite, j'ai voulu vérifier les caméras… Que se passe-t-il ? On dirait que le village est devenu fou…

— Je n'en ai aucune idée…

Tous les trois restèrent perdus dans leurs pensées jusqu'à ce que Franck ressorte des vestiaires, le visage toujours noirci par la fumée.

— Quelle est la procédure, chef ? demanda-t-il en s'asseyant lourdement sur une chaise.

— Je m'occuperai de rédiger le rapport sur Rondenart, Sarah, il faudra que l'on discute de celui de Lucas. Je peux m'en occuper, mais il faudra que tu le lises et le signes. Nous allons fonctionner en binôme, décréta Julien, après quelques secondes de réflexion.

— En binôme ? s'étonna Sarah. Mais nous ne sommes que trois officiers de police ici… Je ne dis pas cela pour critiquer ta présence Sybille, surtout pas, précisa la policière en se tournant vers la jeune femme. Mais…

— Je ne veux pas que Sybille reste seule. Comme tu l'as remarqué tout à l'heure, Sarah, ce qui se passe n'est pas normal. Je ne dirais pas que le village est devenu fou, mais il faut rester prudent.

— Prudent ? Que se passe-t-il exactement ?

— Chef, intervint Franck, dites-lui la vérité… ce que vous m'avez expliqué tout à l'heure.

— La vérité ? Quelle vérité ? s'offusqua Sarah. Qu'est-ce que vous me cachez tous les deux ?

Elle est à bout, remarqua Julien. *Qui ne le serait pas à sa place ? Il faut qu'elle se repose, qu'elle s'extirpe des récents évènements. Elle a beau essayer de se montrer solide, je devine les craquelures de son armure à travers son regard nerveux.*

Je n'aurais pas dû la laisser veiller seule sur Lucas... Franck a raison, je ne dois rien leur cacher...

— D'accord, très bien. Je vais vous dire la vérité à tous les trois et vous allez comprendre pourquoi je pense que quelqu'un nous surveille...

Sarah, Sybille et Franck écoutèrent le chef leur narrer son entretien avec le maire. Il n'omit aucun détail : la prison, l'incendie, le prisonnier qui s'en serait échappé, les lettres et la conviction du maire selon laquelle le tueur de sa fille serait toujours présent ici, à Montmorts. Sarah ne put retenir ses larmes quand il suggéra que Philippe avait pu être assassiné par cet inconnu.

— Mais Jean-Louis et Rondenart... Ils se sont suicidés..., remarqua Franck.

— Je sais, mais peut-être que ce monstre leur a donné des raisons de le faire.

— Tout comme Vincent, souffla Sybille, le visage blême.

— Sarah, j'ai retrouvé la boîte à chaussures. Elle est dans la voiture. Je vais aller la chercher, avec un peu de chance certaines réponses à nos questions se trouvent à l'intérieur.

— Vous l'avez retrouvée ? Dans la maison ?

— Non, dans le coffre de la voiture de Philippe. Écoutez, le mieux est de fonctionner en binôme. Sarah et Franck, vous allez rentrer chez vous, du moins ensemble, dans la même maison pour vous reposer. Je serai plus tranquille de vous savoir réunis au même endroit. Sybille et moi allons rester ici. Nous ne craignons rien dans le commissariat, je vais verrouiller toutes les portes et enclencher le système d'alarme. Nous avons tous besoin de repos, le jour se lève et j'espère que cela signifie la fin de... tout cela. Il faut également que je prévienne le maire. Il est normalement parti à l'étranger, mais son majordome me donnera peut-être un numéro où le joindre...

Sarah et Franck attrapèrent leur veste, à la fois désolés de quitter ainsi les lieux en laissant le chef prendre le relais, mais aussi soulagés de pouvoir se reposer quelques heures loin du commissariat.

— La cellule de... Lucas ?

— Je la nettoierai, Sarah, ne vous inquiétez pas. Reposez-vous et revenez en forme. Et veillez sur Franck, qu'il se repose également.

— Très bien... merci, chef, sourit timidement la policière. Si je l'entends ronfler depuis la chambre d'amis, je vous le renvoie !

— Ça marche. Revenez vers treize heures, d'ici là, la vie aura repris son cours normal.

— Vous considérez la campagne différemment maintenant, non ? Montmorts n'est pas vraiment le havre de paix que vous espériez trouver en arrivant...

— Je n'en suis pas encore à regretter les quartiers des cités, mais c'est vrai qu'on ne fait pas les choses à moitié, ici ! plaisanta Julien en tentant d'alléger la morosité de sa collègue. Allez, à tout à l'heure tous les deux !

Mais au moment où Sarah et Franck sortaient de la grande salle pour traverser le couloir, un hurlement strident résonna dans le bâtiment.

7.

Mollie se tint de longues minutes, debout à côté du lit, à observer le sommeil de Roger. Son mari se tenait sur le dos. La couverture avait glissé sur le sol, révélant le corps nu du cuisinier. Mollie s'amusa de sa bedaine poilue qui se soulevait et s'enfonçait au rythme de ses ronflements. Elle glissa son regard jusqu'à son sexe ridicule. Son appendice lui sembla recroquevillé sur lui-même tant il lui parut minuscule. La lame large de trente centimètres du couperet de boucher se balançait contre la cuisse de Mollie et semblait hésiter à retirer ce sexe inutile. « Je sais qui je suis et ce que nous avons fait, murmura-t-elle. Elles m'ont tout raconté... »

Elle se déplaça d'un bon mètre sur sa gauche et grimaça en fixant le visage de son mari. Des nervures de couperose sinuaient sous la peau de ses joues graisseuses, ainsi que sur son nez porcin. Des gouttes de sueur perlaient autour de sa bouche.

« Tu es aussi responsable que moi. Je ne devrais pas être la seule à souffrir de migraines... Y penses-tu, parfois, te souviens-tu ? »

— *Ça va Mollie ?*
— *Oui.*
— *Tu te souviens, à présent ?*

— *Oui.*
— *Que ressens-tu ?*
— *Des remords.*
— *Et que vas-tu faire de ces remords ?*
— *Les faire taire...*
— *Bien, très bien... alors fais ce que tu dois faire et tu ne nous entendras plus jamais...*

Mollie leva la feuille de boucher au-dessus de son épaule. Les jointures de ses doigts s'étaient blanchies à force de serrer le manche du couteau.

— *Tu sais ce que tu devras faire, après ?*
— *La même chose que ce que nous vous avons fait ?*
— *Exactement. C'est bon de savoir que tes souvenirs s'électrifient encore, après tout ce temps.*
— *Et après cela, que feras-tu... de toi ?*
— *J'oublierai... pour l'éternité...*
— *Sommes-nous des sorcières, Mollie ?*
— *Non.*

Mollie abattit le couperet. Sa détermination, conjuguée avec le poids du couteau, un kilo tout juste, fendit l'air avec force. La lame ouvrit la peau comme s'il s'agissait d'une motte de beurre, atteignit la pomme d'Adam et se figea dans le cartilage. Aussitôt, Roger eut un soubresaut. Ses paupières se levèrent et dévoilèrent des yeux épouvantés qui se plantèrent dans ceux de sa femme. Ses pieds se mirent à battre l'air tandis que ses mains se contorsionnaient pour atteindre la source de la douleur. Des borborygmes stupides s'élevèrent de sa bouche. Des bulles de sang gonflaient puis éclataient en recouvrant ses lèvres et son menton. À chaque mouvement chaotique, sa gorge délivrait des gerbes rougeâtres qui s'élevaient au-dessus de la plaie avant de retomber sur le parquet du sol en émettant des « ploc » épais. Sa bouche essayait de happer l'air avec le même désespoir qu'un poisson abandonné sur la terre ferme.

— Tu sais pourquoi je fais cela, au fond de toi, tu le sais...

Mollie retira la lame de son fourreau ensanglanté et l'abattit à l'endroit exact où le cartilage émietté s'échappait de la plaie. Cette fois-ci, ce qui restait de la pomme d'Adam ne fut plus un obstacle. Le couperet fendit la chair, les muscles, les tendons et sectionna les vertèbres cervicales en produisant un craquement sec semblable à celui d'une branche de saule blanc.

8.

— Merde, jura Franck, je comprends pourquoi Lucie utilise une oreillette plutôt que de supporter cette sonnerie!

Tous les trois observèrent le policier se diriger d'un pas décidé vers le téléphone fixe situé à côté de la console de contrôle. La sonnerie les avait fait sursauter comme des enfants apeurés par l'éclat soudain du tonnerre dans une nuit d'orage. À présent, les battements de leurs cœurs effrayés se calmaient lentement, et tous ressentirent une certaine honte de s'être fait surprendre de la sorte.

Franck décrocha le combiné de la grande salle avec colère, sous le regard surpris de Julien. *Lui aussi est à cran, il doit se reposer... malgré sa silhouette rassurante et sa bonhomie, je sais qu'il ne tiendra pas plus longtemps... Qui de nous craquera le premier et sombrera dans la folie? Sybille? Sarah? Franck? Moi?*

— Commissariat de Montmorts..., annonça le policier.

— Bonjour, monsieur, je suis livreur de viandes et cela fait une demi-heure que j'attends devant l'auberge, lui répondit une voix à l'accent bourru.

— Et alors?

— Et alors personne ne vient ouvrir, ce n'est pas normal, d'habitude il y a toujours Mollie à cette heure-ci!

Elle nous ouvre un peu avant six heures et nous offre un café...

— Elle dort peut-être, vous avez sonné? supposa Franck.

— Oui, bien sûr! Écoutez, je n'ai pas que cela à faire, je dois livrer d'autres clients...

— Faites le tour, je ne sais pas, il doit bien y avoir une porte qui donne dans les cuisines.

— Tout est fermé je vous dis, insista le livreur. J'ai klaxonné, mais rien!

— Le téléphone?

— Aucune réponse, j'ai appelé six fois.

— Dans ce cas-là, ils sont fermés, voilà tout!

— Sans prévenir les fournisseurs ni même l'indiquer sur la porte? Je fais quoi, moi? Je laisse la commande devant l'entrée?

— Bon, j'arrive, conclut Franck, si d'ici là Mollie apparaît, prévenez-moi.

Il raccrocha en soufflant bruyamment.

Et après tout ça, je dois aller réveiller Mollie! Heureusement que j'ai payé mon ardoise sinon je risquerais le coup de fusil!

— Que se passe-t-il? demanda Julien.

— C'est Mollie qui n'arrive pas à se lever.

— Je vais m'en occuper, proposa le chef.

— Ce n'est pas la peine, intervint Sarah d'une voix lasse, c'est sur notre chemin. On descend, on la réveille et on file se reposer.

— Bon, très bien. Et ne revenez pas avant 13 heures, vous avez des têtes à effrayer un fantôme!

Sarah insista pour prendre le volant. Franck protesta pour la forme et s'installa côté passager après avoir chassé la neige accumulée sur le pare-brise de la voiture de police. L'auberge ne se trouvait qu'à cinq minutes de route. *Cinq minutes, en temps normal, ce n'est rien,* songea Sarah alors qu'elle démarrait le moteur, *mais là, je m'en serais bien passée...* Elle se doutait que son collègue partageait cette opinion. Elle se tourna vers lui. Le visage de Franck resta figé, comme s'il ne possédait plus assez de force pour lui rendre le sourire qu'elle lui offrit.

— La chambre d'amis est confortable, tu vas dormir comme un bébé. Tu pourras même ronfler ! De toute manière, je serai trop crevée pour t'entendre...

— Je ne sais même pas si je vais parvenir à ne pas m'endormir en chemin... Elle fait chier, Mollie.

Sarah lança le moteur et foula la neige fraîche. Ils tournèrent à l'angle de la boulangerie et marquèrent un arrêt au stop de la rue qui donnait sur la place.

— Quand je suis sorti de cette rue et qu'il ne me restait plus que quelques mètres à faire, j'ai su qu'il était trop tard. Le feu était trop intense. Rondenart ne bougeait déjà plus...

— Vous ne pouviez rien y faire, murmura Sarah en dépassant la bibliothèque. Il a avalé de l'essence et s'est aspergé avec les presque dix litres que contenait le jerricane.

— Je sais. Et toi non plus, tu ne pouvais rien faire pour aider Lucas. J'ai vu l'enregistrement, tu ne pouvais pas l'arrêter, assura son collègue en se tournant vers l'extérieur.

Le soleil du matin brillait maintenant au-dessus du village et la neige scintillait comme des diamants. Les habitants quittaient leur maison pour se rendre à leur travail. La grande majorité se déplaçait jusqu'à la ville voisine, telle une colonie de fourmis à l'itinéraire mécanique. Encapuchonnés dans leurs manteaux d'hiver, ils ne firent pas attention au véhicule de police, tous concentrés sur la journée à venir, sur les tâches à effectuer une fois arrivés à bon port.

— Ils ne se doutent même pas de ce qui est arrivé..., souffla Franck en remarquant le vendeur de journaux qui rentrait les colis dans son magasin.

— Je ne vais pas bien, Francky...

Il détourna son attention du village et fixa Sarah. Les lèvres de la jeune femme tremblaient. Elle observait la route, mais son regard embué paraissait dirigé ailleurs, peut-être vers cette montagne qui enflait au fur et à mesure qu'ils progressaient vers l'auberge.

— Que se passe-t-il ? l'encouragea-t-il en adoptant ce ton serein et amical qu'il utilisait chaque fois que Sarah hésitait avant de se confier à lui.

— Je... Moi aussi, j'entends des voix, prononça Sarah en serrant les mâchoires. Des voix qui me demandent comment je vais, des voix qui chuchotent dans mon dos... Je pense que je fais une dépression ou une connerie de ce genre...

— Depuis quand ?

— Je ne sais plus, je n'arrive plus à réfléchir... Lucas aussi les entendait, il n'a cessé de nous le répéter. Tout comme Jean-Louis et certainement Rondenart... Qu'est-ce qui m'arrive ? Suis-je folle ? Est-ce que je vais me tuer à mon tour ?

— Arrête tes conneries ! Tu es épuisée, voilà tout !

Cette fois-ci, Franck se montra ferme, quitte à frôler la brutalité. Sarah et lui se connaissaient depuis l'enfance. Il savait ce qu'il représentait pour elle et Sarah partageait cette amitié solide que seuls le temps et l'amour fraternel bâtissent entre deux personnes. L'entendre supposer la folie était douloureux pour le policier. Sa collègue avait toujours été la plus courageuse, la plus travailleuse et la plus réfléchie des deux. Durant des années il lui avait envié ces qualités et avait veillé comme un grand frère sur elle. La voir craquer ainsi le força à se livrer aussi, à essayer de la réconforter en lui expliquant qu'elle n'était pas la seule à voir ou entendre des fantômes.

— Moi aussi, je perçois des présences... Ce n'est pas de la folie. Peut-être que les tertres en sont responsables, comme par le passé avec les effluves de champignons mortels... Peut-être que nous sommes juste fatigués au point de confondre le vent avec des voix et des effets de lumières avec des apparitions...

— Toi aussi ? s'étonna Sarah. Que vois-tu ?
— Une femme.
— Encore un fantasme à la con ?

Même si Franck se voulait sérieux, il sourit à la question de Sarah. Comme d'habitude, il avait réussi à détourner la tristesse de son amie.

— Non, pas cette fois-ci. C'est une femme rousse, belle et majestueuse. Je rêve souvent d'elle sans savoir qui elle est vraiment. Parfois, la nuit, je sens son parfum, sa chaleur. Je me souviens même d'avoir dîné avec elle un soir, chez Mollie, mais je me dis de plus en plus que ce n'était qu'un rêve, car personne mis à part moi ne semblait remarquer sa présence.

— Pourquoi tu ne m'en as jamais parlé ?
— Et toi, pourquoi tu ne l'as jamais fait ?

— Parce que… j'ai peur.

— J'ai peur également, Sarah. J'ai peur de découvrir qui cette femme pourrait être.

— Voici ce que nous allons faire, annonça Sarah après quelques instants de silence. En sortant de l'auberge, nous allons nous reposer. Puis je préparerai un copieux déjeuner et nous discuterons de tout cela tranquillement.

— Ça me va, approuva Franck avec l'impression de s'être débarrassé d'un poids invisible. Je serai toujours là pour toi, Sarah. Tu le sais ?

— Oui, mon Francky, tu l'as toujours été et le seras toujours.

Le véhicule se gara le long de chez Mollie en traçant des sillons qui éventrèrent la neige. Les deux policiers remarquèrent qu'un second camion de livraison avait rejoint le premier, et que les chauffeurs fumaient une cigarette en soufflant des nuages épais.

— Bon, allons voir pourquoi Mollie est encore au lit à cette heure-ci…

Les livreurs cessèrent leur discussion. L'un d'eux s'approcha des policiers et lança son mégot dans la neige.

— Bonjour, c'est moi qui vous ai appelé.

— Toujours rien ? s'enquit Franck en serrant une main solide et calleuse.

— Non, pas le moindre mouvement.

— Je vais toquer à la porte, prévint Sarah en se dirigeant vers l'entrée.

— Écoutez, intervint le chauffeur, je… j'ai fait le tour comme vous me l'aviez dit… je crois que c'est plus grave qu'une simple panne de réveil…

— Qu'avez-vous trouvé ?

— On l'a trouvé tous les deux avec mon collègue, je ne sais pas ce que c'est exactement, mais... ça fout les chocottes... Venez, c'est par ici.

L'homme guida Franck et Sarah en direction d'une des fenêtres latérales figées dans le mur qui courait le long du parking. Tous les deux savaient que cette fenêtre donnait sur le restaurant et que souvent, le soir, Roger l'ouvrait afin que les odeurs de cuisine n'imprègnent pas le tissu des chaises capitonnées. Franck remarqua que l'autre chauffeur ne bougeait pas. Son visage blême était penché vers la neige, comme s'il scrutait son mal-être avec inquiétude dans une plaque de glace. Lui aussi avait terminé sa cigarette et après s'être redressé, il s'empressa d'en allumer une autre. Ses mains tremblantes rendirent l'exercice difficile, il dut s'y prendre à quatre reprises pour enflammer son briquet.

— J'ai tenté d'ouvrir la porte de derrière, mais impossible. J'ai tapé à tous les volets et comme seule cette fenêtre était libre, j'y ai collé mes mains en visière et j'ai jeté un œil à l'intérieur. Allez-y, faites comme moi...

Franck suivit les consignes et plissa les yeux pour dompter l'obscurité que la lumière provenant de cette fenêtre ne chassait que partiellement.

— Je ne vois rien, conclut-il en balayant du regard le rez-de-chaussée de l'auberge.

— Par terre, précisa derrière lui la voix bourrue du livreur.

Il mit quelques secondes à s'adapter aux teintes usées du parquet et à comprendre ce que l'homme voulait qu'il découvre. Depuis le pied de l'escalier, une traînée épaisse glissait le long du bar pour disparaître en direction de la porte de la cuisine. La première idée qui lui vint fut celle d'un pot de peinture qui aurait été renversé et étalé maladroitement sur plusieurs mètres avec une serpillière. Franck savait que Roger voulait repeindre le restaurant. Et même si le mari de Mollie était un bon bricoleur, il eût été tout à fait possible que sa maladresse (Franck l'imagina pester à l'idée que sa femme découvre le pot de peinture qui venait de lui échapper) dessine sur le sol cette traînée qui ressemblait de loin à un tapis de bave pourpre laissé par le passage d'une limace géante... Voilà ce que fut sa seconde idée. Une limace géante échappée des tertres, sans aucun doute carnivore et responsable des nombreuses disparitions de Montmorts dans l'histoire du village.

Mais aussitôt que Franck eut compris ce que cette trace à la couleur encore vive pouvait indiquer réellement, il se détourna de la fenêtre et présenta à Sarah un visage livide.

Et la policière sut immédiatement que la nuit passée n'avait pas encore délivré tous ses secrets.

9.

Franck saisit une pierre épaisse qu'il trouva au pied du mur.

— Recule Sarah, je n'ai pas le choix…

La policière obéit, faisant signe au livreur de battre en retraite également. Franck lança la pierre avec détermination contre la vitre. Le verre se brisa et le projectile disparut à l'intérieur du restaurant en émettant un bruit sourd contre le parquet.

— Tiens, utilise ça.

Sarah venait de ramasser un morceau de bois. Elle le tendit à son collègue afin qu'il s'en serve pour racler les débris tranchants toujours présents dans l'encadrement de la fenêtre.

— Laisse-moi passer, ce sera plus facile pour moi.

— Tu doutes de mon agilité ou tu te moques de mon embonpoint ?

— Un peu des deux, le nargua Sarah. J'entre et je vais ouvrir la porte de devant.

— Sois prudente.

Franck lui fit la courte échelle. Alors que la policière positionnait son pied dans ses mains, il se demanda s'il était capable de se souvenir de la dernière fois qu'ils avaient agi ainsi. Bien sûr, cela remontait à l'enfance, sans doute à l'école primaire (il s'imaginait mal, adolescent peu à l'aise avec son corps et ses boutons d'acné, portant ainsi celle que beaucoup considéraient à l'époque comme l'une des plus jolies filles du village). *Oui, sans doute en primaire, quand nous nous amusions à construire une cabane dans un des saules situés à l'orée des tertres.*

Sarah passa une jambe et réussit à se tenir en équilibre sur le rebord de l'ouverture. Franck se redressa. Les livreurs, qui fumaient une autre cigarette, ne perdaient pas une miette de son numéro d'équilibriste.

— Tu vois quelque chose ?

— Non, il fait trop sombre. Rejoins-moi à la porte de devant.

Franck fit le tour et attendit que la serrure se déclenche. Une fois à l'intérieur, une odeur étrange caressa les narines de Sarah. *Pas simplement une odeur de sang*, songea-t-elle en se dirigeant à pas feutrés vers l'entrée, *c'est bien plus complexe que cela.* Elle s'approcha de la traînée figée sur le parquet et ne douta pas un instant de l'origine de la substance étalée sur le sol. *Qu'est-ce qui s'est passé ici ?*

— Il y a quelqu'un ? C'est la police. Mollie ? Roger ?

Aucune voix ne répondit. La policière jeta un coup d'œil circulaire dans la salle de restaurant. Le juke-box dormait. Tout comme la cheminée. Sur le mur du fond, la photo encadrée du vieux cimetière brillait d'un éclat timide, prise au piège dans le trait de lumière matinale qui s'immisçait par la fenêtre brisée. Sarah remarqua que le cadre penchait.

— Sarah, tout va bien ?

La jeune femme se retourna et débloqua la serrure.

— Ça va ?

— Oui. On dirait qu'il n'y a personne.

— C'est quoi cette odeur ?

— Du sang. Mais il y a autre chose, comme des relents d'épices...

Franck alluma sa lampe-torche et sortit son arme de service. C'était la première fois que Sarah le voyait tenir son pistolet.

Il a peur. Nous avons tous peur. Le chef aussi, je l'ai vu dans son regard. Nous sommes tous hantés par la peur, cette vieille sorcière à l'allure repoussante que l'on ne connaît que trop bien, ici, à Montmorts...

— « De tous les sentiments vils, la peur est le plus maudit », *Henri VI*, William Shakespeare, murmura Sarah en sortant à son tour le SIG Sauer de son étui.

Franck ne fit pas attention à ses paroles, ou peut-être ne les avait-il pas entendues, tout occupé qu'il était à avancer lentement en direction du bar.

— S'il y a quelqu'un, manifestez-vous !

Te souviens-tu de la dernière fois où tu as prononcé ces mots, Franck ? Nous étions adolescents. Avec deux autres copains de collège, nous avions bravé l'interdiction de sortir la nuit pour nous rendre à l'ancien cimetière. Nous avions peur aussi, comme aujourd'hui. Tu avais disposé la planche au pied d'une croix en bois. Nos index effrayés, mais alors trop fiers pour l'avouer, s'étaient posés sur le verre retourné. S'il y a quelqu'un, manifestez-vous ! Nous avions attendu une dizaine de minutes, puis le verre avait bougé de quelques millimètres en direction de la montagne. À ce moment, je vous avais tous accusés de me jouer un tour, de sciemment mouvoir le verre pour me flanquer la trousse. S'il y a quelqu'un, manifestez-vous ! Est-ce cela que nous sommes venus chercher ici ? Des fantômes ? Les esprits des anciennes sorcières comme ce soir d'hiver qui me semble si loin ? Je suis fatiguée, Franck...

— Sarah, tu es avec moi ?

Franck se tenait penché au-dessus des traces. Il trempa un index dedans, le porta à ses narines puis se releva.

— Suis-moi, allons dans la cuisine…

Sarah avança dans son sillage. Elle le vit pousser la porte battante, puis s'immobiliser sans pénétrer dans l'antre de Roger.

— Ne va pas plus loin, lui intima-t-il, d'une voix chevrotante. Appelle les secours. Dis-leur qu'il y a… qu'il y a deux nouveaux cadavres à Montmorts. Puis, préviens le chef et… et dis-lui que… que ce n'est pas terminé…

Le policier attendit d'entendre sa collègue sortir du restaurant pour passer la porte battante. Celle-ci se referma en grinçant, oscilla un court instant avant de se figer. Franck essaya de penser à autre chose. De ne pas voir. De ne pas sentir. Il ferma les yeux durant quelques secondes, le temps de trouver suffisamment de courage pour continuer. L'ampoule de la chambre froide restée ouverte éclairait une partie de la cuisine. Le policier posa sa lampe-torche sur le passe et actionna l'interrupteur. Les néons crépitèrent les uns après les autres, et, le temps d'une pensée, d'une brève connexion électrique au creux de son cerveau, Franck espéra qu'une fois la lumière revenue, ce qu'il venait de découvrir disparaîtrait comme un mirage de chaleur en plein désert.

Mais la tête de Roger se trouvait toujours là, devant lui, posée sur le billot de bois, et le corps de Mollie, assis sur le carrelage, au pied du grand fourneau. La poitrine de la vieille femme était recouverte de sang, et une plaie béante courait sur la largeur de son cou. Elle tenait encore dans sa main le couperet qui lui avait sans aucun doute servi à se trancher la gorge, mais le sang qui s'échappait de la plaie s'était tari.

Il faut que je sorte d'ici... Il faut que j'empêche Sarah de voir tout cela...

Franck s'apprêtait à faire demi-tour quand il comprit d'où provenait l'étrange odeur. Sur le feu fourni, une vapeur continue s'échappait d'une haute marmite et inondait la cuisine de fragrances douteuses. Le policier s'approcha de l'ustensile et coupa le gaz. Aussitôt, le liquide cessa de bouillir et le nuage vaporeux se délita jusqu'à disparaître.

Franck se pencha au-dessus de la marmite, malgré l'odeur et les traces de sang présentes sur les poignées en acier inoxydable.

C'est ainsi qu'il découvrit, flottant dans une garniture composée de carottes, d'oignons et de plantes aromatiques, deux morceaux de viande poilue, dont la forme et la taille lui firent grandement penser à des mollets humains.

10.

Lorsque Loïc rouvrit les yeux, les chaises face à lui étaient vides. Seul le souvenir fugace de la présence des deux enfants dans la cuisine dansa un court instant dans son esprit avant de s'évanouir à son tour.
J'ai dû rêver éveillé, ces trucs-là arrivent, je l'ai lu dans un livre de la bibliothèque.
Il lança un regard en direction de l'horloge : 06 h 15.
Merde, c'est l'heure.
Le chauffeur de bus passa rapidement à la salle de bains. Son visage sec et émacié affichait son extrême fatigue. Des cernes aussi sombres que des nuages un soir d'orage soutenaient ses yeux rougis par le manque de sommeil. Il passa une main mouillée au milieu de ses cheveux hirsutes puis se lava rapidement les dents. Dix minutes plus tard, il quittait l'allée enneigée qui menait au dépôt de bus et foulait le parking détrempé. Alors qu'il s'apprêtait à passer la première, il vit une ambulance se diriger vers l'est du village. Un peu plus tôt, lorsqu'il se débattait dans son lit à lutter contre les voix qu'il entendait sous sa fenêtre, il avait cru percevoir la même sirène, cette fois-ci plus proche, vers le centre. *Deux ambulances dans la même nuit ? Impossible, pas à Montmorts. Déjà une, c'est un record…*

Le bus grinça de toute sa carcasse quand il se mit en branle et quitta son aire de repos. Loïc eut la brève idée de suivre l'ambulance pour voir ce qui pouvait nécessiter sa présence de si bonne heure. Mais il convint que cela le ralentirait dans sa tournée, et que, en plus de supporter les remarques de ces branleurs de collégiens, il aurait droit à leurs regards courroucés d'avoir attendu dans le froid de l'hiver.

Pauvres petits cons, à votre âge on devrait être capable de supporter bien plus…

Loan entendit le bus bien avant de le voir. Tout occupé à dessiner avec son pied droit des formes incompréhensibles dans la neige (bien entendu incompréhensibles sauf pour lui-même), il ne leva la tête qu'une fois le bus arrêté et ses deux portes louvoyantes écartées pour l'inviter à monter. Il grimpa les cinq marches sans oser poser un regard sur le Squelette. Il se contenta de lancer un bref « B'jour, m'sieur » avant de marcher le plus rapidement possible vers les sièges du fond. Le bus reprit sa marche en avant et le chauffage chassa l'air frais qui s'était engouffré derrière le garçon. Normalement, Loan profitait de la bonne demi-heure de route pour réviser ses cours. Ce matin, il avait une interrogation d'anglais prévue en première heure. Il aurait dû la réviser hier soir, dans son lit comme à son habitude, mais il n'était pas parvenu à se concentrer. Au lieu de se pencher sur l'utilisation de l'auxiliaire *be* avec des verbes en *ing*, il avait passé les dernières minutes précédant le sommeil à tenter de comprendre le comportement étrange du Squelette. La veille, alors que le bus repartait du parking, tous les passagers de Montmorts s'étaient réunis devant l'enceinte du collège Jean-Valette.

À l'initiative de Stéphane, le plus âgé et le plus turbulent d'entre eux, ils avaient échangé sur l'attitude du chauffeur de bus :

— On aurait dit qu'il parlait à des fantômes...

— Pourtant, il n'y avait personne, non ? Vous avez vu quelqu'un, vous ?

— Non, putain, personne n'est entré dans ce bus !

— Il est cinglé...

— Ou alors il voulait nous foutre les jetons !

— Et s'il s'arrête encore demain ?

— On appelle SOS fantômes ?

— Ta gueule !

— C'est p't-êt' un coup des sorcières...

Loan se sentait mal à l'aise, seul avec le Squelette. Ses pensées restèrent en apnée jusqu'à ce que les jumeaux Plontier le rejoignent à l'arrêt suivant.

— Alors ? lui demanda l'un des frères.

— Normal. Il n'a rien dit.

— C'est pas loin du tunnel qu'il s'est arrêté sans raison. Ce sera peut-être pareil ce matin...

Lentement, le bus avala les collégiens. Seul Stéphane osa s'asseoir sur le siège voisin de la porte avant tandis que les autres se disputaient les sièges les plus éloignés.

Loïc observa avec curiosité le garçon s'installer si près de lui. Tout comme il nota que Stéphane, en plus de ne pas l'insulter comme à son habitude, n'avait osé lui lancer son traditionnel regard « t'es qu'une merde » quand il était passé à sa hauteur. Sa silhouette puait toujours autant la cigarette, mais force était de constater que ce morveux semblait avoir renoncé à l'emmerder ce matin.

Il remarqua également que l'ensemble de ses passagers était bien silencieux. Tous enfoncés vers l'arrière du bus tels des lapins dans un terrier, aucun d'entre eux n'avait encore émis de rot bruyant ni insulté un camarade à gorge déployée. Loïc ne chercha pas à comprendre la raison de ces miracles. Il actionna le clignotant et entama la dernière portion de route avant le tunnel.

Stéphane se délecta des prochaines minutes. Il avait réfléchi à son plan tandis qu'il fumait sa première clope en attendant l'arrivée du Squelette. *Je vais m'asseoir au premier rang, comme ça les autres verront que je n'ai peur de rien. Ensuite, je vais attendre de voir si cet abruti s'arrête comme hier. Une fois les portes ouvertes et que ce débile parlera à ses fantômes, je vais me lever et faire semblant d'être attaqué, me rouler par terre, hurler à l'aide pour finir par me relever et saluer mon public... Ce bon vieux Squelette ne saura pas où se foutre quand il comprendra que je me fous de sa gueule... Et les autres m'applaudiront pour la bonne blague... et aussi parce qu'ils n'auront plus aucune raison de trembler comme des gonzesses...*

La courbe du virage suivant se dessina à quelques mètres. Sur le côté gauche, le ravin accentua sa dénivelée tandis qu'à droite du bus, la paroi montagneuse gagnait en hauteur. Tous les collégiens se penchèrent légèrement en avant pour espionner avec attention le chauffeur. Le bus ralentit pour passer l'« épingle du flic », terme inventé par Stéphane peu après que la voiture de l'ancien responsable de la police avait été retrouvée en bas du précipice.

— Normalement, murmura Loan en scrutant les gestes de Loïc, juste après le virage, il va accélérer pour entamer la courte ligne droite qui mène au tunnel... S'il ralentit, c'est qu'il compte ramasser les fantômes...

Le bus passa le virage avec douceur.

À l'intérieur, un silence digne d'une église s'installa, tandis que les mains de Loïc restaient posées sur le volant.

— Il ne va pas tarder à mettre son clignotant, il ne l'oublie jamais..., ajouta Loan en se prenant pour un commentateur sportif qui couvrirait une séance de tirs au but.

Loïc détourna son attention du tunnel qui se profilait au loin, vérifia son rétroviseur extérieur et déclencha son clignotant droit.

— Merde... il va le refaire..., murmura l'arrière du bus.

Le véhicule ralentit sa course et se déporta sur le côté avant de stopper sa progression. Loïc actionna l'ouverture des portes et se tourna pour saluer les enfants que lui seul voyait.

Un vent glacial gifla Stéphane qui assistait, stupéfait et aux premières loges, à la scène. Au fond de lui, il n'avait jamais cru que le Squelette recommencerait. Il avait accepté l'idée qu'il s'agissait d'une blague d'adulte, incompréhensible pour lui et les autres, et que son plan n'aboutirait jamais, qu'il n'aurait jamais à se rouler par terre comme un possédé, et que seul le fait de s'asseoir à l'avant importerait, car tous loueraient au collège son courage admirable.

Ainsi, quand les portes se refermèrent, Stéphane demeura immobile, les yeux figés sur le Squelette. Et lorsque celui-ci ouvrit les lèvres et se mit à parler, l'adolescent n'eut qu'une envie, celle de fuir, de se ruer à l'arrière pour ne pas avoir à entendre ces paroles :

— Vous êtes partis bien vite, ce matin... C'est bien, tu as raison de toujours tenir ton petit frère par la main... C'est vous qui parlez sous ma fenêtre ? Oui ? Vous ne devriez pas... Oui, ta coiffure me plaît beaucoup, c'est très joli les couettes et... Quoi ? Tu veux me dire quelque chose à l'oreille ? Vas-y, je t'écoute...

Loan et tous les autres collégiens virent la silhouette du Squelette se pencher vers la porte. Ils pouvaient aussi apercevoir Stéphane se recroqueviller contre la fenêtre.

Mais à qui parle-t-il ? se demanda le garçon.

Loïc écouta avec attention.

Lorsque la fillette eut terminé de lui murmurer son message, il se redressa et reprit sa position de travail.

Il ne remarqua pas le silence pesant autour de lui, ni ne devina la peur presque palpable de ses passagers. Il passa la première vitesse et rejoignit la route sans mettre son clignotant.

Je sais qui je suis...

Il passa la seconde en poussant le plus loin possible le rapport. Le moteur émit un vrombissement épais avant que le chauffeur ne le cale sur la troisième.

Je sais qui je suis...

Stéphane lança un regard inquiet vers ses camarades. Quelques-uns lui répondirent par un sourire instable, alors que d'autres regardaient dehors pour éloigner leur peur.

Quatrième vitesse.

— Il va un peu vite, non ? s'étonna l'un des jumeaux.
— Il n'a pas mis son clignotant…, remarqua Loan en voyant le tunnel s'approcher d'eux à une allure inédite.

Je sais qui je suis et ce que je vous ai fait…

Cinquième vitesse.

— Eh, Squelette, vous roulez un peu vite là…, lança Stéphane en ramenant son sac à dos contre lui.
Le chauffeur ne lui répondit pas. Il se contenta de fixer la route en serrant de toutes ses forces le volant. Stéphane jeta un coup d'œil sur les sièges vides, de l'autre côté de l'allée. C'est là que les fantômes s'étaient assis. Le Squelette les avait suivis du regard avant de relancer le bus. Un long frisson le parcourut tandis que les roues malmenaient de plus en plus les amortisseurs.
— Faut que je me tire de là…, souffla-t-il en quittant sa place pour retrouver ses copains du fond.

Je sais qui je suis et ce que je vous ai fait…

Stéphane n'eut pas le temps d'atteindre la troisième rangée de sièges. Des cris de terreur s'élevèrent alors qu'il se levait et posait ses mains sur les accoudoirs pour combattre l'instabilité du bus. Quand il se retourna vers le chauffeur pour comprendre pourquoi ses camarades hurlaient ainsi, il fut projeté en avant par des bras invisibles, tandis que les hurlements se couvraient de gémissements métalliques, et son corps disparut à travers le pare-brise que le pilier gauche du tunnel venait d'exploser…

11.

Sarah attendait dehors.

Elle discutait avec des livreurs tout en prenant des notes sur son carnet. Le premier sur les lieux lui donnait tous les détails nécessaires au rapport, tandis que le second se contentait de hocher la tête en soufflant sa fumée de cigarette vers le ciel laiteux.

Ce fut Franck qui guida les ambulanciers. Cela ne faisait que quelques heures qu'ils s'étaient quittés. Il pouvait lire sur leur visage à la fois la fatigue et l'incompréhension.

Vincent. Lucas. Rondenart. Mollie et Roger.

Cinq corps à ramasser en à peine trente-six heures. Beaucoup trop.

Une fois que l'auberge fut déserte, il posa les scellés sur la fenêtre et la porte extérieure.

— Alors ?

— C'est bon, j'ai tout ce qu'il faut. Ils passeront demain au commissariat pour signer leur déposition.

— Très bien. Je pense qu'on peut oublier notre matinée de repos…, soupira Franck en observant la montagne au loin.

— Il y avait quoi… à l'intérieur ? demanda Sarah en observant à son tour le massif rocheux.

Franck lui avait ordonné de ne pas entrer dans la cuisine et de s'occuper des témoignages. C'était la première fois qu'il se permettait de lui interdire quelque chose dans l'exercice de leurs fonctions.

— Ils sont morts d'une manière horrible, Sarah...

— Quelqu'un les a tués ?

— Je ne sais pas... je n'ai pas trouvé d'empreintes menant au-dehors...

— Pourquoi je n'ai pas pu entrer, Franck ? Tu ne me crois plus capable de supporter une scène de crime ? Je ne suis plus fiable à tes yeux ?

Franck se détourna du paysage pour lui faire face et soutenir son regard.

— Je l'ai fait pour ton bien. Tu en as assez vu cette nuit...

— Ne me cache rien, Francky, pas toi...

— Mollie s'est tranché la gorge, souffla le policier en revoyant le corps de l'aubergiste assis contre le fourneau. Et Roger...

— Dis-moi, je peux encaisser.

— Roger... il a été décapité...

— Mon Dieu !

— ... et ses mollets ont été découpés et... cuisinés... comme un vulgaire morceau de viande.

— Qu'est-ce qui se passe dans ce village ?

— Je n'en sais rien, Sarah, je n'en sais foutrement rien... Tu as eu le chef ?

— Oui.

— Et... ?

— Il m'a dit de ne pas nous séparer.

— Retournons au commissariat. Nous nous reposerons là-bas, proposa Franck tout en sachant qu'il lui serait impossible de retrouver le sommeil.

— Quand on y pense, c'est là-bas que tout a commencé…, souffla Sarah en pointant du menton la montagne. Avec Jean-Louis.

Son collègue enfouit ses mains dans les poches de son blouson et observa à son tour le symbole de Montmorts. Quelques nuages bas frôlaient le sommet de pierre et filaient ensuite vers l'ouest, comme apeurés par ce qui se trouvait en dessous d'eux.

— Oui, admit Franck en se rendant compte que les flocons avaient cessé de tomber. C'est la porte qui est restée entrouverte et qui a laissé toute cette horreur pénétrer à l'intérieur de nos maisons.

12.

Julien raccrocha le téléphone du central.

Il resta un moment à côté de l'appareil sans oser le moindre geste.

Deux nouveaux cadavres.

Deux nouveaux cadavres dans un village réputé tranquille.

Deux nouveaux cadavres depuis mon arrivée... cinq en tout.

Des pas provenant de la salle de repos le sortirent de sa torpeur. Sybille s'approcha, le visage fermé.

— Qui ?

— Mollie et Roger.

Il n'avait pas besoin de le lui cacher. Elle devait avoir entendu suffisamment de bribes de sa conversation avec Sarah pour en tirer sa propre hypothèse.

— Il y a vraiment un tueur qui se promène dans les rues ? lui demanda-t-elle, aussi effrayée par la réponse possible que par le fait même de poser cette question.

— Je continue à croire que oui, même si je ne parviens pas à comprendre comment il agit. Je commence à être dépassé...

Sybille ressentit l'envie de le prendre dans ses bras. Julien lui sembla si fragile à cet instant. *Un homme au bord d'un précipice*, se dit-elle en se contentant de poser une main sur son épaule.

— Tu vas le trouver, et tu vas comprendre. Il va faire une erreur, aucun criminel ne s'en sort jamais.

Julien se retint de lui avouer que si, quelquefois des criminels s'en sortaient. Ils disparaissaient telles des légendes effacées par le temps, revivant leurs heures de gloire jusqu'à ce qu'ils les emportent dans leur tombe. Mais il préféra ne rien ajouter. Parfois l'innocence mérite d'être sauvée...

— Je dois appeler le maire, précisa-t-il. Il est en voyage d'affaires, mais Bruno, son factotum, pourra peut-être me donner un numéro où le joindre directement.

Julien pressa la touche correspondant au numéro préenregistré du maire. Sarah lui avait expliqué que le vieil homme souhaitait être tenu au courant des différentes interventions de sa police et avait insisté pour qu'une touche téléphonique soit attribuée à son manoir.

— Manoir de Thionville...

Le policier reconnut immédiatement la voix posée de Bruno.

— Bonjour, ici Julien, le chef de la police. Il faudrait que je puisse joindre le maire, c'est urgent. Auriez-vous un numéro à me fournir, il a parlé d'un voyage aux États-Unis...

— Bonjour, Julien. Son numéro personnel ne vous sera d'aucune aide, M. de Thionville a dû annuler son séjour pour raison de santé.

— Il... Il est ici, à Montmorts?

— Oui, son état ne lui permettait pas un vol aussi long selon le médecin.

— C'est grave à ce point?

— Les nouvelles ne sont pas rassurantes, confia Bruno.
J'avais vu juste, se dit Julien, *il est bel et bien souffrant.*
Le chef de la police repensa à la silhouette chétive du puissant industriel, à sa peau blême et à ses gestes fragiles.

— Puis-je lui parler ?

— Oui, bien sûr… mais faites vite, il a besoin de se reposer… je transfère la communication dans sa chambre.

Une musique d'attente tinta dans le combiné durant presque une minute, avant qu'un tintement électrique retentisse et que la voix du maire de Montmorts résonne dans l'appareil.

— Julien, comment vous portez-vous ?

Le policier eut du mal à l'entendre. Il couvrit son oreille libre avec sa main gauche pour feutrer les sons extérieurs.

— Monsieur le Maire, je dois vous parler… Nous avons rencontré… plusieurs problèmes cette nuit, des problèmes importants.

— Que se passe-t-il ? demanda le vieil homme avant de tousser bruyamment.

Merde, songea Julien, *cet homme est en train de mourir… Sa voix est tellement fragile, presque déjà inaudible… Est-ce le bon moment pour lui parler ?*

— Excusez-moi, mes bronches ne supportent plus trop l'hiver… Vous êtes toujours là ?

— Oui, monsieur… Je dois vous annoncer que plusieurs habitants de Montmorts sont décédés cette nuit…

— Décédés ?

— Oui, monsieur.

— Que s'est-il passé ?

— Je n'ai pour le moment que peu d'informations, regretta Julien, notamment sur les deux dernières victimes.

Mon équipe et moi-même allons y travailler dans les prochaines heures... je voulais juste vous prévenir.

— Vous avez bien fait, chef, approuva le maire. Passez me voir pour le déjeuner, nous parlerons de tout cela. Juste une dernière question : pensez-vous que notre mystérieux « ami » évadé de la prison ait quoi que ce soit à voir avec ces... décès ?

— Je n'ai rien de concret pour confirmer cette hypothèse et...

— Dans ce cas, répondez à ma question en vous fiant à votre sens de policier.

— Alors, oui, j'ai le sentiment que oui.

— Très bien, je vous attends pour le déjeuner...

— Monsieur de Thionville ?

— Oui.

— À part vous et moi, y a-t-il une autre personne qui posséderait les clefs de ma maison ?

— Non, il n'y a que deux jeux. Pourquoi cette question ?

— Juste comme cela... en cas de perte.

— Je dois vous laisser, Bruno toque à la porte pour m'apporter mes médicaments. À plus tard, chef.

Une seconde quinte de toux, plus forte, plus douloureuse, s'ébroua dans le combiné avant que la communication ne fût coupée. Julien raccrocha en lançant un regard sceptique en direction de Sybille.

— Il semble plutôt mal en point...

— Julien ?

— Oui ?

— Pourquoi lui as-tu demandé si une autre personne possédait les clefs de ta maison ?

Le policier hésita avant de se livrer. La jeune femme le prendrait-elle pour un fou s'il lui racontait l'épisode de la tasse abandonnée sur sa table basse ? *Et merde*, pesta-t-il intérieurement, *au point où nous en sommes aujourd'hui…*

— Juste… Juste avant que je me rende chez Mollie pour te retrouver, quelqu'un est entré chez moi, pendant que je prenais ma douche.

— Qui était-ce ?

— Je ne sais pas, j'ai juste entendu des pas et senti une présence, mais quand je suis descendu, il n'y avait personne.

— Serait-ce… l'assassin que M. de Thionville recherche ?

— Non, je ne pense pas. Il aurait pu me surprendre à n'importe quel moment…

— Et te tuer…

— Oui.

— Alors qui ?

Le policier retint ses paroles. Il songea au rouge à lèvres déposé sur la tasse. Il savait très bien qui avait pu laisser de telles traces, mais il ne parvenait pas à en comprendre la raison. Julien n'avait remarqué ce rouge à lèvres chez aucune autre femme autour de lui. Sarah, Lucie, Mollie, Sybille, l'ambulancière qui était venue avec son équipe ramasser le corps de Rondenart… pas une ne portait cette teinte presque chocolatée.

Une femme aux cheveux roux, réfléchit Julien, *la couleur de la sorcellerie… Non, mon vieux, ne franchis pas ce Rubicon, tu n'as pas rêvé. Elle était là, accoudée au bar, le premier soir de ta prise de fonction. Tu as eu le temps de l'observer. Ses gestes gracieux, ses cheveux soyeux, ses lèvres chocolatées qui se posaient avec délicatesse sur le rebord de son verre…*

— Sybille, tu connais la plupart des habitants de Montmorts, n'est-ce pas ?

— Euh... oui, c'est un petit village, répliqua la jeune femme comme pour s'excuser d'en savoir autant.

— Y a-t-il une femme avec de longs cheveux roux parmi eux ?

— Une femme avec des cheveux roux ? Non, enfin pas à ma connaissance. Tu es sûr de toi ?

— Oui, assez élégante, même très élégante, un mètre soixante-dix peut-être..., insista le policier. Je l'ai aperçue chez Mollie quand je suis arrivé puis l'autre soir au bar.

Sybille parut troublée par la description de l'inconnue. Son visage se rida d'un mélange de surprise et d'inquiétude. La jeune femme se détourna quelques secondes de Julien pour reprendre contenance.

— Tu penses que cette élégante et mystérieuse rousse est passée chez toi ?

— Quand je suis rentré dans le salon après avoir vérifié l'extérieur de la maison, j'ai trouvé une tasse marquée de rouge à lèvres marron sur la table basse, juste à côté de la mienne.

— Le même rouge à lèvres que portait cette femme, c'est cela ?

— Oui, j'en suis persuadé.

— Je suis désolée, Julien, mais je ne vois aucune habitante qui corresponde à cette description...

Serait-elle... jalouse ? se demanda le policier en remarquant que les yeux de Sybille se voilaient. *Pourquoi autant de tristesse soudaine ?*

Sybille sortit son téléphone de la poche arrière de son jean. Ses mains tremblaient et elle dut s'y prendre à deux fois pour déverrouiller l'écran.

— Il... Il y a quelqu'un qui correspond, souffla-t-elle comme une vérité que l'on regrette d'avouer, mais elle n'habite plus ici.

La jeune femme tendit son iPhone. Julien s'en saisit, intrigué par le comportement de Sybille. Il découvrit la photo d'une bibliothèque en bois dressée à côté d'un minuscule bureau. Un ordinateur trônait sur le meuble, ainsi que divers livres.

— Qu'est-ce que je suis supposé...?

— Zoome sur la bibliothèque, sur l'étagère du milieu.

Le policier s'exécuta, son attention se balançant de l'écran de téléphone au visage blême de Sybille. Ses doigts agrandirent l'image. Un cadre intercalé entre deux ouvrages volumineux des œuvres de Shakespeare se rapprocha de lui, jusqu'à ce que la photo qu'il contenait devienne parfaitement claire, et que le visage de l'inconnue s'affiche en grand.

— C'est elle! lança Julien. C'est bien la femme que j'ai vue chez Mollie!

— C'est impossible! cria Sybille en arrachant le portable des mains de Julien. Ce ne peut pas être elle! Tu es un menteur!

— Bon sang, Sybille! Qu'est-ce qui te prend?

— C'est une photo de mon appartement! Cette femme est morte! C'était ma mère!

Julien voulut la prendre dans ses bras, essayer de comprendre, lui expliquer qu'il se trompait certainement, s'excuser, la réconforter avant de trouver une explication plausible...

Mais il n'en eut pas le temps.

La sonnerie du téléphone résonna une nouvelle fois...

13.

Lorsqu'ils arrivèrent sur les lieux, deux véhicules de pompiers s'y trouvaient déjà, ainsi que trois ambulances de la ville voisine. D'un côté de la route, les lumières des gyrophares léchaient la montagne enneigée, de l'autre elles se perdaient dans l'immensité de la forêt. Deux officiers de police surveillaient la circulation tandis que deux autres inspectaient la carlingue.

Julien ordonna à Sybille de rester dans la voiture. La jeune femme opina de la tête sans murmurer le moindre mot. Depuis que le policier avait identifié sa mère comme étant cette femme qu'il avait croisée chez Mollie, elle s'était terrée dans un mutisme lourd de reproches. Julien en devinait certains (Comment ose-t-il utiliser ma mère pour justifier ses visions ? Est-il sain d'esprit ? Pourquoi monter toute cette histoire ? A-t-il remarqué le cadre quand il est venu me proposer de venir dîner avec lui ? Avait-il déjà tout son scénario en tête ?), mais en soupçonnait d'autres, plus secrets. Lui-même ne parvenait pas à se l'expliquer. Il savait que c'était impossible, que même à Montmorts les défunts ne pouvaient revenir à la vie pour boire un verre dans une auberge ou poser leurs lèvres contre la porcelaine d'une tasse abandonnée.

Les récents évènements. La fatigue. Le stress. La fragilité de Sarah. L'épuisement de Franck. La maladie de Thionville. La détresse de Sybille. Le meurtrier en cavale… Julien mit son erreur grotesque sur le compte de tous ces éléments. Il se réfugia dans la certitude que oui, cette femme rousse existait, et que non, il se trompait. Il ne s'agissait nullement de la mère de Sybille, mais peut-être son cerveau, après avoir pris conscience de manière subliminale de la photo alors qu'il se trouvait dans l'appartement, avait-il fait un raccourci en lui indiquant qu'il s'agissait bien de la même personne. Pendant qu'il se dirigeait vers les secouristes, il se promit de s'excuser auprès de Sybille, de lui expliquer sa faute afin qu'elle cesse de le fixer comme un coupable.

Un des pompiers lui expliqua qu'ils avaient été alertés par un habitant de Montmorts. Celui-ci partait travailler dans son agence immobilière quand, après le dernier virage du village, il était tombé sur l'accident qui venait de se produire. Son premier réflexe avait été de composer le 18 et d'aller porter secours aux victimes. À l'aide d'une pierre d'éboulement trouvée sur le bas-côté, il avait brisé une vitre du bus et extirpé un à un les enfants, hurlant de douleur et de peur. Quelques-uns pouvaient marcher, mais d'autres avaient les jambes brisées et leur bon samaritain dut les porter pour les mettre à l'abri loin de la carcasse fumante. Ensuite les secours étaient arrivés et avaient prodigué les premiers soins avant de transférer les cas les plus sérieux vers l'hôpital de la ville.

— L'hôpital de Montmorts nous a expliqué qu'il n'avait plus de places disponibles, intervint un des policiers après s'être présenté comme le responsable du commissariat de la ville voisine.

Un léger embonpoint cerclait sa taille, tandis que ses cheveux bruns bouclés semblaient lutter contre l'invasion soutenue de plusieurs mèches blanches. Ses yeux sombres, son visage buriné et ses joues tombantes lui donnaient l'air d'un Tommy Lee Jones fraîchement sorti du lit. Julien lui attribua une bonne cinquantaine d'années.

— Oui, nous avons également eu plusieurs blessés cette nuit, précisa le chef de Montmorts en évitant d'utiliser le mot « cadavres ».

— C'est pour cela que nous n'avons pas pu vous joindre ?

— Pardon ?

— Les pompiers, ils vous ont contacté, mais votre standard sonnait tout le temps occupé. Ils se sont alors tournés vers nous.

— Notre équipement fonctionne très bien, je ne comprends pas...

— Ce n'est pas un souci, assura le policier, entre collègues on doit se serrer les coudes.

Julien se détourna pour masquer son étonnement. Se pouvait-il que Franck ait mal raccroché le combiné après l'appel du livreur ? N'existait-il pas une alarme sonore ou lumineuse pour éviter ce genre de raté ?

— Vous pensez que le chauffeur a dérapé sur une plaque de verglas ? demanda le presque retraité en parcourant le tronçon de route du regard.

Aucune plaque de verglas n'apparaissait cependant, ni aucune marque de freinage.

— Cette portion est régulièrement salée par les services techniques depuis la mort de mon collègue.

— Un problème mécanique, alors, suggéra le policier.

— Peut-être. Tous les enfants ont été évacués ?

— Non, il en reste trois, dans l'ambulance là-bas. Ils sont secoués, mais ne présentent aucune fracture. Ils partiront dans quelques minutes pour des examens approfondis. Ils ont frôlé la catastrophe... Si le bus s'était retourné dans le ravin...

— Le chauffeur ?

— Mort sur le coup, certainement. Le corps est encore bloqué dans l'habitacle. Croyez-moi, ce n'est pas beau à voir. Les pompiers vont entamer la désincarcération... On a retrouvé un enfant, un peu plus loin, à l'entrée du tunnel. Lui aussi a dû être tué immédiatement, il a été projeté hors du bus au moment de l'impact.

— Putain de merde.

— Ouais, comme vous dites.

Julien observa le profil du bus. L'avant était compressé contre le pilier en pierre épaisse du tunnel. Sur environ trois mètres, la carrosserie s'était rétractée sous le choc, à la manière d'une canette de soda écrasée. Plusieurs vitres avaient éclaté et les sièges, d'habitude solidement scellés au sol, s'amoncelaient jusqu'au plafond. *C'est étrange,* songea Julien en imaginant le véhicule chargé de collégiens, *s'il y avait eu des gamins assis sur les premières rangées, ils auraient été réduits en charpie. Mais là, on dirait que tous avaient décidé de se rassembler vers l'arrière... sauf un.*

— Les enfants, ils sont en état de répondre à quelques questions ?

— L'ambulance part dans cinq minutes pour l'hôpital, affirma le fonctionnaire

— Merci.

Julien contourna les pompiers qui, rassemblés autour du véhicule, s'assuraient qu'il n'y avait aucune fuite d'essence ou d'huile avant d'entamer la désincarcération, et se dirigea à l'arrière de l'ambulance. Une femme soignait les quelques plaies sur les visages de trois enfants assis sur la banquette du véhicule, tout en leur répétant que tout allait bien se passer, que leurs parents les attendaient à l'hôpital. Il lui présenta sa carte et monta s'asseoir auprès des adolescents. Les jumeaux semblaient les plus choqués. Des stries rougeâtres leur griffaient les joues, tandis que, chez chacun d'entre eux, un hématome s'étalait à l'identique sur le côté droit du visage, comme si leur gémellité avait imposé et dicté aux blessures de se conformer à sa loi naturelle. Julien concentra son attention sur le troisième blessé. Celui-ci l'observait d'un air méfiant, mais au moins son regard ne léchait pas le sol comme les deux autres.

— Bonjour, se présenta-t-il, je suis policier. Comment te sens-tu?

— Un peu secoué, répondit Loan en pinçant ses lèvres.

— Vous avez tous été très courageux, et vous allez bientôt retrouver vos parents.

— Il y a des morts? s'inquiéta le garçon.

— Je ne sais pas encore, mentit le policier. Ce que je sais c'est que vous l'avez échappé belle... Pourquoi étiez-vous tous rassemblés à l'arrière du véhicule?

Loan tourna la tête en direction de ses voisins. Mais les frères jumeaux continuèrent de fixer leurs pieds.

— C'est à cause du... conducteur...

— C'est lui qui vous a demandé de ne pas vous asseoir devant?

— Non... Vous ne direz pas à mes parents que je suis fou si je vous raconte tout?

— Croix de bois, croix de fer! affirma Julien.

Le collégien lui lança un regard lourd d'incompréhension.

— C'est comme une promesse, précisa le chef en se demandant quand le monde autour de lui avait changé sans que quiconque l'avertisse. Et crois-moi, j'ai vu assez de cinglés dans ma carrière pour savoir que tu ne fais pas partie de ceux-là! Vas-y, je t'écoute…

— Ça a commencé hier. Le Squelette… Pardon, je veux dire le chauffeur…

— Le Squelette?

— Oui… je sais, c'est pas sympa, mais il est tout maigre… Ce n'est pas moi qui ai trouvé ce surnom, ajouta Loan pour se donner bonne conscience.

— Que s'est-il passé, hier, avec le Squelette? l'encouragea Julien en utilisant à son tour ce sobriquet pour mettre à l'aise le garçon.

— Eh bien, d'habitude, passé ce virage, il n'y a plus personne à ramasser. Personne n'habite par ici. Mais hier, il a stoppé le bus et a fait comme s'il y avait des enfants qui montaient.

— C'était peut-être une blague?

— Il leur a parlé, pour de vrai! Mais il n'y avait personne devant lui! Il les a regardés s'asseoir et puis a repris la route comme si de rien n'était!

— Il a agi de la même manière, ce matin?

— Oui. C'est pour cela que nous étions tous dans le fond… Il nous a foutu la trouille hier! Il parlait à des fantômes! Aucun de nous ne voulait s'approcher de lui!

— Le bus est reparti ensuite?

— Oui. Mais le Squelette n'a pas mis son clignotant, il le met toujours…

— Que s'est-il passé pour qu'il perde le contrôle du bus? Il a glissé sur de la neige? As-tu vu s'il essayait de freiner? s'il était paniqué?

— Non. Il a attendu que les fantômes soient assis et il a accéléré.

— Vraiment ?

— Oui, il a roulé beaucoup plus vite que d'habitude et foncé tout droit, comme un bobsleigh !

— Sans paniquer ?

— Non, il était aussi calme qu'un… mort.

L'ambulancière fit un signe discret à Julien pour lui faire comprendre qu'ils devaient maintenant partir pour l'hôpital. Il acquiesça et posa une main sur l'épaule de Loan.

— Merci d'avoir répondu à mes questions. Je te laisse retrouver tes parents.

— Croix de bois, croix de fer ? murmura le garçon, au bord des larmes.

— Oui, croix de bois, croix de fer, répéta le policier en lui lançant un clin d'œil.

Julien retourna ensuite auprès de son collègue. En bon policier expérimenté, celui-ci comprit bien avant qu'il ne parle :

— Vous voulez qu'on sécurise le site pour vous ?

— Cela ne vous dérange pas ?

— Non, aucun problème, nous étions là en premier, nous finirons le travail. Par contre, il faudra attendre un peu avant que le bus puisse être remorqué, pas certain que la grue passe sous le pont.

— Merci beaucoup, murmura Julien en tendant sa main droite.

Le policier la serra et la garda quelques secondes dans sa poigne puissante.

— Vous semblez bien épuisé, remarqua-t-il. Un peu de repos vous ferait du bien. Ce n'est pas un métier facile, même dans un village comme le vôtre.

— Vous avez parfaitement raison, ironisa Julien en hochant la tête. Je vous contacte cet après-midi pour faire le point.

Il retourna à sa voiture où se trouvait toujours Sybille, sagement assise sur le siège passager. À travers le pare-brise, la lumière du jour auréolait son visage et faisait briller dans ses cheveux blonds des multitudes de paillettes éphémères. Quelques timides flocons s'écoulèrent du ciel, peut-être sortis de leur sommeil pour laver la terre ensanglantée en dessous.

Julien espérait que Sybille ne lui en voulait plus. Qu'elle lui avait pardonné son erreur et qu'elle ne souffrait plus de l'avoir entendu prétendre que sa mère était toujours vivante. Il ouvrit la portière avec des gestes délicats, emplis de gêne et de remords. Une fois à ses côtés, la jeune femme prolongea son silence de quelques minutes, manière de signifier que la colère coulait toujours dans ses veines. Elle ne sortit de son mutisme que lorsque le policier lui répéta les paroles de Loan.

— Des fantômes ?

— Oui, c'est ce qu'il a dit.

— Les enfants ont beaucoup d'imagination…, sourit-elle en balayant cette hypothèse d'un haussement d'épaules.

— Ça ne colle pas, remarqua Julien.

— Quoi ? Qu'est-ce qui ne colle pas ?

— Je recherche un tueur alors que tous les décès ressemblent à des… suicides. Jean-Louis, Vincent, Lucas, Rondenart, Mollie et Roger et à présent ce chauffeur de bus…

— Il aurait volontairement projeté le bus contre le pilier du tunnel ?

— D'après le gosse, ça y ressemble. De plus, il n'y a aucune trace de freinage sur la chaussée...

— Cela ferait sept suicides en si peu de temps... Je ne connais pas les statistiques en la matière, mais cela me semble difficile à croire.

— Qu'est-ce que j'ai loupé ?

Julien réfléchit en observant l'ambulance disparaître dans la gorge du tunnel. Un assassin pouvait-il pousser ses victimes à se suicider ? Oui, certainement, se dit-il, mais comment ? Par chantage ? Par manipulation ? Il se repassa en détail les diverses informations qu'il détenait. Loïc avait déposé une main courante pour se plaindre d'adolescents qui passeraient leurs nuits à discuter sous sa fenêtre sans les avoir jamais vus. Rondenart avait fait de même, cette fois contre la bibliothécaire qui selon lui refusait de lui fournir un livre qu'elle assurait être inexistant. Dans le compte rendu de la mort du berger, il était stipulé qu'avant de tuer les bêtes, celui-ci avait murmuré des phrases sans fondement ni destinataire, comme s'il s'adressait à des... fantômes. *Idem* pour Lucas qui, bien avant de s'écraser le crâne contre les murs, prétendait avoir entendu des saules lui expliquer qui il était et ce qu'il avait fait. Roger et Mollie souffraient-ils des mêmes symptômes ? D'une sorte de trouble psychologique susceptible de les faire passer à l'acte ?

— C'est insensé ! pesta Julien en frappant du plat de sa main le volant. Ce village va me rendre fou !

Sybille sursauta sur son siège.

Il craque, ça y est. Montmorts le tient entre ses griffes. Les sorcières commencent à tournoyer autour de lui tels des rapaces au-dessus d'une charogne. Tiens bon, Julien. Tu vas découvrir la vérité, j'ai foi en toi.

— La boîte ! s'exclama-t-elle en se tournant vers le policier. Ouvre la boîte que tu as récupérée dans la voiture de Philippe. Et si la solution se trouvait vraiment à l'intérieur ?

Julien revint soudainement à la réalité. Il abandonna ses hypothèses de suicides, de fantômes et de sorcellerie pour se pencher vers l'arrière du véhicule.

— Tu as raison, j'en avais presque oublié son existence.

Il posa la boîte sur ses genoux et l'ouvrit. Ce qu'il en retira en premier fut des dessins. Des dessins d'enfants. Réalisés à la peinture à l'eau ou aux crayons pastel, de différentes couleurs. Tous étaient rageusement raturés de grands traits noirs.

— Qu'est-ce que c'est ? demanda Sybille en feuilletant les dessins. Des nuages ?

— Je ne crois pas, regarde, les traits en dessous... on dirait des pattes, expliqua Julien.

— Dans ce cas, ils ressemblent à des moutons...

— Oui. On dirait des moutons dessinés par des mains maladroites.

Le policier sortit ensuite des feuilles dactylographiées. Il y en avait une dizaine, et il ne mit que quelques secondes à comprendre leur contenu.

— Des interrogatoires. Ce sont les interrogatoires que Philippe a menés auprès du personnel de maison du maire !

— Et ça ? intervint Sybille en pointant du doigt une enveloppe jaune de format A4 pliée en deux.

Julien la saisit, la déplia et la décacheta.

— Ce sont les conclusions de son enquête, murmura-t-il en entamant sa lecture.

— Sur la mort d'Éléonore ?

Julien ne répondit pas, absorbé par la révélation que son prédécesseur lui soufflait par-delà la mort. Ses mains se mirent à trembler.

C'est impossible... C'est impossible, se répéta-t-il en levant les yeux vers la montagne qui s'étirait de l'autre côté du village. Comme déstabilisés par la vérité qui se dessinait dans l'esprit du policier, les flocons tanguèrent en tous sens dans une chorégraphie ridicule et menaçante. *Pourquoi ? Par quelle folie en serions-nous arrivés là ? Par quelle sorcellerie les hommes seraient à ce point devenus incontrôlables ?*

Sybille s'apprêtait à lire à son tour la lettre que le policier lui tendait quand le crépitement de la radio mobile résonna dans l'habitacle. Julien mit quelques instants à prendre conscience de l'appel. Les phrases écrites dans la lettre étourdissaient ses repères en les faisant tournoyer comme un cerf-volant pris dans une tempête.

— Ou... Oui, articula-t-il après avoir saisi l'appareil.

— Chef ?

Le policier eut du mal à reconnaître la voix de Sarah. Elle lui parut si fragile et si terne qu'il se sentit obligé de vérifier :

— Sarah, c'est bien vous ?

— Chef...

— Que se passe-t-il ?

— Il est trop tard...

— Trop tard ? Pour Mollie et Roger ? Je sais, vous m'avez déjà appelé... Vous avez trouvé autre chose ?

— Non, chef, il est trop tard... ici...

— Sarah, qu'est-ce que... ?

— Je sais qui je suis... et je sais ce que j'ai fait...

ACTE 4 :

SINOIOUTON !!!

1.

Sarah et Franck étaient retournés au commissariat après avoir posé des Rubalise autour de l'auberge. La première impression demeurait celle du meurtre de Roger par Mollie, suivi du suicide de cette dernière. Voilà pour l'aspect « pratique ». Quant à la raison de ce carnage, les deux policiers n'en avaient pour l'instant aucune idée. Bien entendu, comme la plupart des clients du restaurant, ils savaient que les deux victimes faisaient chambre à part depuis des années. Ce n'était un secret pour personne. Mais Franck n'avait jamais perçu un comportement étrange, agressif ou meurtrier entre elles deux.

— Peut-être que le chef aura une explication…, supposa Sarah en cherchant au fond de son sac un comprimé antimigraineux.

— Il y a tellement de choses à expliquer depuis hier, tempéra son collègue en se garant devant le central, il nous faudrait de l'aide.

— En tout cas, je te laisse t'occuper du rapport, étant donné que je n'ai pas pu entrer…

— Sarah, c'est juste que… que je m'inquiète pour toi.

— *Dixit* celui qui affirme avoir dîné avec une sorcière rousse…

— Ce n'était pas une sorcière, ne deviens pas comme ces habitants de Montmorts qui justifient le moindre changement de température par ces légendes du passé.

— Alors un fantôme ? ironisa Sarah en avalant directement le comprimé.

— Dans ce cas ce fantôme semblait foutrement réel.

Les deux agents furent surpris de ne pas trouver Sybille et Julien dans le commissariat. Ils vérifièrent leur portable, mais aucun appel en absence ou message n'apparut sur l'écran.

— Où sont-ils ? s'inquiéta Sarah.

— Aucune idée. Peut-être Sybille avait-elle besoin de retourner chez elle pour ramasser des affaires.

— Peut-être… Qu'est-ce que tu en penses ?

— De quoi ?

— De Sybille.

— C'est quoi cette question ? s'étonna Franck. Rien, je n'en pense rien. C'est une fille d'ici, comme toi. Pourquoi tu me poses cette question ?

— Je ne sais pas… je la trouve très proche du chef, voilà tout.

— Tu me fais une crise de jalousie, là ?

— Non, bien sûr que non…, répondit Sarah en haussant les épaules, ne sois pas stupide.

— Parce qu'on a un peu de boulot là !

— J'ai compris ! Je te laisse taper ton compte rendu, *bye-bye !*

— Tu vas faire quoi ?

— J'ai des images à effacer de mon crâne… Je vais nettoyer le bain de sang, en bas.

— Sarah, tu es sûre de ne pas vouloir que je le fasse plus tard ? proposa Franck.
— Essaie plutôt de ne pas faire trop de fautes d'orthographe...

Sarah se dirigea vers les vestiaires pour rassembler balais, serpillières et seau. Elle en profita pour observer quelques instants son reflet dans le miroir fixé au-dessus du lavabo. « T'as une sale tête, ma vieille... », se sermonna-t-elle en remarquant ses traits tirés. Elle écarquilla ses yeux pour examiner sa sclérotique et les veinules gorgées de sang par la fatigue qui la parcouraient comme des racines végétales. « Tu as pris dix ans en vingt-quatre heures, murmura la policière pour se moquer du portrait figé dans le miroir. À ce rythme-là, c'est toi que l'on traitera bientôt de sorcière hideuse... »

Alors qu'elle se mirait avec inquiétude, Sarah perçut un faible bruit derrière elle, comme une respiration épaisse et instable. À travers le miroir, ses yeux fouillèrent derrière elle, tandis que le frisson né à l'écoute du bruit fantomatique terminait sa course le long de sa nuque dans un souffle glacial.

— Sarah, vous allez bien ?

Cette fois-ci, Sarah se retourna avec fébrilité pour examiner le vestiaire. Elle s'appuya contre le lavabo, tenta de maîtriser sa propre respiration tandis que son regard apeuré tanguait dans la salle, comme attiré par une multitude de points lumineux stroboscopiques.

Il n'y a personne, ce ne sont que des voix...

— Sarah, vous êtes surmenée... Vous souvenez-vous de ce que vous avez fait la dernière fois que vous étiez à ce point nerveuse ?

N'écoute pas, concentre-toi, ce ne sont que des fantômes... Retourne auprès de Francky, lui saura quoi dire pour assourdir ces voix...

— Sarah, il est très tard, vous le savez à présent...

Franck ouvrit son carnet de notes et entama sa rédaction. Il décrivit les cadavres, leur positionnement, la tête de Roger sur le billot, les morceaux de chair humaine sur le feu ainsi que les traînées de sang le long du bar. Après avoir découvert les corps, il avait suivi les traces jusqu'à l'étage supérieur. Là, il avait trouvé le reste du corps du cuisinier, abandonné sur un matelas gorgé de sang, le cou déchiqueté et deux mollets en moins. Il ne stipula pas qu'en entrant dans la chambre, il avait vomi ce qui lui restait dans l'estomac. Heureusement, il avait eu le temps de se pencher au-dessus de la corbeille à papiers et de ne pas souiller la scène.

Alors que ses deux index tapaient avec maladresse sur le clavier, il entendit le claquement d'une porte résonner derrière lui. *Sarah a trouvé la serpillière*, songea-t-il en fixant son écran.

Seulement, quelques minutes plus tard, alors qu'il venait de terminer sa conclusion et qu'il s'apprêtait à lancer avec appréhension le correcteur orthographique, Franck se rendit compte qu'aucun bruit de pas ou de chariot de ménage ne s'était encore manifesté. Il jeta un coup d'œil en direction des caméras vidéo et fixa celle du couloir. La porte du vestiaire demeurait fermée et Sarah n'apparaissait nulle part sur les autres images du commissariat. *Elle a besoin d'être seule, laisse-lui un peu de temps*, se tempéra le policier en raccrochant son attention à l'écran de l'ordinateur où de nombreux mots se retrouvaient à présent surlignés en rouge. Mais à peine venait-il de se détourner du moniteur principal qu'il perçut un bref mouvement provenant d'une des caméras.

Sarah.

Elle ne se trouvait pas dans le couloir, mais dans le hall d'entrée, juste devant le desk de Lucie. Elle semblait parler à quelqu'un. Ses lèvres, sa tête et ses bras bougeaient de conserve, comme si elle se tenait face à un personnage récalcitrant à écouter ses arguments.

Mais qu'est-ce que tu fous, Sarah ?

Franck avait beau jouer avec la commande de l'écran, il ne percevait aucune présence autre que celle de sa collègue.

À qui parles-tu ?

Soudain, il vit Sarah retirer son arme de service de son étui et la dresser devant elle, dans le vide...

— Merde ! cracha Franck en se levant de son siège.

Il abandonna son ordinateur, se retourna pour se diriger vers la réception...

... Et tomba nez à nez avec la femme aux cheveux roux.

Elle se tenait entre lui et la porte du couloir, droite et élégante, tout en le fixant d'un regard empli d'une tristesse absolue. Franck sursauta. Une chair de poule désagréable lécha son corps et figea pour quelques secondes ses gestes, le paralysant tel un lapin pris au piège dans les faisceaux des phares d'une voiture. Sa première pensée fut que la courte robe d'été qu'elle portait jurait avec le froid qui régnait depuis quelques semaines à Montmorts, et que cette anomalie vestimentaire lui donnait l'image d'un fantôme échappé d'un quelconque passé au ciel bleu et chaleureux. Ensuite, il se demanda depuis combien de temps cette femme se tenait derrière lui, à l'observer en silence.

— C'est... C'est vous ? murmura fébrilement le policier.

— Tu sais qui je suis ?

— N... Non, pas exactement..., avoua le policier en prenant conscience qu'il ne connaissait même pas son prénom. *Le lui avait-elle dit ? Ce dîner n'était-il qu'un rêve en fin de compte ?* Qu'est-ce que vous faites ici ? Co... ? Comment êtes-vous... ?

— Moi, je sais qui tu es... et ce que tu as fait...

— Qui je suis ? Comment ça ? Je ne...

Le visage de la femme rousse s'éclaira et ses yeux s'illuminèrent d'orages ténébreux. Ses lèvres esquissèrent avec difficulté le plus effroyable des sourires, un sourire grimaçant de souffrance, comme si sa bouche était cousue par d'invisibles liens qui déchiraient un peu plus ses lèvres à mesure que le rictus se dessinait.

« Écoute bien mes paroles, je vais te raconter qui tu es et ce que tu as fait... Crois-moi, tout le reste n'est que flocon de neige... »

— N'aie pas peur, Sarah. Je suis ici, car je fais partie de toi. Il n'y a rien qui puisse nous séparer.

— Qui êtes-vous ?

— Je t'attends à l'accueil. Viens me voir et tout sera terminé...

Sarah sortit du vestiaire. Elle ignorait pourquoi elle obéissait. Elle savait juste qu'elle le devait. Pour en finir une fois pour toutes. Pour ne plus entendre ces voix lui demander comment elle allait. Pour que le chef et Franck cessent de s'inquiéter et de l'observer en douce. Elle marcha le long du couloir et poussa la porte battante de l'accueil.

Je n'ai pas peur… Pourquoi ? J'ai le sentiment que… qu'il est trop tard, que quelque chose me rattrape enfin, après m'avoir poursuivie depuis des siècles…

Un homme se tenait face à elle. Les cheveux blonds coupés court, le visage parsemé de taches de rousseur, il la déshabillait du regard, les bras le long du corps. Sarah ne remarqua pas tout de suite qu'il était vêtu d'une tenue de policier. Elle demeura plongée dans son regard tendre, dans le cercle de ses yeux verts qui lui rappelèrent la chaleur d'un été lointain.

— Tu me reconnais ?

— N… Non…

Pourquoi ne suis-je pas certaine de ma réponse ? J'ignore son prénom, d'où il vient, mais une voix prise au piège dans mon crâne me murmure le contraire…

— Vous… Vous êtes une… sorcière ?

— Qu'est-ce qu'une sorcière, Sarah ?

— Une personne qui… qui vous hante avec sa sorcellerie, souffla la policière en trouvant immédiatement sa réponse ridicule.

— Dans ce cas, oui, j'en suis une.

— Que se passe-t-il, ici, dans le village ?

— Il est trop tard pour s'en inquiéter…, lui assura l'inconnu.

— Trop tard ?

— Oui, je suis désolé…

À peine venait-il de prononcer sa phrase qu'il retira l'arme de son holster et pointa le canon en direction de Sarah. La policière l'imita, non pas dans la précipitation, mais avec lenteur et assurance, comme persuadée que son vis-à-vis ne tirerait pas sans l'attendre.

Je n'ai pas peur... je suis là où je dois être. Il n'y a aucune crainte à avoir, c'est... c'est comme être dans un rêve, un rêve sans conséquences...

— Je vais me présenter, Sarah. Je vais tout t'expliquer... et pourquoi je suis ici. Tu sauras ainsi ce que tu m'as fait...

— Et les voix se tairont? demanda Sarah d'une voix lasse.

— Oui, elles se tairont, affirma le policier.

— Je dois faire une dernière chose, avant, prévint-elle.

De sa main libre, la jeune femme décrocha la radio portative de sa ceinture et la présenta devant l'inconnu.

— Chef... Il est trop tard... Non, chef, il est trop tard... ici... Je sais qui je suis... et je sais ce que j'ai fait...

— Tu as toujours été tellement professionnelle, sourit l'homme en hochant la tête pour l'encourager. Les autres n'ont jamais compris à quel point tu l'étais...

Sarah écouta avec attention les paroles du policier. Le regard de celui-ci ne cessait de la caresser tandis que de ses lèvres coulait la plus terrible des vérités. Lorsqu'il eut terminé, le claquement sec d'un coup de feu résonna dans le dos de la jeune femme.

Franck? C'est toi qui viens de tirer? Cela provient de la grande salle, ce ne peut être que toi... Je dois tirer, moi aussi... Ne plus attendre maintenant que je sais qui je suis et ce que j'ai fait...

Sarah détourna son arme de l'inconnu qui n'en était plus vraiment un, et posa le canon contre sa tempe droite, tandis que des larmes de remords roulaient sur ses joues...

2.

Julien roula à tombeau ouvert dans les rues de Montmorts, ignorant les regards réprobateurs des quelques villageois qu'il croisa. Sybille tenait la poignée de sécurité à deux mains et pria pour qu'ils arrivent non seulement entiers, mais à temps.

« L'assassin est au commissariat, lui avait annoncé Julien en démarrant en trombe. Il est là-bas pour s'occuper de Sarah et de Franck ! »

Sybille avait reposé les conclusions trouvées dans la boîte à chaussures sans les lire. D'une certaine manière, elle aussi savait qu'il était trop tard. L'inéluctabilité flottait partout dans l'atmosphère de Montmorts, à la manière sournoise d'un pollen que chacun respire sans véritablement s'en rendre compte.

Les pneus crissèrent quand le véhicule dérapa sur le parking abrité du central. Julien en bondit sans prendre la peine d'éteindre le moteur ou de fermer sa portière.

— Reste ici, intima-t-il à Sybille qui, les yeux noyés de peur et d'inquiétude, le regarda courir sous la neige.

Julien se rua vers l'entrée, sortit son arme de son service et scanna sa carte. La porte vitrée s'écarta sur le côté, tel le rideau de théâtre qu'une main invisible tirerait vers elle pour dévoiler l'ultime scène de la pièce. Le policier tomba immédiatement sur le cadavre de Sarah. Son corps avait glissé le long de la réception et gisait sur le sol comme un détritus. Une large flaque de sang recouvrait le carrelage et se propageait le long des joints.

— Non… non… Sarah, non…, balbutia-t-il en s'agenouillant à ses côtés. Il tâta son cou, mais n'y trouva plus aucun signe de vie.

— Putain de merde! Où es-tu, enfoiré? hurla le policier en se relevant. Où es-tu?

Il poussa la porte battante du couloir d'un geste rageur, son arme pointée devant lui, prêt à faire feu, puis entra dans la grande salle. Cette fois-ci, il ne put retenir ses larmes. Franck était allongé, face contre terre, le visage trempant dans son propre sang. Julien posa ses mains fébriles déjà recouvertes du sang de Sarah sur la carotide de son ami. Là encore, il n'y trouva aucun pouls.

— Ce n'est pas possible, bordel de merde, ce n'est pas possible… Je suis désolé Francky…

Julien resta quelques minutes assis, hébété, à pleurer ses deux compagnons. Il frappa à plusieurs reprises le sol du commissariat en criant sa douleur, jusqu'à se faire saigner les jointures, jusqu'à se brûler les cordes vocales.

— Désolé Francky, répéta-t-il en abandonnant la dépouille du policier pour se rendre à la console des caméras. D'un geste résigné, il rembobina les enregistrements et observa les dernières minutes de ses collègues. Il les vit tour à tour dégainer leur arme puis la figer sur le côté de leur crâne.

Le même soubresaut.

La même chute.

Comme l'écho répété du hurlement de la mort invisible.

Julien sortit du commissariat et retourna au véhicule. Sybille le vit s'approcher tel un fantôme, le visage blafard, sans plus aucune expression si ce n'était la tristesse qui anesthésiait son regard au point de le rendre effrayant. *Montmorts le tient entre ses griffes*, regretta-t-elle. *Il ne lui reste que peu de temps avant que ce village ne le déchire en lambeaux...*

— Ils sont morts, murmura Julien après avoir fermé sa portière.

— Mon Dieu, Julien... Je suis tellement désolée...

— Il faut en finir, ajouta le policier en fixant son volant comme si ces paroles lui étaient adressées. Tu resteras dans la voiture. Si au bout de trente minutes je ne suis pas ressorti, pars... Pars loin de ce village et de cette montagne... Fuis cette folie.

Le policier enclencha la vitesse et sortit du parking. Le véhicule quitta le commissariat où les voix de Sarah et de Franck ne résonneraient plus jamais, se faufila dans les rues froides de Montmorts, longea la place carrée, où l'empreinte de la combustion du corps de Rondenart se trouvait recouverte de neige, passa devant l'auberge de Mollie, où plus jamais les pas pesants de la vieille femme ne racleraient le sol pour servir le café du matin et contourna l'ancien cimetière en glissant le long du rocher maudit. Sybille reconnut au loin l'ombre du manoir de Thionville alors que Julien s'engageait dans le grand tertre.

— Pourquoi venons-nous ici ?

— Parce que tout est venu de cette maison. De la mort d'Éléonore...

— Je ne comprends pas, Julien... Tu es en état de choc... Tu me fais peur..., trembla la jeune femme.

— Tu te souviens de ce que tu m'as dit lorsque nous sommes sortis de la forêt, après avoir retrouvé le véhicule de Jean-Louis ?

— Non, pas vraiment...

— Tu m'as dit : « Sois prudent, Julien, car tu vas devoir combattre les remords de Montmorts. » Eh bien voilà pourquoi nous sommes ici, pour que je les affronte, face à face...

La grande façade du manoir se dressa devant la voiture. Julien se gara au bas de l'escalier sans que Bruno apparaisse pour lui ouvrir la porte ou l'accueillir. Si la première fois qu'il avait vu cette demeure, elle lui avait semblé magnifique et fastueuse, il n'en était plus de même à présent. Au contraire, le manoir lui donnait l'impression d'avoir vieilli de plusieurs centaines d'années en quelques heures. Des plantes sèches et flétries s'agrippaient avec difficulté au crépi ridé. Les vitres autrefois transparentes se trouvaient aveuglées par la crasse du temps. Les marches qu'il foula d'un pas pressé après avoir répété ses consignes à Sybille lui présentèrent des fissures inédites et la lourde porte grinça comme le couvercle d'un cercueil mal huilé. Une fois dans le hall, Julien découvrit que l'ensemble des meubles avait été couvert de draps blancs pour les protéger de la poussière. Cet amas de fantômes immobiles luisait dans la pénombre, telles des statues de marbre aux linceuls vaporeux. Le policier pensa avec effroi qu'il arrivait trop tard. Que le maire avait quitté Montmorts depuis son appel du matin, qu'il avait fui et qu'il ne le retrouverait jamais. Mais aussitôt, une autre idée, plus funeste, lui vint : celle du décès d'Albert de Thionville. Sa voix au téléphone avait résonné comme le râle d'un mourant.

Cependant, ces possibilités s'effacèrent quand il entendit les crépitements caractéristiques d'un feu de bois provenant du salon, de l'autre côté de la porte massive qui se situait à sa droite. Julien s'approcha avec précaution, abaissa la poignée et se glissa dans la pièce où le maire et lui-même s'étaient serré la main quelques jours plus tôt en guise de pacte.

Albert de Thionville se tenait debout, la main gauche appuyée sur le pommeau de sa canne, face à la cheminée dont les flammes faisaient danser les ombres des meubles contre les murs nus. Les tableaux de sorcellerie qui ornaient les parois avaient été déposés en appui sur le sol, laissant des marques décolorées sur la peinture murale. En pénétrant un peu plus loin dans le salon, le policier reconnut sous un des larges draps la forme caractéristique d'un piano à queue. Sa mémoire fouilla dans ses souvenirs pour se rappeler s'il avait remarqué cet instrument lors de sa précédente visite, mais il fut incapable de se prononcer avec certitude.

— Julien, ne restez pas dans le froid, approchez-vous! l'invita le maire après s'être retourné pour lui faire face.

Sa silhouette malingre était recouverte d'un pyjama en soie pourpre et d'une robe de chambre de teinte et de matière identiques, dont la ceinture détachée pendait jusqu'à ses genoux. Son visage creusé par la maladie souriait avec difficulté, mais ses yeux avaient gardé cette dureté que le policier avait constatée lors de leur rencontre au commissariat. Julien serra les poings et se rapprocha du vieil homme.

— Je suppose que vous avez trouvé la boîte, prononça le maire en fixant l'âtre derechef.

— Comment avez-vous pu…?

— Tout acte possède un but précis, Julien, coupa le vieil homme. Ne me jugez pas avant de comprendre la réelle raison de votre présence ici.

— Je suis ici parce que je vous avais promis d'arrêter l'homme qui a tué votre fille! cria le policier en empoignant son arme. Vous avez également assassiné des innocents!

— Vous voyez, vous agissez exactement comme ces croyants du siècle passé. Vous êtes prêt à juger une personne selon ce que vous pensez être vrai. C'est cette folie qui a poussé les supposées sorcières du haut de la montagne des morts...

— Vous niez donc?

— Non. Je ne nie pas l'acte, vous avez raison. C'est bien moi qui ai retiré Éléonore de son lit. Et c'est encore moi qui l'ai lâchée depuis le sommet de la montagne.

— Vous êtes un monstre! cracha le chef de la police.

— Ah vraiment? lança l'assassin en se retournant vers Julien. Vous pensez peut-être que la laisser souffrir ainsi était la meilleure solution? Vous n'étiez pas là quand ses crises surgissaient et qu'elles transformaient mon ange en monstre. Vous n'étiez pas à ses côtés, durant ces heures où elle prenait conscience de son état et qu'elle me suppliait de trouver une solution! Croyez-vous qu'il soit facile de mentir à l'être que vous chérissez le plus au monde? Pensez-vous qu'elle ne lisait pas le désarroi dans mon regard, qu'elle ne soupçonnait pas les mensonges dans mes paroles quand je lui affirmais que la maladie ne la tuerait pas? Qui êtes-vous pour me juger? Je ne l'ai pas tuée, je l'ai libérée!

— Pourquoi avez-vous assassiné Sarah, Franck et les autres? Par quelle sorcellerie les avez-vous poussés à se suicider ? Parlez avant que je vous explose le visage avec cette arme !

— Tout acte possède un but précis, jeune arrogant. S'ils sont morts, c'est uniquement pour que vous vous trouviez ici, dans cette pièce et à ce moment exact, affirma le maire en plongeant son regard dénué de peur dans celui, vacillant, du policier. Tout ce qui est arrivé, la mort de Jean-Louis, votre mutation... répondait à ce but précis : vous attirer devant moi, avec votre arme en main.

— Que dites-vous ? s'étonna Julien.

— Ce ne sont que des cailloux que j'ai déposés le long de votre chemin. Vous deviez arriver jusqu'ici, c'était le plus important. Vous expliquer comment j'ai réussi ce tour de passe-passe ne vous servirait à rien.

— Vous êtes cinglé !

— Pas encore, s'amusa Thionville, un jour viendra, peut-être. Qu'avez-vous trouvé à l'intérieur de la boîte ?

— Des... Des dessins..., répondit Julien, désarçonné par cette question.

— Ceux d'Éléonore. Voyez-vous, je vous ai déjà expliqué que son livre préféré était *Le Petit Prince*. Quand son état le lui permettait, je lui lisais un extrait avant qu'elle ne s'endorme. Et durant ces lectures, ni elle ni moi n'avions peur de la maladie. À aucun de ces moments, son cerveau ne s'est mis à lancer des éclairs incontrôlables. C'étaient les seuls instants de trêve dans cette guerre injuste que nous livrions tous les deux. Mais elle était tellement épuisée qu'elle se contentait de m'écouter en silence, gardant pour elle le souhait qu'elle hurlait à longueur de journée sans que je le comprenne...

— Qu'est-ce qu'elle... ?

— *Sinoiouton...*

3.

— Sinoiouton ?

— Vous voyez, vous ne comprenez pas plus que moi à l'époque, remarqua Thionville. *Dessine-moi un mouton.* Voilà la phrase qu'elle pensait prononcer et que la maladie transformait en un borborygme indéchiffrable. Voilà ce qu'elle hurlait depuis sa chambre. Un appel à l'aide. Un appel à la normalité. Un appel à un moment d'échange et de tendresse entre un père et sa fille. Mais cette salope de Rasmussen maquillait ses paroles au point de les rendre inintelligibles. Imaginez sa souffrance. Imaginez sa détresse en voyant son père, celui qui avait toujours été à ses côtés, lui tourner le dos en cachant ses larmes et sa peine. Alors, elle tentait de dessiner son propre mouton, seule. Et bien sûr, la maladie resserrait son étreinte, brouillait ses facultés au point qu'elle ne put jamais esquisser ce parfait mouton qu'elle me suppliait de lui montrer.

— Il y avait aussi des poèmes, à l'intérieur de la boîte, précisa Julien, des interrogatoires ainsi que les conclusions de Philippe.

— Ah... Philippe... Il a fait du bon travail. Mais il n'a pas réussi à aller jusqu'au bout...

— Vous l'avez tué aussi, parce qu'il avait découvert la vérité, affirma Julien.

— Les poèmes l'ont aidé. Il a découvert que dans chacun d'entre eux se trouvait une référence au reflet. Il est venu un soir m'en parler et je lui ai donné un recueil de poésie de l'écrivain David Mallet. Lui aussi jouait avec cette référence. Ses poèmes n'étaient adressés qu'à lui-même, à ce reflet qu'il voyait dans le miroir tous les matins avant de se mettre à écrire. De là, Philippe a commencé à penser que ces lettres anonymes dissimulaient mes propres remords. Que j'en étais l'expéditeur. Puis, en questionnant le personnel de service, il s'est rendu compte que moi seul avais pu enlever Éléonore. Ses doutes se sont mués en certitudes, et j'ai dû m'en débarrasser.

David Mallet, songea Julien, *cet écrivain que Rondenart pourchassait, ce fantôme qui n'existait que dans sa tête... Encore une ruse, cet homme est fou, il implique dans sa folie des êtres imaginaires...*

— Je vais vous arrêter et vous allez payer pour tous vos crimes !

Au moment où Julien s'apprêtait à saisir ses menottes, il entendit la porte grincer derrière lui. Il se tourna, pistolet en avant, s'attendant à tomber nez à nez avec Bruno. Mais son bras s'abaissa quand il vit Sybille marcher puis s'asseoir sur la banquette du piano.

— Sybille, je t'avais dit de ne pas sortir de la voiture ! lança-t-il en observant la jeune femme.

Celle-ci se contenta de relever le drap du clavier, sans prêter attention à ses reproches.

— Sybille est une personne très intelligente, intervint le maire, elle sait ce qu'elle fait...

— Fermez-la, vous ! le menaça Julien avant de reporter son attention sur Sybille.

Ses doigts se mirent à caresser les touches sans qu'aucun son sorte du corps de l'instrument.

Le piano est trop vieux, pensa Julien en ne comprenant pas pourquoi Sybille demeurait silencieuse et s'évertuait à l'ignorer, *les cordes sont sans doute brisées…*

— Entendez-vous la musique, Julien?

— Non, murmura le policier en fixant les mains de la jeune femme, il n'y a aucun son, ce piano est muet…

— Très bien, approuva M. de Thionville, maintenant retournez-vous.

Julien quitta à regret Sybille pour s'occuper du meurtrier et lui passer les menottes. Mais quand il se retourna, il se retrouva face à face avec le canon d'une arme pointée sur son front.

— Je dois vous féliciter, jeune homme, vous avez dépassé toutes mes espérances…

— Baissez cette arme, enfoiré!

— … mais il reste un détail à régler.

— Sybille! Sors d'ici, prends la voiture et pars loin de ce village!

Pour la première fois depuis son entrée dans la pièce, la jeune femme réagit aux paroles de Julien. Elle quitta sa position assise pour s'approcher de lui jusqu'à ce que leurs épaules se frôlent.

— Tu m'as compris, insista le policier en ne quittant pas du regard l'arme figée devant lui, enfuis-toi!

— Je vais vous poser une question, continua le père d'Éléonore sans prêter attention à la présence de Sybille. Si je baisse mon arme, pourrez-vous oublier tout ce qui s'est passé ces derniers jours?

— Quoi?

— Je vous propose un marché, ne comprenez-vous pas ? Je vous laisse vivre et vous ne revenez jamais à Montmorts, ni ne parlez de quoi que ce soit à quiconque.

— Allez-vous faire foutre ! Laissez Sybille sortir d'ici et on discutera entre hommes ! Et une chose est sûre, c'est que vous allez payer pour tout ce que vous avez fait !

Au lieu de paraître contrarié, le maire sourit de plaisir en entendant les menaces du policier.

— Très bien, approuva-t-il, c'était la bonne réponse. Maintenant, si vous le permettez, j'ai une ultime requête à vous présenter.

D'un geste vif que Julien n'aurait jamais cru possible de la part d'un vieillard en phase terminale, Thionville éloigna le canon de son visage et vint le planter contre le front de Sybille.

— Et si maintenant je vous propose la vie de cette jeune femme en échange de votre silence ?

Julien fut tétanisé. Son pistolet de service pendait toujours au bout de son bras ballant, mais il comprit que le moindre geste de sa part signerait la mort de la jeune femme. *Il est cinglé, il va le faire, tout comme il s'est débarrassé de Sarah et de Franck...*

— Vous êtes vraiment un fils de pute, cracha le policier en se tournant vers Sybille.

Les premières larmes commencèrent à rouler le long des joues de la jeune femme tandis que ses lèvres émettaient de légers soubresauts nerveux.

— Laissez-la hors de cette histoire ! C'est entre vous et moi !

— Je n'ai pas le temps de parlementer ! cria à son tour le vieil homme. C'est un oui ou c'est un non ? Il me faut une réponse, MAINTENANT! Vous quittez ce manoir et Sybille vivra, sinon...

Thionville appuya un peu plus fermement le canon sur le front de la jeune femme pour affirmer sa détermination.

— Ne faites pas ça! supplia Julien.

— Dans ce cas, donnez-moi une raison de ne pas le faire!

— D'ACCORD! hurla le policier. D'accord, laissez-la tranquille... Je vais partir, il y a eu assez de morts inutiles...

— Et vous ne reviendrez jamais, vous oublierez tout? insista le maire.

— Oui, ne la tuez pas... Je vous le promets...

— Une promesse est une promesse, jeune homme. Retournez-vous et passez cette porte. Si j'entends parler de vous, j'ai assez de ressources pour vous retrouver et vous faire regretter votre mensonge. Jetez votre arme sur le sol.

Julien s'exécuta. Le pistolet tomba lourdement sur le plancher. Il recula de quelques pas, tout en levant les mains devant lui.

— Tout acte possède un but précis, déclara de nouveau le maire, et menacer Sybille n'échappe pas à la règle.

— Qu'est-ce que vous racontez encore...? pesta Julien en cessant de reculer.

— Il s'agissait simplement de vérifier si je pouvais acheter votre équité...

— Quoi?

— Vous avez failli, Julien, si près du but. Quel dommage... Il est trop tard maintenant, vous saurez bientôt qui vous êtes et ce que vous avez fait. La mort de Sybille n'aurait été qu'un flocon de neige comparé aux enjeux, vous auriez dû me laisser lui planter une balle dans le crâne, mais il est trop tard, alors cette balle sera pour vous...

Albert de Thionville pointa l'arme vers la tête du policier et appuya sur la détente. Le crâne de Julien bascula en arrière, éclaboussant les draps blancs d'une multitude de constellations vermeilles.

FIN

ACTE 5 :

DÉNOUEMENT

Le monde entier est un théâtre,
Et tous, hommes et femmes,
N'en sont que les acteurs.
Chacun y joue successivement
Les différents rôles…

William Shakespeare

EN CHEMIN (3)

— NON!

Camille ne put réprimer son cri.
Elle ne parvenait pas à croire que Julien était mort ainsi, tué par cet enfoiré de Thionville.
— Cela n'a aucun sens, souffla-t-elle d'une voix plus faible, mais tout aussi tourmentée.
Elle pencha la tête en direction de la conductrice, mais celle-ci se contentait de fixer la nuit, droit devant elle, tout en chassant la neige à l'aide des essuie-glaces. Camille se pencha, tâtonna sous son siège, vérifia que la chemise ne contenait pas d'autres feuilles dactylographiées.
Rien.
— Cela ne peut pas se terminer ainsi, insista-t-elle en suppliant Élise du regard.
— Pourtant, c'est le cas.
— Ils sont tous... morts?
— Oui, affirma Élise, comme les journaux l'ont affirmé.
Camille se détourna de cette réponse froide pour inspecter le paysage et cacher ses larmes. Elle n'y voyait pas grand-chose. Une mer sombre de branches et de feuilles en contrebas de la route qui masquait le sol, des

rochers déposés ici et là comme s'ils avaient été jetés à la hâte depuis le massif qui grandissait de l'autre côté de la route... L'obscurité avait enveloppé la voiture et le paysage avec avidité. Du moins, c'est ce qu'il lui sembla. Mais en jetant un œil en direction de l'horloge numérique, elle comprit qu'elle s'était plongée avec tant de passion dans sa lecture qu'elle n'avait pas vu les plaines se muer en montagne, et la lune se cacher derrière l'horizon montagneux.

Camille ferma ses yeux un instant.

Elle pensa à Julien. Et aux autres.

Voilà donc l'explication de cette tuerie. La folie d'un homme? Mais comment a-t-il pu assassiner Sarah et les autres? Qu'est-ce qui entraînait chez eux ces... visions? Le texte ne le précise pas. « Vous expliquez comment j'ai réussi ce tour de passe-passe ne vous servirait à rien », *a affirmé le maire. Mais au contraire, c'est le nœud du mystère... Mon Dieu, ils sont tous morts...*

— Nous arrivons, l'informa la conductrice. Parfait, nous sommes dans les temps.

Camille rouvrit les paupières. Les phares du véhicule éclairèrent durant quelques secondes l'entrée d'un tunnel avant que celui-ci ne happe le véhicule.

C'est ici, c'est à l'autre extrémité de ce tunnel que le bus de Loïc s'est encastré.

— En bonne journaliste que vous êtes, je suppose qu'après avoir pris connaissance des faits, vous souhaitez voir les preuves, intervint Élise.

— Comment a-t-il fait pour les tuer?

— Il est inutile que je réponde à cette question, vous comprendrez par vous-même dans quelques minutes.

— Qui a écrit ce récit? Vous?

— Eh bien…, soupira la conductrice. On dirait une enfant qui essaie de deviner son cadeau d'anniversaire… Soyez patiente, la vérité se présentera bientôt à vous. Et ensuite, fini les articles sans intérêt, vous deviendrez la journaliste la plus demandée du pays !

— Et vous, qu'avez-vous à gagner dans tout cela ?

Pour la première fois depuis que Camille était montée dans cette voiture, elle perçut une faille sur le visage impassible de sa mystérieuse bienfaitrice. Son nez et son front se plissèrent comme si elle se retenait de fondre en larmes.

— Beaucoup, se contenta-t-elle de dire alors que la voiture sortait du tunnel.

Aussitôt, un panneau métallique affublé du nom du village se présenta sur l'accotement de droite. Camille scruta cette inscription tel un pentagramme sacré.

Montmorts.

La montagne des morts.

Julien. Je te promets de raconter ton histoire à tout le pays. Tout le monde saura ce qui s'est passé ici, dans ce village maudit. Dès que j'aurai les explications à cette folie, j'écrirai la vérité, et alors… alors Montmorts ne pourra plus se cacher derrière ses histoires de sorcières ridicules…

Passé les derniers virages, les toits des maisons se dessinèrent dans la pénombre. Camille fut surprise de s'apercevoir qu'aucun lampadaire ne brisait la nuit. *Il n'y a sans doute plus de courant*, se dit-elle tandis que les façades des bâtisses frôlaient le véhicule. Puis elle colla son visage contre la vitre pour observer avec stupéfaction ces maisons de pierre.

Qu'est-ce que… ?

Loin de correspondre à l'image fastueuse que sa lecture avait imposée à son esprit, elle découvrit des toits écroulés, recouverts de mousse, des vitres brisées, des portes au bois moisi et des murs lézardés par l'humidité. Aucune bâtisse à étage, que des maisonnettes misérables, avachies vers la terre comme des vieillards recroquevillés par le poids des ans. Le véhicule qui se déplaçait sur des chemins de terre au lieu de fouler l'asphalte parfait promis par le récit contourna une vaste étendue d'herbe sauvage, de forme carrée, avant de croiser d'autres squelettes de pierre et de poutres en bois. Camille avait beau se concentrer pour percer la nuit et la neige, elle ne vit aucune bibliothèque massive se dresser aux abords de cette place carrée. Le village qui se présentait devant ses yeux ébahis n'était qu'un hameau en ruine, un cimetière de maisons abandonnées depuis des années, vaincu par les herbes folles, à moitié enterré par le temps et la végétation.

Camille s'apprêta à protester, à affirmer qu'il ne s'agissait pas du bon endroit, qu'Élise lui jouait un tour de sorcière en maquillant la réalité, en la trompant. Mais avant même que ses lèvres ne délivrent sa pensée, la jeune journaliste découvrit au loin la silhouette fière et luisante de la montagne des morts, que la lune éclaira furtivement.

— Vous vous êtes donc foutue de moi, le village décrit dans ce texte n'existe pas. Vous m'avez menti ! Il n'y a que ce rocher sans importance, le reste n'était que des conneries !

Malgré sa colère, Camille ressentit un certain soulagement. Si Montmorts, tel qu'elle l'avait lu, n'était qu'un mirage, une supercherie qu'elle ne comprenait pas encore, alors Julien et les autres n'existaient pas non plus. Aucun d'entre eux n'avait succombé à la sorcellerie du maire. Cette femme, Élise, s'il s'agissait bien là de son prénom, s'était jouée d'elle. C'était vexant, mais au moins Sarah,

Franck et toutes les victimes décrites n'étaient que des personnages de fiction, et leurs douleurs juste des mots posés sur des feuilles de papier.

— Je veux que nous partions d'ici, j'en ai assez vu, déclara Camille d'une voix ferme. Contrairement à ce que vous semblez penser, je n'ai pas de temps à perdre avec des cinglés dans votre genre.

Élise continua à parcourir les ruines en s'approchant de la montagne. Son impassibilité inquiéta Camille, qui se mit soudainement à craindre pour sa vie. *Ai-je dérangé certaines personnes puissantes à travers mes articles ? C'est impossible, je n'ai mené aucune enquête importante. Le journal se contente de me confier des tâches mineures, rien de politique ou de financier, juste des articles que personne ne lit jamais...*

Arrivé au pied de la montagne, le véhicule tourna sur la droite, juste après un terrain en friche cerclé d'une grille rouillée, là où des croix en bois difficilement perceptibles au milieu de la neige et des hautes herbes se dressaient de guingois.

— Je ne vous ai pas menti, affirma Élise avec sincérité. Le village n'est peut-être pas ce à quoi vous vous attendiez, mais ne vous fiez pas aux apparences.

— Ces pages décrivent des rues immaculées, des bâtiments modernes et des maisons luxueuses ! Et nous roulons au milieu de ruines ! protesta Camille, il ne s'agit plus d'apparence, mais carrément d'une dimension parallèle !

— Montmorts reste Montmorts, et les suppliciés auxquels vous vous êtes tant attachée hantent toujours ces lieux.

Camille ferma les yeux pour tenter de se calmer. Elle regrettait de n'avoir pas apporté un couteau ou une bombe lacrymogène.

Quelle idiote ! Aveuglée par la promesse d'un scoop, je n'ai pris aucune précaution. Personne ne sait que je suis ici, personne ne remarquerait mon absence au bureau si je disparaissais...

L'extinction du moteur lui fit rouvrir les paupières. Juste en face de sa vitre se dressa la façade d'un manoir qu'elle devina être celui d'Albert de Thionville. Mais, à l'inverse de la dernière description de Julien et de l'état général du village, le bâtiment se présenta orné de ses plus beaux atours, ceux qui avaient émerveillé le policier lors de sa première venue. Les vitres brillaient d'une lumière dorée, pas seulement au rez-de-chaussée, mais à tous ses étages, la massive porte en bois exposait sa stature foncée sans aucune marque d'usure, et les marches en pierre luisaient d'une vierge beauté.

— Toutes les explications se trouvent à l'intérieur de cette maison. Suivez-moi et vous comprendrez que je ne me suis pas foutue de vous.

— Est-ce un piège ? prononça fébrilement Camille alors qu'Élise ouvrait sa portière.

— Tout acte possède un but précis, et votre présence ici n'échappe pas à la règle, énonça la conductrice en paraphrasant Thionville, avant de disparaître dans la nuit.

Camille détacha sa ceinture et la suivit. Elle comprit à regret que le seul moyen de s'échapper était d'écouter cette vérité qu'Élise lui promettait depuis leur départ, et qu'ensuite, seulement ensuite, viendrait le temps de la fuite, peut-être en subtilisant les clefs du véhicule et en abandonnant cette femme (ainsi que son scoop improbable) dans cette demeure. Elle courba sa silhouette sous les flocons, et pénétra dans le hall. Une chaleur bienvenue l'accueillit alors qu'Élise refermait la porte et se dirigeait vers le salon, où un feu fourni brillait dans la cheminée. Camille pénétra à son tour dans la pièce, remarqua le piano délivré de toute drapure, ainsi que les tableaux figés contre les murs.

— Il ne nous reste que peu de temps, l'informa Élise en s'asseyant sur le canapé, en face de la table basse sur laquelle trônaient non plus une boîte contenant les lettres anonymes que Thionville disait avoir reçues lors de sa discussion avec Julien, mais des chemises cartonnées ainsi que des disques durs d'ordinateur. Asseyez-vous à côté de moi.

— Je préfère rester debout, imposa la journalise en tournant le dos à l'âtre brûlant.

— Comme vous le souhaitez. Allez-y, je suis prête à répondre à vos questions.

Cette soudaine docilité surprit Camille qui mit quelques secondes à prononcer sa première requête. *Pourquoi ai-je le sentiment qu'elle se moque encore de moi ? Pourquoi ai-je l'impression de jouer exactement le rôle que cette femme attend de ma part ?*

— Pourquoi m'avoir amenée ici ?

— Pour rétablir la vérité et vous permettre d'être la seule à pouvoir en parler.

— Que s'est-il réellement passé à Montmorts ?

— Des gens ont été sacrifiés, comme les sorcières l'ont été il y a des siècles.

— Ils sont donc... morts ?

— Oui, Julien... et les autres. Je suis désolée.

— Pourquoi ?

— Pour combattre la sorcellerie.

— Arrêtez vos conneries. Je veux des réponses concrètes.

— Dans ce cas, ce n'est pas à moi qu'il faut poser vos questions.

— Comment?

Un martèlement tout d'abord léger, puis soutenu, s'éleva depuis le hall. Ce battement cadencé rappela à Camille les coups portés que le public entend au début d'une pièce de théâtre, avant le lever de rideau.

— Il y a quelqu'un d'autre? demanda la jeune femme en se sentant de plus en plus mal à l'aise.

— N'ayez crainte, il va tout vous expliquer.

— Qui? Qui est votre complice?

Camille vit l'ombre d'une silhouette se dessiner sur le parquet du hall. Élise demeurait stoïque, toujours assise à fixer une des peintures accrochées au mur. Le bruit d'une canne frappant le sol devint plus net et Camille fut paralysée de stupeur quand elle vit Albert de Thionville apparaître sur le seuil de la pièce.

1.

Le vieil homme s'approcha lentement, ne pouvant décrocher son regard du visage de Camille. La jeune femme recula de quelques centimètres, comme si leurs deux présences s'exerçaient à une chorégraphie parfaitement synchrone.

— Je peux lire la crainte dans vos yeux, annonça le maire de Montmorts en cessant sa progression. Je ne vous veux aucun mal, rassurez-vous.

— Qu'est-ce qu'il fait là ? demanda Camille en s'adressant à Élise. Il devrait être en prison !

Élise se contenta de soupirer sans lui répondre.

— Je suis très heureux que vous ayez fait le trajet jusqu'ici, intervint Thionville.

— Arrêtez vos politesses, qu'est-ce que vous me voulez ?

— Voyons, je comprends votre réaction craintive, mais croyez-moi, vous êtes ici en sécurité. Dans quelques instants, vous pourrez repartir, je vous l'assure.

— Alors, dites ce que vous avez à dire et laissez-moi vous dénoncer.

Le maire se dirigea vers le piano, s'assit sur la banquette et posa délicatement sa canne en équilibre contre le clavier de l'instrument. Chaque geste semblait lui coûter un effort surhumain. Au moindre mouvement, la peau flétrie de son front se crispait comme si elle était sujette à de faibles décharges électriques.

— Je suppose, à voir votre réaction, que vous avez lu le texte. C'est très bien, cela nous évitera de perdre un temps précieux.

— Oui, en effet, j'ai lu le récit de vos meurtres… Votre propre fille !

— Éléonore, précisa le vieillard. Mon ange. Il est facile de juger, et je vous pardonne, quand on ne connaît pas tous les détails. Oui, j'ai assassiné mon enfant. Parce que ma fille était devenue pour moi une sorcière. Quelqu'un dont je ne comprenais plus les mots. En un autre siècle, elle aurait été projetée de cette montagne. Son malheur a ensorcelé mes nuits, mon esprit, au point de m'en détacher et l'enfermer constamment dans sa chambre pour ne plus avoir à l'entendre. Je suis devenu comme ces religieux qui ne souhaitent plus s'encombrer de la différence, j'ai jugé ma fille à l'aune de sa maladie et non pas pour la personne qu'elle était jadis. Mais en la tuant, je l'ai sauvée. J'ai conservé des années de souvenirs en refusant que la maladie les efface, qu'elle n'imprègne dans ma mémoire les images de ma fille en train de souffrir. C'est ce qui se passe, voyez-vous, quand les témoins d'une telle transformation s'habituent aux souffrances d'un malade. Et c'est ce qui se produisait dans mon esprit. Quand je pensais à Éléonore, je ne visualisais plus la jeune fille souriante, intelligente et pleine de vie que je connaissais avant l'arrivée de la maladie. Je ne voyais que ses grimaces de douleur, sa bouche tordue qui ne parvenait plus à articuler que des bribes de phrases incompréhensibles, ses membres qui se tordaient comme si des mains invisibles s'amusaient à les tirer en tous sens, ses yeux qui roulaient sur eux-mêmes pour disparaître sous des paupières pourtant ouvertes... Alors, oui, j'ai décidé d'abréger ses souffrances et de préserver les quelques souvenirs qui me restaient de son enfance avant qu'ils disparaissent à jamais.

— Pourquoi avoir assassiné les autres ?

— Ah ! en voilà une question intéressante ! Pour que vous compreniez la raison de tous ces sacrifices, je vais devoir vous raconter ce qui s'est produit après que j'ai emmené Éléonore au sommet de la montagne des morts. Je ne vous cacherai pas que j'ai regretté mon geste. Mais je savais qu'elle serait mieux dans son silence éternel que dans cette vie qui ne lui promettait rien d'autre que des années de supplices. Pour laver ma conscience – et il est inutile de me demander si j'y suis parvenu, aucun homme n'y arrive jamais, comme vous le comprendrez à la fin de cette histoire –, je me suis promis de tout faire pour que plus aucun enfant ne souffre de la maladie de Rasmussen. J'ai donc créé une société, y ai alloué un budget de plusieurs millions d'euros et j'ai embauché tous les spécialistes susceptibles de faire avancer les recherches. Je vous passerai les détails et les termes scientifiques, mais après plusieurs années, nous avons entrevu un progrès encourageant. Vous souvenez-vous, dans le texte, des chapitres nommés « fait numéro... » ?

— Oui.

— De quoi parlaient-ils, quel sujet ont-ils en commun ?

— Le cerveau et... l'électricité ?

— Parfaitement ! Comme nous le savons déjà, la plupart des maladies neuronales sont dues en partie à une activité électrique déficiente à l'intérieur du cerveau du patient. Rasmussen, l'épilepsie, Alzheimer, Parkinson, l'autisme... toutes ces saloperies existent parce que nos neurones, à cause de la vieillesse, de la génétique, de la malchance ou de notre mode de vie, ne parviennent plus à correspondre correctement entre eux. Ces surcharges électriques provoquent toutes sortes de troubles auxquels le malade ne peut échapper. Mon équipe et moi nous sommes donc posé la question suivante : en maîtrisant l'activité électrique du cerveau, ne pourrions-nous pas amoindrir les effets de la maladie ?

— Ce n'est pas nouveau, réagit Camille, les chocs électriques existent depuis presque cent ans !

— C'est exact, je ne vous parle pas de ce procédé archaïque, mais de neurostimulation.

— Neurostimulation ?

— Oui, stimuler les neurones à l'aide de courant électrique. Maintenant, c'est un procédé assez classique, utilisé par les spécialistes, mais aussi les sportifs ou les étudiants. Savez-vous, par exemple, qu'il vous suffit d'entrer « casque de neurostimulation » dans votre barre de recherche Internet pour pouvoir en acheter un qui vous garantit un meilleur sommeil, une meilleure concentration ou une augmentation de vos facultés cognitives ? Mais tous ces produits ne promettent que de stimuler cette électricité, alors que mon but est de la maîtriser et l'utiliser.

— L'utiliser ? Comment ça ? demanda Camille qui se demandait où le maire voulait en venir.

— Je vais faire bref, nous n'avons pas le temps de nous attarder sur le côté technique de mes recherches. Mais il y a dans ces disques durs que vous voyez sur cette table tous les détails et les preuves scientifiques. Ils seront bien entendu à votre disposition quand vous repartirez, vos articles n'en seront que plus irréfutables. Visualisez des neurones. Ces petits nuages regorgent d'électricité. Ils la dirigent dans les zones du cerveau pour provoquer des réponses : la mémoire, la douleur, la joie, le mouvement... Prenons pour exemple une personne atteinte d'Alzheimer. L'électricité neuronale ne parvient plus à se frayer un chemin jusqu'à l'hippocampe, privant le patient de nombreux souvenirs. Serait-il possible de maîtriser les ondes électriques déficientes pour réduire les effets la maladie ? Bien sûr, cela existe déjà. Mais que souhaiteraient avant tout le patient et sa famille ? Que la maladie disparaisse, certes. Mais aussi que les souvenirs perdus reviennent. Que le malade puisse prononcer les prénoms de ses enfants sans la moindre hésitation, qu'il se souvienne de ses dernières vacances en famille, de la couleur du papier peint de sa chambre...

— Mais vous ne pouvez pas recréer d'anciens souvenirs..., protesta la journaliste.

— Maîtriser et utiliser. Bien sûr que nous le pouvons. Pour cela, l'électrostimulation ne suffit pas, j'en conviens, mais elle y participe. Selon les ondes et la fréquence que nous utilisons, le cerveau devient malléable, comme celui d'un nouveau-né. En plongeant la personne dans un état quasi hypnotique, à l'aide de différentes substances comme des drogues dures ou des neurostimulants, dont vous trouverez la liste dans ces disques durs, nous pouvions lui incorporer des informations qu'il retenait comme provenant de sa propre expérience. Des odeurs, des lieux, des identités, des sons, autant d'*ersatz* de vérité qui lui devenaient familiers au point de faire partie intégrante de ses références.

— Vous... Vous manipulez des cerveaux ? des pensées, des souvenirs ?

— En quelque sorte. Cela n'est pas l'apanage de la science. Un simple roman manipule également le cerveau du lecteur. En lui faisant croire à une histoire, à des personnages, ajoutant des musiques à écouter afin de le plonger un peu plus dans son univers au point que celui qui tourne les pages parvient à ressentir les émotions des protagonistes ou le froid de la neige. N'avez-vous pas pleuré à la mort de Julien ? N'avez-vous pas ressenti la peur lorsque Sybille et le policier se promenaient dans les tertres ? Ou quand Sarah entendait des voix ? Bien entendu, notre but n'était pas de divertir, mais tout d'abord de soigner. Puis nous avons découvert des possibilités bien plus enrichissantes... Nous pouvions réussir à incorporer des connaissances, par exemple parvenir à ce que les sujets apprennent et retiennent l'ensemble des œuvres du plus grand dramaturge anglais.

— Shakespeare...

— Exactement ! En un mois, tout Shakespeare pouvait être lu puis récité par cœur si l'on dirigeait nos efforts sur la partie du cerveau qui gouverne la mémoire.

— Mais... il vous fallait des cobayes... et vous n'avez pas le droit d'utiliser des êtres humains ! Comment avez-vous pu réaliser vos recherches ?

— Eh bien, jeune femme, c'est à ce moment que je dois vous révéler que la prison que j'ai construite n'a pas vraiment disparu dans un incendie, et que les prisonniers n'ont jamais péri dans les flammes...

2.

Camille écoutait les paroles du maire avec appréhension. Elle n'aimait pas la tournure que prenait la conversation. Si pour l'instant les explications du vieil homme se tenaient, elle se sentait glisser sur un territoire que sa conscience refusait de fouler. *Manipulation du cerveau, faux souvenirs, cobayes humains… Quoi encore ? Quelle était la place de Julien, de Sarah, de Franck et des autres dans toute cette histoire ?*

Élise se trouvait toujours dans le fauteuil, immobile et attentive, ne troublant son inertie que par de brefs coups d'œil en direction de sa montre.

J'aimerais disparaître. Ne jamais l'avoir suivie. J'aimerais aussi qu'il se taise. Qu'il laisse ma curiosité s'assoupir comme les souvenirs s'endorment dans le cerveau des malades…

— Pour nos recherches, vous avez raison, continua Thionville, nous avions besoin de cobayes. J'en possédais neuf de disponibles dans cette prison. Ce qu'explique le texte que vous avez lu est véridique. Cette minuscule prison ne servait qu'à désengorger le centre pénitentiaire de la région, et j'étais libre de choisir les détenus. Nous avons donc sélectionné des profils atteints de diverses pathologies qui correspondaient à nos axes de recherche. Puis, nous avons prétexté un incident, cet incendie stipulé dans le récit. J'ai dû dépenser un peu d'argent pour repousser les curieux, mais personne ne s'est ému de la mort de ces neuf délinquants qu'aucune prison ne pouvait accueillir de toute manière avant de longs mois.

— Vous avez… utilisé des cobayes humains sans aucune autorisation ?

— La maladie avait-elle demandé l'autorisation à ma fille avant de lui détruire le cerveau ? s'emporta le maire en frappant du plat de la main les touches du piano qui, malgré l'impact, n'émirent aucun son.

— Ce n'est pas la même chose ! rétorqua la journaliste.

— Non, c'est exact, mon geste était noble, car il s'agissait de guérir des malades et non pas de meurtrir une enfant !

— Et… ces cobayes… Pourquoi auraient-ils mérité cela ?

— Vous ne comprenez donc pas que je leur ai donné une seconde chance ! Voyez par vous-même ce qu'ils ont fait ! Prenez ces dossiers posés sur la table et lisez-les ! cria le millionnaire en arborant un large sourire qui n'augurait rien de bon. Et comprenez que les apparences ne sont que les fantasmes de la réalité !

Élise reprit vie, se pencha vers la table basse, saisit les dossiers puis les tendit à Camille. La journaliste s'approcha de l'extrémité du piano et les déposa sur le couvercle noir mat. Elle ouvrit le premier, mais le relâcha immédiatement, comme si son contact lui brûlait les doigts.

Non, c'est impossible… Suis-je en train de rêver ? Je veux sortir, quitter cette pièce, oublier cet endroit… Si le prénom que je viens de lire est juste, alors les autres suivront… Mais c'est impossible…

— Une seconde chance, vous comprenez à présent ? murmura le maire d'une voix moqueuse, avant de continuer sa logorrhée. Chaque cobaye détenait en lui un problème que nous voulions résoudre grâce à l'électricité neuronale. Chacun a subi une période de conditionnement, ou incorporation de faux souvenirs, longue de plusieurs mois. Nous avons effacé leurs anciennes existences pour leur en créer de nouvelles. Nous leur donnions la vie, comme ces sorcières qui étaient autrefois jugées pour avoir pratiqué la maïeutique. Vous ne pouvez pas savoir à quel point le cerveau est docile quand il est dompté. Nous avons apprivoisé leurs pulsions violentes, nous leur avons apporté de nouvelles connaissances, des capacités mémorielles qu'aucun casque de neurostimulation n'aurait jamais pu leur fournir ! Et finalement, pour tester nos résultats, nous les avons abrités dans un scénario où chacun détenait un rôle.

Camille pleurait. Elle ne s'en rendit compte que lorsque l'une de ses larmes s'échoua contre le dossier cartonné. Elle serra les poings, prête à frapper le vieil homme pour qu'il se taise.

— Oh, je vois, vous êtes triste pour eux. Alors, laissez-moi amoindrir votre peine en vous traçant rapidement le profil de ces cobayes.

3.

Jean-Louis

Jean-Louis était un drogué, un familier de l'héroïne. Il ne se passait pas un jour sans qu'il s'injecte plusieurs doses de sa belle Hélène. Un soir, il rentra chez lui, savourant le moment où, bien installé devant sa télévision, l'aiguille lui apporterait le réconfort caché sous la latte du plancher de son salon. Il attendit que sa femme et ses enfants s'endorment pour se diriger vers son trésor. Jamais il ne se piquait en leur présence. Mais quand il souleva la planche de bois, il ne trouva rien de plus que le vide sombre et poussiéreux.

Il chercha de longues minutes tandis que le manque suintait de chacun de ses pores. Afin de se calmer, il s'alluma un joint et s'assit sur le canapé. Lentement, dans son esprit – alors qu'il était persuadé d'avoir planqué sa dose sous le plancher – s'immisça l'idée qu'on lui jouait un tour, qu'on se moquait de lui à le torturer ainsi. Des voix sibyllines lui murmurèrent qu'il en était ainsi. Des sirènes lui susurrèrent que sa femme savait certainement. Que la drogue se trouvait toujours ici, pas loin, et que la femme-serpent qui dormait paisiblement dans son lit savait.

Il retourna la maison, se fichant de la nuit silencieuse, percevant de temps à autre des voix qui riaient de le voir ainsi.

Jean-Louis réveilla sa femme. Il la gifla, lui ordonna de lui rendre sa précieuse *« Hamie »*. Les voix coulèrent des poutres, des murs, de la bouche même de sa femme qui se mit à sourire en faisant danser sa langue crochue autour de sa bouche reptilienne. Le junkie claudiqua jusqu'à la cuisine, renversa les tiroirs sur le sol, choisit un couteau à steak puis revint auprès de celle qui s'était transformée en iguane géant.

— Dis-moi où tu as mis mon matos où je te tranche la gorge, espèce de créature du diable!

Les voix tonnèrent, hilares, moqueuses, le défiant, l'insultant, jouant de tous les instruments pour faire danser cet iguane qui à présent le pointait du doigt en se moquant et en se tordant le ventre. Alors, Jean-Louis attrapa le cou du reptile et y enfonça la lame de toutes ses forces, jusqu'à ce que l'iguane redevienne femme et qu'il cesse de danser.

Mais les voix ne s'éteignirent pas pour autant. Leur tonalité se mua en moquerie cristalline. Leur chant aigu perça les tympans de Jean-Louis. Elles lui chantèrent des comptines où des enfants se moquaient d'un adulte incapable de trouver sa queue dans son propre caleçon. Elles lui léchèrent le visage, dessinèrent sur ses bras constellés de points sombres des personnages à la craie. Des enfants, ses enfants, qui couraient en tenant haut comme un trophée une seringue, juste avant de l'écraser en sautant dessus tout en levant des bras victorieux. L'*« Helléniste »* se glissa dans la chambre décorée de fusées en forme d'aiguille. Il secoua les voleurs en les menaçant de son couteau ensanglanté, les frappa, leur cracha au visage avant de leur découper un sourire sur la gorge.

Les voix se turent.

Une heure passa.

Jean-Louis se rendit au commissariat le plus proche et déclara avoir interpellé dans sa maison deux cambrioleurs.

Ainsi qu'un iguane.

4.

Lucas

Lucas fut élevé par sa mère, Marie.
Et par Jésus-Christ.
Son père s'enfuit avec son camion quelques minutes après avoir violé Marie sur le parking du restoroute où elle travaillait le soir pour payer ses études.

Dès lors, elle consacra son corps et ses pensées à purifier son fils, priant le jour, priant la nuit pour que Lucas ne devienne pas un dépravé comme son père.

Le garçon, qui grandit dans une maison dont chaque pièce contenait le portrait d'un homme agonisant, les bras en croix, écoutait sans vraiment comprendre les leçons que lui assenait sa mère au sujet du diable qui poussait entre ses jambes et qui un jour lui ferait perdre la tête.

Il ne comprit pas davantage lorsque Marie découvrit, au sortir de la douche, son membre dressé bien droit vers les anges du ciel, et qu'elle sortit de la salle de bains, les yeux écarquillés d'horreur, pour revenir quelques secondes plus tard avec le fouet qui dormait d'habitude paisiblement dans la cuisine. « Le Christ a subi bien pire, lança-t-elle en lui ordonnant de s'allonger, dos sur le sol carrelé. Je vais te libérer du malin, je vais te purifier. » Elle fouetta huit fois son sexe, pour autant d'années que le garçon avait passées sur cette terre.

Six ans plus tard, pendant qu'elle passait l'aspirateur dans la chambre de Lucas en souriant au crucifix qu'elle avait disposé au-dessus du lit de son fils, elle tomba sur un magazine érotique planqué maladroitement sous le matelas. Au retour du collège, Lucas reçut quatorze coups de fouet.

« La prochaine fois, j'accrocherai des scorpions à l'extrémité des tiges, et tu comprendras alors ce que notre Sauveur a enduré ! »

Lucas viola sa première victime à l'âge de dix-huit ans. Il se trouvait en camp de vacances chrétien quand il s'enfonça dans la forêt avec une jeune fille. Il la plaqua contre le tronc d'un arbre en lui promettant une vie éternelle à ses côtés. Lorsqu'il revint dans son bungalow, il ne dormit pas de la nuit. Non pas parce qu'il regrettait son geste, mais simplement parce qu'il s'attendait à chaque instant que sa mère apparaisse pour lui ordonner de baisser son caleçon et d'accueillir les dix-huit coups de fouet qu'il méritait.

Seulement, Marie ne se montra pas. Ni la nuit ni durant les derniers jours au camp.

Sa seconde victime fut une Hollandaise rencontrée un an plus tard dans un camping. Il n'eut guère besoin de la forcer, car la jeune fille s'offrit à lui. Il lui fit l'amour dans le bois jouxtant le camping, lui murmurant des « Marie, que ton cul soit dé-sanctifié », sans que la touriste parvienne à traduire correctement ses paroles. Lorsque, repue de plaisir, elle leva les yeux vers le ciel, elle vit Lucas dressé au-dessus d'elle, une lourde pierre à la main. Le garçon lui assena dix-neuf coups à la tête, le sexe bien dressé, prononçant le prénom de sa mère à chaque impact, lui dédiant sa folie comme Marie avait dédié chacun de ses coups de fouet à un charpentier crucifié.

« Ceci est ma pierre, et sur cette pierre je bâtirai mon Église... »

La police retrouva le corps de la touriste hollandaise deux mois plus tard. Des sangliers avaient mis au jour la sépulture creusée dans la terre meuble.

Par la suite, Lucas voyagea de région en région, de camping en camping, nourrissant ses pulsions de sexe et de mort avec une foi biblique. Après deux ans passés à sillonner la côte atlantique, il fut interpellé à la sortie de son hôtel. Le croisement des témoignages couplé aux enregistrements des caméras vidéo dont s'équipèrent les campings suite à cette vague d'assassinats lui fut fatal.

Quand l'inspecteur chargé de l'affaire lui demanda la raison de ses actes, le garçon se contenta de déclarer, le visage las, que seule sa mère détenait la réponse à cette question.

5.

Mollie et Roger

Mollie et Roger se marièrent à l'âge de quarante-cinq ans. Ils ne le firent pas par amour, mais simplement parce que cela leur facilitait financièrement l'acquisition de cette auberge située en bordure de la nationale 7, dont l'annonce avait attiré leur attention neuf mois plus tôt. Le couple avait mis suffisamment d'argent de côté au cours des nombreuses années à travailler dans divers établissements bon marché de la région pour saisir l'occasion d'un nouveau départ.

Durant sa période d'apprentissage, puis tout au long de son cursus professionnel, Roger se spécialisa dans les recettes à base de viandes. Pour lui, il n'y avait pas meilleure journée que celle passée à débiter les morceaux d'animaux qu'il réceptionnait tôt le matin, pour ensuite désosser, dénerver, parer ces pièces. Ses collègues cuisiniers lui reprochèrent souvent de ne pas s'intéresser plus aux autres denrées, poissons, fruits de mer, légumes ou même pâtisseries et de se focaliser avec délectation sur une unique branche d'un métier pourtant varié. Roger ignora leurs reproches (sa carrure de joueur de rugby imposait de toute manière à chacun de se mêler de ses affaires), garda pour lui les frissons de plaisir qui parcouraient son corps (mais bien plus fortement sur une zone précise cachée en dessous de son tablier de cuisine) quand il travaillait ces morceaux de cadavre, et continua de plonger les mains dans le sang, les nerfs, les foies et autres abattis gastronomiques.

Mollie quant à elle travaillait en salle avant de devenir patronne. Sa silhouette ventrue et son visage ingrat lui valurent des années de moqueries de la part des jeunes stagiaires d'école hôtelière qui, fraîchement sorties de leur adolescence, feutraient à demi leurs sarcasmes quand Mollie tentait avec difficulté de fermer sa jupe de service dans le vestiaire. Face aux rires de ces jeunes roses aux couleurs et aux formes prometteuses, Mollie gardait le silence. Mais son visage aux plis curieux s'empourprait cependant de colère et alimentait ainsi un peu plus le feu de son supplice. Souvent, lorsque les filles s'enquéraient du menu auprès du personnel de cuisine, Mollie croisait le regard fiévreux de celui qui allait devenir son mari en train de déshabiller avec envie les silhouettes graciles et moulées dans leurs uniformes de service.

Et comme à son habitude, elle restait silencieuse.

Ce qu'ignorait Mollie était que, en plus de fantasmer sur ces corps tout juste formés, Roger se posait énormément de questions quant à leur constitution. Il s'imaginait recevoir, à la place de poulets ou d'une carcasse de bœuf, le bras de l'une de ces serveuses. Comment le travaillerait-il ? Y aurait-il assez de viande pour élaborer une assiette ? Comment le cuirait-il ? Rôti ? Poêlé ? En ragoût ? Et enfin, quel goût la viande humaine pouvait-elle avoir ?

Les années passèrent sans qu'aucune réponse fût donnée à son questionnement culinaire. Quand Mollie et

Roger se marièrent, ils ne couchaient déjà plus ensemble depuis plusieurs années. La fréquentation de leur établissement leur permettait de s'éviter, ou de s'avouer trop fatigués pour une éventuelle entorse à l'abstinence sexuelle qui s'était érigée entre eux.

Roger se mit à boire. Tout d'abord en cuisine, seul, puis avec des clients, après le service. Les jeunes touristes qui, en plus d'avoir trouvé une auberge bon marché, ne refusaient jamais une tournée gratuite, comprirent rapidement que rester tard au restaurant signifiait boire à l'œil. Une fois de plus, Mollie se tut. Elle se contentait d'aller se coucher en laissant son mari se pavaner devant ces filles en sachant que même ivres, pas une ne risquerait de le laisser la toucher.

Seulement, une nuit, Mollie entendit la porte de sa chambre s'ouvrir avec fracas. Elle pensa tout d'abord que Roger, excité par les clientes, venait quémander un peu de sexe afin de les oublier. Mais quand son mari la sortit sans ménagement de son sommeil en pleurant comme un nouveau-né, les mains couvertes de sang, elle comprit que sa bite n'était peut-être pas le problème.

En descendant dans le restaurant, après avoir tenté de décrypter les paroles enivrées et effrayées de Roger, elle découvrit à quel point elle s'était trompée. Devant elle, deux corps aux jupes relevées et aux tee-shirts arrachés étaient allongés sur le sol, chacun un couteau de cuisine enfoncé jusqu'à la garde dans la poitrine.

Mollie traîna sa bedaine autour des cadavres, les observa d'un œil curieux, presque amusé et s'assit finalement sur une chaise pour fixer son mari :

— Ces allumeuses ont payé pour toutes ces pouffiasses de l'école hôtelière, déclara-t-elle en haussant les épaules.

Je ne peux pas te livrer à la police, je perdrais l'auberge... Tu as réfléchi avec ta queue, maintenant agis avec ta tête. Tu me débarrasses d'elles et tu vires ce tapis imprégné de sang. Je ne veux pas savoir si tu les enterres, les brûles ou les gardes en chambre froide pour t'amuser plus tard. Je me couche, elles sont là, je me lève, elles ont disparu. C'est aussi simple que cela.

Mollie se releva douloureusement puis monta l'escalier. Roger continua de pleurer et de renifler sa morve puis prononça sa première phrase intelligible depuis qu'il avait fait irruption dans la chambre de sa femme :

— Je me ferai pardonner, je te le jure. Je vais passer toute la nuit à effacer ma connerie.

— Tu ferais mieux, grogna Mollie du haut des marches.

— Eh, Mollie ? Je crois que je vais cuisiner un ragoût de viande, pour demain midi.

Cette fois-ci, il n'y eut aucune réponse, sa femme avait déjà disparu à l'étage.

Deux jours plus tard, une intoxication alimentaire frappa les quelque vingt-trois clients qui avaient déjeuné à la même date à l'auberge « Chez Mollie ». Un laboratoire fut désigné pour effectuer des analyses. Toutes les selles fournies livrèrent le même résultat : la présence de viande humaine dans les intestins. Les policiers retrouvèrent le tapis à l'arrière de la cour. Les affaires des deux clientes furent récupérées au fond d'une mare poisseuse où Roger avait l'habitude de vider son huile de friteuse.

Les deux propriétaires furent arrêtés sur-le-champ et l'auberge fermée.

Le bâtiment existe toujours. Les fenêtres et les portes sont recouvertes de planches. Quelques petits malins ont apposé à la bombe de peinture la phrase suivante sur la devanture, juste en dessous du nom de l'auberge :
Chez Mollie
Ici, notre viande est toujours fraîche.

6.

Rondenart

Maurice Rondenart habitait un pavillon cossu dans une banlieue de Lyon. Retraité de l'Éducation nationale, il avait été durant de longues années professeur de français dans divers collèges de la ville. Il vivait avec sa femme Henriette, elle aussi retraitée, et vaquait à ses journées selon des rituels bien établis. Le matin, il se levait vers sept heures, préparait le petit déjeuner, se lavait puis sortait acheter le journal. La matinée passée, il déjeunait avec Henriette, s'octroyait une courte sieste avant de passer deux heures dans le jardin à parfaire les parterres de fleurs et le potager. Ensuite, il regardait un peu la télévision, surtout «Questions pour un champion», et dînait de bonne heure. Le meilleur moment de la journée arrivait enfin, celui où il s'asseyait aux côtés de sa femme pour lire un roman. Même si sa préférence allait aux classiques de la littérature française, il aimait découvrir des auteurs plus récents, histoire de ne pas passer pour vieux jeu. C'est ainsi qu'il tomba un soir sur un roman de David Mallet. Le lendemain, il se procura l'intégralité de son œuvre chez son libraire.

La litanie de ce quotidien perdura de longues années, jusqu'à ce que des évènements improbables commencent à se manifester. Tout d'abord, les outils de jardinage disparurent de leur place habituelle. Ensuite, Maurice Rondenart remarqua que les bols du petit déjeuner avaient été déplacés dans un autre meuble de la cuisine. Le soir, ce furent les réponses fournies par les candidats au présentateur de son émission favorite qui lui semblèrent complètement hors de propos. Le fait le plus incroyable se déroula une semaine après, quand Maurice se rendit compte que le tabac-presse où il se rendait chaque jour pour acheter le journal ne se trouvait plus dans la même rue que la veille. Il erra de longues heures dans son quartier, bien décidé à comprendre à quel endroit ce commerce avait déménagé.

Le diagnostic du spécialiste donna un nom à ces changements du monde autour de lui : Alzheimer de stade 4.

Dès lors, Maurice s'enfonça malgré lui dans la fange de la maladie. Il abandonna le jardinage, sa promenade au tabac-presse et la télévision. La seule chose qui lui permettait de ressentir des émotions sans avoir à se demander si cela était réel demeurait la lecture, et principalement celle des œuvres de son auteur préféré, David Mallet.

Pour son soixante-dixième anniversaire (il aurait juré n'en avoir que cinquante), Henriette lui offrit un exemplaire numéroté et dédicacé du dernier roman de Mallet. En découvrant son cadeau, Maurice eut les larmes aux yeux. Il serra le livre contre sa poitrine en ne cessant de remercier cette femme dont il avait oublié le prénom.

Un an plus tard, il se réveilla en se demandant pourquoi il se trouvait dans une maison qu'il ne reconnaissait pas. Il se leva, descendit un escalier qu'il n'avait jamais vu et croisa dans la cuisine une femme qui lui sembla aussi étrangère que la pièce. Tout en ignorant les questions qu'elle lui posait (avec ce tutoiement qu'il refusait d'entendre de la part d'une inconnue) il retourna dans la chambre pour cacher sous son haut de pyjama le précieux livre qui dormait à ses côtés, posé sur la table de chevet. Mais quand il chercha du regard le cadeau reçu pour son soixantième anniversaire des mains de son amour de jeunesse (*Marianne, elle s'appelait Marianne*) il ne le trouva nulle part. *C'est cette femme dans la cuisine, c'est elle qui l'a volé !* se persuada alors le vieil homme.

Henriette, affolée par l'attitude de son mari, monta les marches en criant son prénom. Quand elle atteignit l'étage, Maurice se trouvait debout face à elle, les poings serrés, les yeux rougis et les lèvres tremblantes.

— Où l'avez-vous mis, espèce de salope, je sais que vous me l'avez volé !

Henriette eut beau protester et tenter de le rassurer, son mari ne cessait de la menacer en s'approchant de plus en plus d'elle.

— Je vais appeler le médecin, ne t'inquiète pas mon chéri, on va le retrouver…, balbutia-t-elle en reculant.

— Vous êtes une menteuse, vous m'avez volé le plus beau cadeau qu'on m'ait jamais offert, vous êtes une voleuse !

Maurice projeta ses bras en avant et poussa Henriette du sommet de l'escalier. Son corps roula sur lui-même jusqu'au sol où un craquement résonna. L'ancien professeur de lettres descendit au rez-de-chaussée et sortit pieds nus dans la rue à la recherche d'un libraire.

La police le trouva douze kilomètres plus loin, toujours en pyjama, figé devant la devanture d'un tabac-presse qui ne l'avait jamais eu comme client, et à qui Maurice ne cessait pourtant de répéter : « Je t'ai retrouvé, tu n'étais pas parti bien loin en fin de compte. »

7.

Loïc

Tous les matins, Loïc quittait son appartement à sept heures quinze. Il lui fallait environ une demi-heure pour traverser la ville d'est en ouest et arriver au cabinet d'expert-comptable dans lequel il travaillait. Il passait la journée à analyser, corriger, détailler des chiffres et des montants de manière mécanique, tout en souhaitant que dix-huit heures arrivent rapidement afin qu'il puisse effectuer le trajet en sens inverse. La monotonie de sa vie solitaire lui pesait, parfois. Mais quand il sombrait dans une mélancolie de célibataire, il se persuadait qu'aucune femme ne tolérerait sa dépendance à l'alcool, et qu'une idylle ne servirait à rien, sinon à castrer son plaisir de boire.

Alors, pour se réconforter, tous les soirs il enchaînait les verres. Whisky, vin, digestif, il noyait les caresses et les étreintes fantasmées dans l'illusion d'une liberté maîtrisée. Le matin, après avoir rempli sa thermos de gin et de jus de cranberry, il s'en jetait un dernier, à savoir une bonne dose de whisky mélangée dans sa tasse de café lyophilisé. Aucun de ses collègues ne se doutait de rien. Alors que l'équipe partait déjeuner, Loïc se rendait chez sa mère, dans le centre de la ville, pour partager avec elle le repas du midi. Bien sûr, il ne s'agissait là que d'un prétexte. Sa mère habitant dans le sud de la France, il lui eût été difficile de parcourir sept cents kilomètres le temps de la pause-déjeuner. Au lieu de cela, le comptable se dirigeait vers un troquet éloigné de son lieu de travail, avalait un jambon-beurre tout en descendant des demis de bière sous l'œil inexpressif du patron de bar.

Au bureau, jamais son attitude n'alerta qui que ce soit. Tout le monde savait que Loïc était un homme discret, parfois maladroit et qui disait souffrir de conjonctivite. D'accord, les chewing-gums aux odeurs âcres qu'il mâchait à longueur de journée en irritaient certains, mais après tout, rien d'interdit dans le règlement intérieur ou par la bienséance professionnelle...

Ce soir-là, pour une raison inexpliquée (ou alors peut-être était-ce cette cliente qui était venue lui demander des astuces pour sa déclaration d'impôts, une femme pulpeuse, au regard déstabilisant), son manque de compagnie lui démangea le bas du ventre bien plus que de coutume. Arrivé chez lui, il avala deux Johnnie Walker avant de mater du porno sur son ordinateur. Après avoir fait ce qu'il avait à faire, il fêta sa délivrance en buvant avec dévotion. Le lendemain matin, quand il se réveilla encore ivre, il hésita à se faire porter pâle. Au lieu de cela, il versa du whisky dans son café – ou, si on devait se fier aux proportions précises du mélange, plutôt du café dans son whisky – et sortit sa voiture de la cour, comme tous les jours. À sept heures quinze, sa rue s'éclairait doucement de la lumière du soleil. Les volets s'ouvraient et les écoliers sortaient sous les regards encore assoupis de leurs parents pour se poster sur le trottoir afin d'y attendre le bus de ramassage scolaire.

Loïc conduisit durant le premier kilomètre avec prudence. Il lança quelques saluts de la main aux gamins qu'il connaissait de vue, enviant leur jeunesse où la sexualité et l'alcool (la maladie et son remède) n'avaient pas encore pointé le bout de leur nez. Il se souvint d'avoir lui aussi attendu le bus, des siècles auparavant. Loïc plissa les yeux à l'approche d'un feu de croisement. Vert, orange, rouge… les couleurs lui semblèrent irréelles, comme ternies elles aussi par une gueule de bois. Il freina lentement, prêt à accélérer dès qu'il aurait reconnu le signal exact que tentaient de lui adresser avec une fatigue persistante les ampoules du feu tricolore.

Rouge.

Loïc pila.

La voiture eut un soubresaut de mécontentement tandis que ses pneus avant mordirent les bandes du passage piéton.

Merde.

Un son de klaxon retentit derrière la Megane. Loïc lança un regard dans le rétroviseur et comprit à travers les signes que lui faisait l'automobiliste qu'il était temps d'avancer. En effet, le feu était vert. Le comptable tourna dans la rue de droite (sans mettre son clignotant, ce qui lui valut un autre reproche sonore de la part de la voiture derrière lui) et accéléra pour ne pas avoir à lutter contre le soleil aveuglant qui maintenant lui faisait face et brûlait le pare-brise.

Putain, j'aurais dû rester à la maison… à dormir… bien… confortablement…

Le pneu droit de la voiture heurta violemment le trottoir et repoussa la Megane au centre la route. Loïc poussa un cri de surprise et rouvrit les yeux qu'il n'avait pas eu conscience de fermer pour appuyer de toutes ses forces sur le frein.

— Merde ! Merde ! Merde ! pesta-t-il en frappant maladroitement contre le volant. Putain ! Je n'aurais pas dû autant picoler !

C'est alors qu'il tentait de se calmer et qu'il s'apprêtait à reprendre la route qu'il remarqua dans son rétroviseur un attroupement se former derrière lui. Des commerçants sortaient de leurs boutiques et les quelques passants marchaient d'un pas pressé dans sa direction.

Bordel, je n'ai rien fait, j'ai juste frotté le trottoir…

Un inconnu ouvrit violemment sa portière et le gifla avant de détacher sa ceinture et de le sortir de force.

Fait chier, songea Loïc qui sentit le whisky au café lui remonter dans la gorge, *pourquoi ce type me frappe-t-il, ce n'est qu'un trottoir ?*

À peine se trouvait-il à genoux au milieu de la chaussée qu'un flot d'alcool et de soupe jaillit de sa gorge enflammée pour s'étendre sur le goudron en lui aspergeant les poignets.

C'est ainsi, à quatre pattes, vomissant et se demandant pourquoi la foule l'entourait tels des chiens de chasse acculant un gibier, qu'il remarqua les traînées rouges sous le châssis. Il se releva en prenant appui sur sa portière ouverte et tituba jusqu'au pare-chocs avant où un homme accroupi le dévisagea avec une haine féroce.

Ce matin-là, comme tous les matins, Marion descendit l'escalier de l'appartement en tenant son petit frère, Damien, par la main.

Ils voulaient simplement attendre le bus et se rendre à l'école.

Mais un comptable avec plus de trois grammes d'alcool dans le sang mordit le trottoir et les traîna sur quatre mètres. Quand les policiers interrogèrent les collègues de Loïc sur les habitudes du comptable, tous le désignèrent comme un homme discret, très proche de sa mère, et dont l'haleine empestait trop souvent les arômes de fruits exotiques artificiels…

8.

Sarah

Dès sa sortie de l'école de police, Sarah fut affectée à un commissariat de la banlieue lyonnaise. La jeune femme y fit ses premières armes durant six mois. Durant cette période, elle tenta, comme elle le faisait depuis son adolescence, de faire taire les voix qui résonnaient régulièrement dans sa tête en lui demandant comment elle allait. De plus en plus souvent, ces mêmes voix affublaient leur questionnement de remarques diverses auxquelles Sarah ne pouvait échapper et qu'elle intégrait dans son quotidien comme on intègre des remarques désagréables, mais justes, d'amis fidèles.

— Comment ça va, Sarah ?
— Je vais bien.
— Ce n'est pas normal… Peut-être ne vas-tu pas si bien que cela.
— Vous croyez ?
— Méfie-toi… Tu sembles épuisée.
— C'est vrai… je le suis.
— Ton supérieur mate toujours autant ton cul ? Il continue ses remarques salaces ?
— Oui, toujours.

— Comment ose-t-il porter son regard sur toi ? Tu es tellement disgracieuse…
— Je ne sais pas.

Ces voix, le médecin de famille les avait, à ses seize ans, qualifiées de troubles bipolaires. Les parents de Sarah avaient accueilli le diagnostic avec scepticisme, clamant qu'il s'agissait simplement d'une adolescence mal maîtrisée et qu'il n'était en aucun cas question que leur fille rencontre un spécialiste, que les voix partiraient d'elles-mêmes sans médicaments ni traitements. La jeune fille garda alors pour elle ses symptômes, masquant sa tristesse sous le voile de la normalité, et mentant à ses parents quand ceux-ci la devinaient triste ou préoccupée.
— Comment ça va, Sarah ?
— Merci, papa, je vais bien.

Quand elle incorpora l'école de police, elle se persuada que tout cela disparaîtrait. Sarah venait de trouver sa voie, son corps avait terminé sa mue et elle ne vivait plus chez ses parents. Les premiers jours furent baignés dans une douce euphorie. Elle s'adapta avec facilité à la discipline, à ses compagnons, et sortit même dans le trio de tête.
Les voix réapparurent le soir de son incorporation.
Ce jour-là, le brigadier qui l'accueillit, un homme aux cheveux blonds et aux taches de rousseur, la toisa comme s'il se trouvait en présence d'un spécimen rare. Il lui fit faire le tour du commissariat, la présenta aux autres membres présents tout en ponctuant chacune de ses phrases d'un claquement de langue qui résonna encore dans l'esprit de Sarah quand elle rentra chez elle le soir.

— Ça va, Sarah ?
— Oui, il est juste... bizarre.

Les jours passèrent et les regards sur la silhouette de la jeune policière se firent de plus en plus pesant. Un soir, le brigadier lui demanda si elle voulait venir boire un verre dans son appartement, « histoire de s'amuser un peu »...

Sarah refusa poliment, puis fermement devant l'insistance de son collègue. Sans le comprendre tout de suite, la jeune femme venait, par son refus, de franchir la ligne rouge.

Elle.

Pas lui.

Dès lors, leur relation devint tendue. L'enquête qu'ils menaient avec les services d'autres régions, une affaire de meurtre de touristes dans différents campings, lui fut retirée sans réelle justification.

Des bruits de couloir assurèrent à chacun que Sarah se trouvait être une formidable tigresse au lit et qu'il suffisait pour cela de lui proposer de boire un verre après le travail.

Des coups de téléphone anonymes rythmèrent ses nuits, des boîtes de préservatifs furent déposées par des fantômes sur son bureau et des sourires en coin se dessinèrent avec gourmandise sur le visage des autres policiers.

— Comment ça va, Sarah ?
— Mal, je vais mal. J'ai envie de mourir.
— Qu'est-ce que l'on peut faire pour t'aider ?
— Continuez de me parler pour que je m'endorme.

Le drame se produisit quatre mois après son arrivée. Une nuit, alors qu'elle se trouvait de garde avec le brigadier et que personne d'autre n'était présent dans le commissariat, son collègue attendit qu'elle se rende dans le vestiaire pour s'y rendre à son tour. Il la bloqua dans un coin de la pièce dépourvue de vidéosurveillance, la menaça de son arme de service et lui ordonna de se mettre à genoux. Sarah obtempéra, en pleurs, et chercha au fond d'elle-même une voix pour l'aider à surmonter cette épreuve. Mais alors que l'homme au-dessus d'elle s'apprêtait à dégrafer son pantalon, il fut pris d'un large rire, rire entrecoupé sporadiquement de son fameux claquement de langue. Sarah découvrit en relevant son visage que le brigadier tenait dans sa main son portable, avec l'objectif fixé vers elle.

— Tu vois, je peux faire ce que je veux de toi. De ton corps et de ta carrière. Alors la prochaine fois que je t'invite à boire un verre, tu montes.

La sonnerie du standard fit disparaître le brigadier, laissant seule la jeune femme qui resta prostrée sur le sol de longues minutes.

— Ça va, Sarah ?
— Vos gueules !
— Tu vois, il n'a même pas eu envie que tu le suces... Il joue avec toi. Il te trouve moche et il joue avec toi comme ces garçons jouaient avec toi au lycée...
— Taisez-vous !
— Tu as toujours envie de mourir ?
— Oui...
— Alors, prends ton arme... fais-le... Et réduis-nous au silence...

Le brigadier observait en bâillant les différentes caméras de sécurité sur le moniteur principal quand il entendit les pas de Sarah derrière lui. Sans se détourner de l'écran, il lui lança :

— Demain soir, on fait une fête avec des collègues, tu ferais bien de venir nous divertir, sinon ma petite vidéo se retrouvera entre de nombreuses mains et tu recevras beaucoup de visites dans le vestiaire...

Sarah n'attendit pas qu'un claquement de langue ponctue sa menace. Elle pointa son arme vers l'arrière du crâne de son supérieur et appuya deux fois sur la détente, aspergeant le moniteur vidéo de sang et d'os brisés.

— Comment ça va, Sarah ?
— Mieux, beaucoup mieux.

9.

— Pour Franck et Julien, il est inutile de vous décrire pourquoi ils se sont retrouvés ici. Le récit que vous avez lu durant votre trajet précise les évènements. Un braquage qui a mal tourné, la maladresse de deux voleurs de bas étage et la pâmoison dans laquelle ils furent plongés quand ils virent la beauté de cette jeune femme rousse qui se tenait devant eux, avant qu'elle ne chute, touchée par une balle qui n'aurait jamais dû se trouver dans la chambre, résuma Thionville en fixant Camille de son regard métallique.

— Je ne peux pas vous croire.

— Pourtant, c'est la vérité. Tout est dans ces dossiers. Rapports de police, jugements, profils psychologiques... Vous vous êtes attachée à des personnages de fiction, alors qu'il s'agissait de monstres sans aucune empathie pour leurs prochains.

— Pou... Pourquoi les avoir tués ?

— Il n'y a qu'une seule raison de se séparer des cobayes : leur échec à l'expérience. Gardez bien en tête que si ma résolution première était de soigner des maladies neurodégénératives, je n'en reste pas moins un homme d'affaires. Puisqu'il nous était possible d'incorporer des souvenirs, des sensations, des connaissances et de gommer les troubles divers que les neuf cobayes subissaient (Alzheimer pour Maurice, alcoolisme pour Loïc, dépendance aux drogues pour Jean-Louis, pulsions sexuelles et meurtrières pour Lucas, troubles bipolaires pour Sarah...), j'ai immédiatement entrevu le marché gigantesque qui s'offrait à nos découvertes. Quelle société ne paierait pas pour voir ses délinquants se transformer en parfaits citoyens et économiser ainsi les dépenses sans cesse croissantes des prisons ? Quelle entreprise refuserait d'employer des personnes soignées par nos découvertes, des cerveaux dont il serait possible de maîtriser les connaissances et de ne plus perdre de temps en formations coûteuses ? Savez-vous dans quelle branche investissent les milliardaires de la Silicon Valley ? Des entrepreneurs comme Elon Musk avec Neuralink ? Dans la neurotechnologie. Dans le désir fou d'améliorer l'homme grâce à la technologie. Nous y sommes arrivés avant eux.

— Vous êtes cinglé...

— Non, ma chère, pragmatique. Confiez-nous un délinquant et après une année de conditionnement nous vous livrerons un policier juste et compétent, simplement en maîtrisant le circuit électrique du cerveau...

— Mais, vous avez échoué... Ils sont morts...

— C'est exact, mais je ne les ai pas tués.

— Alors qui ? Vos scientifiques ?

— Non, ce sont eux-mêmes qui ont décidé de mourir, avoua avec un certain désarroi Thionville. C'est ce qui nous a fait comprendre que l'expérience souffrait d'un problème. Pour chaque cobaye, nous avons utilisé des dosages, des fréquences électriques et des durées de conditionnement différents, c'est ainsi que l'on procède en science, des tests différenciés. Tous se trouvaient enfermés dans leur cellule. Il nous suffisait d'actionner leur perception à distance, grâce à l'implant sous-cutané qui leur délivrait leur dose de traitement ainsi que les faibles courants électriques. Là encore, il ne s'agit pas de science-fiction, nous n'avons pas inventé les nano-implants, nous les avons simplement améliorés. Ainsi, Jean-Louis pensait se trouver au milieu de son troupeau, en compagnie de Vincent, alors qu'il était en fait debout entre quatre murs. Un signal de notre part et il buvait un verre chez Mollie. Un flux électrique dans une zone précise de son cerveau et il pouvait trembler en sentant la neige glisser dans le col de sa veste, toucher la laine des moutons ou discuter avec Vincent sans qu'il y ait personne face à lui. Comprenez que chacun des neuf était enfermé dans un scénario précis, avec un rôle à tenir. Ils interagissaient également entre eux. La journée, ils pouvaient sortir de leur cellule et se rencontrer comme nous leur indiquions de faire. Imaginez-les comme des acteurs de théâtre. Pendant toute la durée de la pièce, ils sont pris au piège dans leurs rôles. Il en était de même pour eux. Donc, Jean-Louis ne montrait aucun signe de déficience jusqu'à ce que l'ordinateur nous signale une activité électrique anormale dans son cerveau. Le temps de vérifier et de nous rendre à sa cellule, il était mort. Malgré des recherches poussées, aucun de mes scientifiques n'est parvenu à identifier la raison de son arrêt cardiaque. Nous avons alors changé certains dosages pour nous assurer que les autres cobayes ne rencontreraient pas le même « incident ». Malheureusement, les uns après les autres, ils moururent de la même manière. C'était comme si une cellule de leur cerveau que nous ne parvenions pas à identifier ordonnait à leur cœur de s'éteindre.

— Ils sont tous décédés ainsi ? Il n'y a jamais eu de couteau, de feu ou d'armes ?

— Non. Dans le récit, il s'agit de comment *eux* se voyaient mourir. Leurs dernières paroles enregistrées, leurs activités cérébrales, les parties du cerveau en suractivité à ce moment précis, nous avons décrypté leurs pensées pour comprendre.

— Mais… Julien a vu Rondenart brûler…

— C'est exact. Parce que nous lui avons fourni cette information. Parce qu'elle faisait partie du scénario que nous lui avons implanté. Julien était le cobaye le plus important. Nous avons créé le scénario autour de lui, pour réussir à le transformer en un policier modèle. C'était là tout le but de cette expérience. Nous l'avons projeté dans un environnement hanté par des histoires de sorcières, par des personnes qui pensaient entendre des notes de piano et des villageois au comportement étrange comme Rondenart afin de vérifier sa capacité à rester objectif. Nous lui avons présenté Sybille pour tester sa réaction à une impulsion sexuelle. Nous lui avons émietté des indices pour suivre sa logique professionnelle. Nous l'avons confronté à la mort des autres personnages afin de vérifier sa stabilité psychologique… C'est lui qui a subi le plus de tests… il était l'acteur principal.

— Dans ce cas pourquoi est-il mort ?

— Parce que je l'ai tué, en déclenchant moi-même son arrêt cardiaque.

— Quoi ? Mais vous disiez n'avoir tué personne !

— Il avait largement nourri tous nos espoirs, il lui suffisait de passer une dernière épreuve, une simple question à laquelle répondre.

— Vous menaciez Sybille ! protesta Camille en se souvenant de la scène décrite dans le texte, quand le maire avait levé son arme en direction de la jeune femme.

— Il a préféré battre en retraite plutôt que de la sacrifier. Un bon policier ne ferait pas cela, du moins tel que nous le voulions, rétorqua le vieil homme. La vérité est au-dessus de tout ! J'aurais pu continuer à tuer des innocents, cela ne lui importait guère ! Il a choisi d'oublier plutôt que de me poursuivre.

— Mais il l'aimait ! cria la journaliste en frappant du plat de la main le piano.

— Elle n'était qu'un personnage créé de toute pièce et implanté dans leurs cerveaux, comme Lucie, comme Vincent, comme les policiers, ou les livreurs sur le parking de l'auberge ! Des garde-fous présents pour contrôler et diriger les acteurs ! Tout comme ces saules que les personnages disaient entendre parler... ce n'étaient que des scientifiques en blouse blanche qui se trouvaient à leurs côtés et que nous avions décidé de déguiser à leurs yeux en arbres afin qu'ils passent inaperçus !

Camille battit en retraite et posa ses mains en appui contre la poutre du foyer de la cheminée. Elle peinait à gérer le flot d'informations et de révélations dont l'abreuvait avec un plaisir sournois ce Machiavel halluciné. Une migraine résonna au loin, dans son crâne. Elle savait qu'elle finirait par se transformer en tempête. *Merde, je n'ai même pas de comprimé dans mon sac... Julien et tous les autres n'étaient donc que des meurtriers... des condamnés qui ont servi de cobayes à des expériences insensées... Si Thionville raconte la vérité et si les preuves qu'il me propose d'emporter se révèlent réelles, alors... alors cet homme est à la fois fou et brillant. Il est parvenu à soigner des maladies neurodégénératives tout en usant de cobayes humains sans aucun aval de la part de la communauté scientifique. Une dualité difficile à juger...*

— Camille, permettez-moi de vous appeler par votre prénom, intervint le vieil homme d'une voix plus posée. Je comprends tout à fait que vous me preniez pour un monstre, car, en quelque sorte, j'en suis un. J'ai tué ma fille et neuf prisonniers. Mais grâce à mes recherches, je peux sauver des millions de personnes, des enfants comme Éléonore. Montmorts est véritablement une terre de sorcières, je ne l'ai pas inventé. À l'époque où l'ignorance et la folie des hommes ont assassiné ces femmes, ma fille aurait été elle aussi sacrifiée. C'est pour elle que j'ai usé de ma propre sorcellerie, ma propre médecine, en sa mémoire.

Camille se retourna, lasse et épuisée par cet entretien. Elle jeta un regard vers Élise et la surprit une fois de plus à contempler sa montre.

— Pourquoi... Pourquoi voulez-vous que je révèle ce que vous avez fait ?

— Parce que j'ai échoué. Je n'ai pas réussi à créer le cobaye parfait, celui qui aurait été le futur de la civilisation. J'ai péché par orgueil, par intérêt, j'ai compris de quel mal étaient morts Julien et les autres, et je ressens le même trouble à présent. Je dois donc en payer le prix.

— Qu'est-ce qui a vaincu vos spécialistes et vos méthodes de pointe infaillibles ?

— Quelque chose que nous n'avons pu maîtriser, et qui pourtant nous accompagne jusqu'à notre dernier souffle : les remords.

10.

— Nous n'avons pas pris en compte cette facette de la psychologie humaine. Chacun des cobayes était hanté par ses remords. Même Julien. Nous pensions pouvoir remédier à ces visions, mais ils ne les ont jamais oubliées, tout comme je n'ai jamais oublié ce que j'ai fait à Éléonore. La femme rousse que Julien et Franck apercevaient, cette tasse marquée d'un rouge à lèvres, les voix que Mollie et Roger entendaient, les enfants que Loïc devinait la nuit ou qu'il croisait dans sa cuisine, la famille de Jean-Louis qui lui est apparue avant qu'il n'égorge les moutons comme il avait égorgé sa femme et ses enfants, ce policier qui demandait constamment à Sarah comment elle allait, les touristes qui murmuraient des paroles sensuelles à Lucas, ce romancier que Rondenart pourchassait... ce n'étaient là que les remords qui se frayaient un chemin à travers les synapses de leurs pensées. Et chacun d'eux a décidé de ne plus les fuir. Quand je mourrai à mon tour, je suis persuadé que ma dernière pensée se dirigera vers le sommet de la montagne des morts, et que je verrai mes bras lâcher ma chère enfant au-dessus du vide...

— Si j'écris cet article, vous finirez en prison, affirma Julie.

— Regardez-moi. J'ai assez d'argent pour embaucher les meilleurs avocats. Le procès s'éternisera et je mourrai avant de mettre un pied en prison. Je veux simplement que le monde prenne conscience de mes découvertes, et qu'aucuns parents n'ait à souffrir de voir son enfant devenir un inconnu. Voilà la véritable raison de votre présence. Je sais que vous êtes jeune et ambitieuse mais que personne ne vous écoute. Je vous offre ma vérité afin de poser un pansement sur mes remords, tout en sachant que je ne pourrai jamais les effacer. Alors prenez ces preuves, mes paroles et racontez à votre tour l'histoire de Montmorts, de Julien et des sorcières que les hommes ont sacrifiées parce qu'elles n'étaient pas comme eux.

Camille resta silencieuse un long moment, à peser la sincérité de son vis-à-vis. *Voilà donc la raison de ces expériences. Honorer la mémoire d'Éléonore en se battant pour trouver un remède à diverses maladies. Quitte à sacrifier des gens.* Les tests non homologués sur des populations n'étaient pas nouveaux, elle le savait. Des scandales célèbres avaient éclaboussé de prestigieuses entreprises pharmaceutiques, notamment en Afrique où des expériences sans aucune autorisation furent menées pour tester certains médicaments.

— Monsieur de Thionville, il est temps.

Élise s'était levée et s'approchait du piano. Le vieil homme la fixa quelques secondes, puis se leva à son tour. Il sembla à Camille que ses mains tremblaient un peu plus, et que ses yeux métalliques se voilaient derrière un rideau de larmes. *Quelle que soit sa maladie, elle le fait souffrir au point de lui arracher des larmes simplement en se mettant debout. Sa canne paraît bien fragile et ses mouvements chaotiques la font tanguer comme une brindille sous le vent...*

— Temps pour quoi ? demanda la journaliste en se tournant vers Élise. Depuis que je suis montée dans votre voiture, vous n'avez cessé d'être pressée. Pour quelle raison ?

— Pour que je prenne mes traitements, intervint Thionville alors qu'Élise s'apprêtait à répondre. Je ne peux demeurer longtemps debout, mon corps me fait trop souffrir. Il est donc le moment pour moi de vous quitter et de me soigner... J'ai été ravi de faire votre connaissance, Julie. Emportez avec vous toutes les preuves, les disques durs, les dossiers, tout ce dont vous avez besoin pour écrire vos articles. Je me doute que vous avez encore quelques questions à me poser, mais c'est au-delà de mes forces pour ce soir. Alors contactez Sélène, elle pourra vous aider...

— Sélène, votre fille aînée, s'étonna Camille en entendant pour la première fois le maire prononcer ce prénom. Je croyais qu'elle était partie loin de Montmorts, loin de vous.

— Non, elle n'a jamais quitté ce village... Une dernière question avant de vous quitter, juste pour ne pas avoir de regrets...

— Je vous écoute.

— Si je vous proposais deux millions d'euros pour que vous oubliiez toute cette histoire, les accepteriez-vous ?

— Non, affirma Camille sans hésiter, comme vous l'avez dit au sujet de Julien, *la vérité avant tout*. Je vais écrire cette histoire, dans les moindres détails, et je me fiche de savoir si vous allez mourir en prison ou seul dans votre chambre en compagnie de vos remords.

— Dans ce cas, c'est un adieu, murmura le vieil homme, tandis que des larmes roulaient sur ses joues. Il y a une grande enveloppe rouge sur le piano, juste en dessous des dossiers. Ouvrez-la s'il vous plaît.

Camille s'exécuta. La migraine émit un roulement de tambour alors qu'elle décachetait l'enveloppe. *C'est la fin. Je vais charger les preuves dans la voiture et quitter cette terre maudite. Demain, je prétexterai une migraine. J'en profiterai pour rester chez moi, vérifier ces disques durs et commencer ma rédaction. Je veux en finir, le plus vite possible. Révéler la mort de Julien et des autres cobayes, présenter Thionville comme l'homme qu'il est vraiment, un homme brisé par les remords au point de se transformer en sorcier des temps modernes...*

La journaliste retira de l'enveloppe une feuille épaisse de format A4. Dessus était dessiné un mouton blanc, qui broutait paisiblement l'herbe verte d'une colline.

— Qu'est-ce que c'est? souffla-t-elle en grimaçant sous un nouvel assaut migraineux.

— *Sinoiouton.*

— Sinoiouton?

— Oui, murmura Thionville en se rapprochant d'elle, les lèvres tremblantes. J'ai mis beaucoup de temps à comprendre ce que tu me demandais réellement. Mais j'y suis parvenu, mon ange. J'ai réussi à te dessiner un mouton, puis je t'ai sauvée...

ÉPILOGUE

Quand Camille se réveilla le lendemain, il lui fallut quelques minutes pour se souvenir de l'endroit où elle se trouvait. Sa migraine avait disparu, mais une sensation étrange demeurait, aussi pugnace qu'un pressentiment. La porte de la chambre s'ouvrit doucement et la silhouette d'Élise apparut, les bras chargés d'un plateau.

— Je t'ai fait du café, sourit-elle en déposant le plateau sur le lit. Il y a aussi des croissants, ceux que tu adores, avec des éclats d'amandes sur le dessus.

— Je... Je connais cette chambre, déclara Camille en s'installant contre la tête de lit.

— Bien sûr que tu la connais, c'est ta chambre depuis notre enfance, sourit sa sœur en écartant les rideaux épais des fenêtres.

Camille observa le ciel laiteux et s'aperçut que plus aucun flocon ne virevoltait depuis les nuages.

— Élise?

— Oui?

— Il n'a jamais songé à me jeter du haut de la montagne...

— Non, père en aurait été incapable, il t'aime tellement. Tes souvenirs vont revenir rapidement, Éléonore. Tu es guérie à présent, tous les tests le confirment.

— Alors... toute cette histoire... Julien...

— Elle va s'évanouir également. Mais tout ce qu'il t'a raconté hier est vrai. Sauf que ce n'était pas Julien le cobaye le plus important, mais toi. Ta guérison était le but de tout cela. Père n'a jamais baissé les bras face à ta maladie, il s'est battu pour que ses scientifiques parviennent à trouver le bon dosage et la bonne fréquence des ondes électriques. Il a créé ce scénario, l'histoire de Montmorts, le mail que je t'ai envoyé, ton emploi en tant que journaliste, notre rendez-vous dans ce parking pour vérifier ta guérison...

— Je... Je n'arrive plus à me souvenir du trajet jusqu'ici...

— C'est normal, les faux souvenirs vont disparaître et tu vas redevenir notre petite Éléonore, bien qu'avec quelques années de plus, mais sans plus aucun symptôme de Rasmussen. Il a réussi, *vous* avez réussi. La médecine n'est que la sorcellerie moderne, et père a mis toutes ses forces pour que plus personne ne te considère comme une possédée ni ne se détourne de toi.

— Pourquoi le piano n'émettait aucun son hier ?

— Ah, le piano... Il fonctionne très bien, j'en joue presque tous les soirs. C'est d'ailleurs mes notes que Franck, Loïc ou Lucas entendaient depuis la prison sans jamais comprendre d'où pouvait venir ce son. Père a pensé que peut-être cet instrument déclenchait les autres visions. Alors il a décidé de le rendre inaudible pour les autres personnages.

— Dont moi.

— Oui. Mais une fois que ton cerveau se sera débarrassé des dernières molécules du traitement, tu l'entendras à nouveau, et je te jouerai les airs que tu aimais quand tu étais enfant.

— Où sont-ils enterrés ? demanda Éléonore alors qu'Élise s'asseyait sur le lit, à ses côtés.

— Auprès des sorcières, dans le vieux cimetière.

Deux heures plus tard, accompagnée par sa sœur, Éléonore franchit la grille du vieux cimetière. Elle contourna les antiques croix en bois et se dirigea vers la paroi rocheuse, là où les herbes folles n'avaient pas encore eu le temps de repousser.

C'est donc là que vous vous trouvez à présent, murmura Éléonore en caressant la terre de ses mains. *Jean-Louis, Lucas, Loïc, Roger, Mollie, Sarah, M. Rondenart, Franck, Julien... Vous tous qui avez aidé mon père à me sauver... J'ai passé l'âge de dessiner des moutons, mais je pourrais faire autre chose pour vous remercier : écrire votre véritable histoire avant que les souvenirs ne s'évanouissent. Mon père comprendra, il pensera que cela fait partie de ma thérapie et je lui assurerai que jamais le texte ne quittera le manoir, que je le garderai pour moi seule. Et si des faits m'échappent, Élise me les soufflera.*

Oui, c'est une excellente idée.

Voilà ce que je vais faire afin que je ne vous oublie jamais, comme les hommes ont oublié ces sorcières auprès desquelles vous reposez maintenant.

Je vous le promets...

Et tout le reste ne sera que... flocon de neige.

Photocomposition Belle Page

Achevé d'imprimer en octobre 2021
par CPI BUSSIÈRE (18200 Saint-Amand-Montrond)
pour le compte des Éditions Calmann-Lévy
21, rue du Montparnasse, 75006 Paris

N° d'éditeur : 4452653/04
N° d'imprimeur : 2061335
Dépôt légal : octobre 2021
Imprimé en France.